我們，曾經改變了這個世界。但這個改變，本質上是個錯誤。
所以，我們要再度改變這個世界！

很久很久以前，改變世界的鑰匙，握在國王們手裡。
後來，太古浮游生物的屍骸徹夜照亮夜空，
鑰匙則改由西裝筆挺的 CEO 把持。
而現在，鑰匙則握在這世界的每個人手裡！

——葉夫根尼．瓦連柯夫（鄭兆玄）
《強迫升級宣言》

開場。

升級、升級、升級！

這是一個『強迫升級』的年代！

從稿紙到鍵盤、

從電視到視訊影像、

從市話到 B.B.Call、手機，再到智慧型手機、手錶、眼鏡

每一次強迫升級，都對生活產生不可逆的劇烈改變……

對世界產生難以想像的衝擊

人們總須面對快速變動的外在世界

而歷史，是否曾賦予生存期間的人們那中流砥柱的權力

——說『不』的權力？

楔子。

關於「世界改變的那天」，人們從來不乏想像……

金融海嘯、股市崩盤、貨幣衰亡、複製人誕生、石油用罄、恐怖攻擊、瘟疫、核武威脅、小行星撞擊，以及緊接其後而來的核子寒冬，抑或……對於某些人而言，單純就只是在野黨的勝選。這些，都能被解讀為歷史改變走向的那一天。

只是，人們萬萬沒有預料到，歷史改變的方式，會是以這麼庸俗的形式，在人們眼前拉開序幕……

那是個慵懶的春季，雖然已經進入三月，位於亞熱帶的海島北部的這個盆地都市，陽光彷彿還沒醒過來，習慣性隔海抄襲北方鄰國創意的電視台，此刻正在熱鬧的街口展開一檔節目的錄製工作。

這檔名為《決戰週日大胃王》實境秀節目吸引了不少有實力的素人好手前來挑戰。除此之外，也不乏有些經紀公司派出旗下的新人參賽——他們不求勝出，但求能夠在前幾集的節目中露個臉，盡可能地拉高知名度。

為了提高收視率，節目選在周日午後進行實況轉播，將比賽現場的一舉一動、每個當下發生的細節，都鉅細靡遺地呈現在觀眾眼前。第一集節目，更選擇了遠近馳名的小籠包店作為競賽的場地。

開鏡前，作為節目預定的真正主角群

——實力派的素人參賽者們多半坐在等待席上屏息以待；相較之下，演藝圈的新人們則多半到處打量場地，試圖找尋恰當的時機在比賽時為自己製造一個諸如「華麗彎腰中不慎露溝」的鏡頭，力求在觀眾腦海裡留下些微的印象。

有人憑藉實力，有人機關算盡，當然兩者兼具的更比比皆是，所有參賽者莫不期望在這節目中達成自己的預設目標。

嗶——終於，比賽的哨聲正式響起！

然而，比賽的進程，卻大大地出乎事前的預料：不論是素人參賽者或者演藝圈新人，他們一切的努力、一切的算計，都在開賽的三分鐘之內付諸流水——

有個身材姣好、面貌秀麗的混血少女模特兒劉子靜，打從哨聲響起後，手上的筷子就從沒停過，只見她飛快地夾住小籠包，咬下一口，略為咀嚼後隨即下嚥，接著又是第二口、第三口……

開賽的三分鐘之內，她已經連吃了十五籠小籠包，這不僅遠遠超越了她的演藝圈競爭者，也同樣遠遠超過了那些久經鍛鍊的素人大胃王們！

「各位觀眾，目前暫居第一的正妹劉子靜——小靜，剛剛已經吃完了第十五籠小籠包，並且掀開了第十六個蒸籠的蓋子，足足領先了第二名的黃冠威四籠半……」

雖然主持人以激昂的語氣試圖將現場描述成競爭激烈的態勢，但事實上，不論是在比賽現場，或者電視、智慧手機螢幕前的觀眾們，壓根沒有人會注意排名第二的黃冠威，更遑論其他低頭猛吃的選手——他們全都瞠目結舌、震懾於小靜那壓倒性的絕對實力：那機械一般精準、效率十足的進食速度！

現場三架攝影機全都從不同角度對著小靜猛拍，等到比賽進行到第五分鐘的時候，大局已定：小靜已經以二十六籠的成績，在毫無預兆的情況下打破了吃小籠包競速的世界紀錄！

比賽進行到第七分鐘時，她身旁已經堆滿了四十二個空蒸籠。

接著，她好整以暇地停下了手中的筷子，悠悠閉上雙眼，聆聽四周傳來此起彼落的筷子碰撞聲、吱吱喳喳的咀嚼聲、其他參賽者應援團稀疏的加油聲，以及……現場觀眾們的竊竊私語。而即便其他參賽者們拼了命地追趕，到整場比賽結束的時候，也還沒能追上她成績的三分之二。

只靠著這一場比賽，正確來說應該是這場比賽的前五分鐘，小靜這樣一位籍籍無名的模特兒界新人，頓時成了觀眾們目光的焦點，而當賽後被問到為何吃到一半停下來的時候，她只挑了挑眉，似笑非笑地淡淡道：「我，吃飽了。」隨即一鞠躬，自動從主持人的麥克風前退了出去。

眾目睽睽地，那是「小靜旋風」開始的第一天。

此後，每一集的《決戰週日大胃王》節目播出之時，不論挑戰的到底是東方或西方、用什麼食材做的料理，牛肉麵、烤雞、割包、巨大握壽司、涼麵、漢堡、巴掌大香雞排、碗粿，或者是豆花，小靜都以同樣淡然的神情面對這些堆積如山的食物，緊接著以壓倒性優勢一路遙遙領先，就這麼連續獲得十場優勝。

而每回面對鏡頭發表獲勝感言的時候，

她也總是以一貫淡然的笑容，搭配深深一鞠躬，似笑非笑地道：「感謝大家。」然後迅速退出攝影鏡頭外，不再接受採訪；儘管主持人與導播對她這頗有「蔑視演藝圈倫理」之嫌的作風相當反感，但基於小靜的超人氣，卻多半也只能忍氣吞聲；少數忍不住對八卦刊物爆料的，所得到的效果，也只是適得其反地將小靜的知名度安在另一座更高的浪頭上。

雖然她低調的作風、與面對鏡頭淡然的態度在觀眾之間激起兩極化的評價，但小靜每回比賽卻總能展現實力，領先其他對手整整十分鐘以上取得晉級資格。

於是，在《決戰週日大胃王》節目進入中盤時，「《決戰週日大胃王》只需要看前十分鐘！」這句話已成為人們朗朗上口的流行語句，這個節目已經與小靜本身劃上等號——沒有小靜的《決戰週日大胃王》，對觀眾也已不再具備吸引力；而製作人也很有自知之明地絞盡腦汁規畫新節目，他知道沒有小靜的第二屆根本就不會有觀眾。

這時，「家喻戶曉」這句成語已經不足以形容她走紅的程度，雪片般飛來的不僅是代言食品的鈔票，日本、美國、西班牙、墨西哥、德國……來自世界各地的國際大胃王比賽邀請函，也陸續湧入她專屬經紀人的信箱。對！首集開播時還是一介小模的她，現在已經擁有了「專屬」經紀人。

而伴隨著走紅而來的，則是鋪天蓋地的各種傳聞。謠傳曾有人在邪教的聚會儀式裡看過她的身影（看來爆料者也是個邪教徒）、也有服用禁藥來強化體質極限的說法、有人說她其實是個魔術師，利用視覺障眼法將食物塞到桌子底下的祕密空間、至於「小靜其實是個機器人」、「小靜胃裡有個奇異點」、「小靜偷偷使用巫術」、「小靜其實是個亡靈」等等分屬科幻、奇幻、靈異方向的說法也紛紛出籠。

面對諸多傳言，越來越刺眼的鎂光燈、下巴前越來越多的麥克風，小靜依舊以招牌的淡然態度從容以對。

「我是真人，謝謝。」在五大洲、十二個國家的記者面前，她永遠只說這句話，然後轉身進入大胃王的比賽會場，以不到十分鐘的時間抱走冠軍獎盃。

也因為她獨樹一格的作風，《決戰週日大胃王》這個蕞爾小島上原本不被特別看好的實境節目，也跟著水漲船高，開始擁有全球收視戶。終於，當小靜連續二十五次在異國的大胃王競賽獲勝時，《決戰週日大胃王》節目也進行到了第二十六集的總冠軍賽，收看現場直播的不僅是小島當地的收視戶，來自全球各地的觀眾，也不顧時差，紛紛擠在電視、電腦、智慧手機螢幕、或是低頭望著智慧手錶、智慧眼鏡的虹膜投影面前，屏息以待。

對觀眾而言，這場冠軍賽的結局早就決定了，或許在他們心目中，這更像是一場加冕儀式，見證了小靜從一介名不見經傳的小牌模特兒迅速竄紅的過程。

哨聲響起，果不出所料，比賽不到短短十分鐘就（實質意義上）結束了，又過了半小時，之後，就在眾目睽睽之下，小靜從主持人手裡接過冠軍獎盃，以及一百萬元獎金。

「小靜，這次，妳總可以多說幾句感想，別再惜字如金了吧？」主持人帶著些許揶揄的表情，笑著將過去二十五集集以來的不滿悄悄包裹在問題內。

「嗯。」她點了點頭，第一次在鏡頭前露出了勉強稱得上燦爛的笑容，接過麥克風：

「這次我要說的，將是我的肺腑之言；是那些早該說，但卻礙於我的經紀合約而沒能說的話。」

她這句簡單的開場白，的確比以往任何一次上節目時的情感都更加充沛，但這個瞬間、幾億收視戶裡，卻鮮有幾個人聽出她的弦外之音。絕大多數人大概都以為她會說些感謝家人、感謝恩師栽培之類的刻版言語，畢竟從她過去在節目上的應對進退看來，也很難期待她的肺腑之言有什麼教人動容之處。然而，就在大伙準備轉台的當下，小靜卻在攝影機前緩緩地閉上眼，長長的眼睫毛遮住了烏亮的眼珠，接著緩緩開口。

「誰能告訴我，每個禮拜，我們舉辦一次這樣比賽，這些食物可以填飽多少人的肚子？」

「這……」這句話傳入耳裡的時候，主持人臉上的表情首先僵住了、一旁的經紀人也跟著冷汗直流，其他參賽者與來賓也面面相覷，一種「事情不好了」、「糟糕」的神情開始在他們臉上蔓延開來。

畫面上，當小靜再度睜開雙眼時，長睫毛底下的眼神已然不復柔和，臉上的微笑也消失無蹤。取而代之的，則是眉宇之間那抹混合了嫌惡、輕蔑的神情。

「你們可知道，當我們在這裡舉辦大胃王比賽的同時，這個行星上還有將近十五億人在挨餓？」

她舉起右手，直指著攝影機鏡頭。

「我一直很驚訝，怎麼會有這麼多人，

喜歡收看大胃王這種愚蠢、浪費、又傷害健康的比賽？難道我們這個時代的觀眾，全都是白癡嗎？」

這句話顯然反差過大，以至於講完的瞬間，絕大多數的觀眾們若不是懵懵懂懂地未能理解她話語裡頭的意涵，就是過於訝異而忘了反應。所以她又補開了第二槍：「你！就是你！還有那些在其他國家熬夜觀看LIVE轉播的，你們也一樣！我就是在說你們，白痴！」

望著這位明日之星頓時從冰山美人轉變為豪邁大姐頭，不僅僅電視台內的導播、製作人措手不及，螢幕後方收看的數億名全球觀眾更是皆盡譁然。

「渾渾噩噩度日的人們啊！聽清楚了，我來參加這個蠢比賽，並不是想竄紅。我真正的目的，是要好好『修正』這個被你們搞得亂七八糟的世界！」這時，小靜再度扯開了嗓子，她眼裡綻放出燎原般的怒火，握緊麥克風，大吼道：

「一直以來，大家總是不相信我的食量和進食速度……也的確，這個節目所播出的內容，也完全無法反映我的真實體能！甚至，如果你們要聽實話的話，我可以老老實實地告訴各位，老娘就是靠作弊贏得這場比賽！」

她的話語還沒結束，就在她右手掌所指方向，一輛小貨車突然撞開圍欄闖入拍攝現場，就這麼停在比賽的長桌前，貨車後方的冷藏貨櫃立刻打開。攝影機紛紛對準小貨車，調整了焦距後，才發現散發著陣陣白煙的冷凍貨櫃正中央，放置著一個高約二公尺、直徑約一點五公尺的透明玻璃容器；玻璃瓶的內容物，隱約看得出由底層向上分為許多層，每一層的顏色和材質都不相同，但看來卻全都像是經過粗略咀嚼的食物殘骸……最底下一層泛著白光看來像是匆匆咀嚼過的小籠包、倒數第二層則呈現牛肉麵湯汁的深褐色，其上則是金黃色的酥脆烤雞皮與潔白的雞胸肉，每一集節目的主題食品依次向上堆疊。

「……」遠在播放室的節目製作人倒抽了一口氣，他明白自己已經錯過了下令「把畫面進廣告」的最佳時機，不過他也明白——或許現在這麼激烈超展開的劇情，才是收視率的保證也說不定。就在這時候，小靜的大動作所帶動的氣流輕輕撩起她的短裙邊緣，觀眾們的視線旋即聚焦在她吊帶襪上的蕾絲紋路，接著攝影師才想起職責，讓畫面跟上小靜的手，見到她從長靴裡抽出一條三十多公分長的鐵絲，末梢微微鉤起。

「想知道我動了什麼手腳嗎？」

她似笑非笑地挑釁道：「全世界的觀眾！在螢幕前收視的各位觀眾們啊！不論你是收看電視，還是從網路、智慧手機、智慧手錶、智慧眼鏡的螢幕關注著這個節目，現在，都跟著我一起見證世界改變吧！諸位……」

「這是我們的行動與意志。」她語氣稍歇，似笑非笑地道：「這個世界已經被上一個不懂得珍惜的世代掌控了太久！改變的時候已經到來了！年輕人啊！……跟我們一起『強迫升級』吧！」

緊接著，小靜在眾目睽睽之下做出的動作，則是許多人一輩子都忘不掉的！

下一秒。

正如同她所說的，那一瞬間，世界歷史的走向……為、之、轉、變！

3.5：強迫升級
伍薰
SciFaSaurus

AOP®
AQUARIUMS OF PANTHEON

序章

行動代號：『強迫升級』

凡具有生命者，都不斷的在超越自己。而人類，你們又做了什麼？
—— 尼采《查拉圖斯特拉如是說》

3．5：強迫升級

「幹！好臭！」

如果你看見我現在的模樣，我想大概你也會這麼說吧！

根據心理學研究，人的意識會影響自己的嗅覺，甚至憑空聞到奇怪的味道，指的大概就是我現在的狀況吧——

罩著我口鼻部的這組高效能頭盔，從脖子開始完全包覆住我的頭部，就連呼吸用的空氣，也都由我背上的小型鋼瓶提供，而我的身上，則穿著特殊聚合物分子所構成的隔絕服，雖然只有薄薄一層，卻能夠百分之百把我和周遭的環境完全隔絕。

然而，儘管是這樣，我還是不由自主地感到臭氣沖天。就像每次結束任務，沖洗完畢之後，我雖然換上了新衣服，卻總還是覺得身上殘留著一股怪味。

之所以會產生這種感官失調，或許跟我現在所執行的這項任務，有很大的關係。

現在，我以近乎水平的方式，懸吊在一個比學校禮堂還要大上兩倍的空間之中。一只長形的腰帶把我的腰部連接在一條充滿彈性的高分子聚合繩索上，繩索的頂端則有個滑輪，滑輪則又被固定在幾條軌道上。

我只需要在頭盔裡小聲地下達指令，就可以藉由主控室的電腦，控制上方的軌道和滑輪，來改變我在這個空間裡的位置和高度，以便執行我的任務。

說到這裡，相信你一定對我的工作場所更加好奇……這句話如果出現在純樸的二十年前，大概還可能引起某些人的興趣，問著：「什麼地方？」不過，在我們現在這個資訊發達的年代裡，我想大概沒有人猜不到我現在到底在哪裡！至少，我相信大家猜得大概都相去不遠……

不論你是否猜對，總之，我現在的確是位在一個充滿屎尿的地方，不過，那可不只是化糞池哦！這裡可有個專屬的名詞，叫做「初級篩選池」。

這就是我打工的地方，台北市八里第二汙水處理廠……

什麼？你問我為什麼要來這種地方工作？拜託，這可是神聖無比的工作耶！你想想：光是咱們島上北部七百萬的人口，以最保守的每天一人一坨屎、五泡尿來計算好了，乘上人口之後，所產生的排泄物份量，究竟有多少？如果沒有一個盡責的單位專門來處理這麼巨量的屎尿，那麼我們的生活豈不是很快就被排泄物給淹沒了？不信的話，就讓咱們汙水處理廠罷工個三天，強制勒令這七百萬人三天不能沖馬桶，我們來看看台北市的市民們有沒有辦法忍受這樣的生活，而不去把市長的脖子扭斷烏紗帽從頭上摘下來！

我上面這段話雖然切合情理，不過呢，說穿了也只是唬爛。正如你所想的，光憑神聖的使命感，是沒有辦法驅策我們這種心裡只有小確幸好逸惡勞的現代青年到汙水處理廠工作的。

誘因非常簡單，因為這裡有優渥的超級高薪（噢耶）！每小時兩千五百元，比起我那些同學去兼家教一晚才賺個五六百塊錢、或者去不見天日的線上商店打工，這份工作顯然好賺多了，不是嗎？

也正因為這樣，所以我翹掉了今天下午兩堂必修的《人生哲學》課，穿著特製的隔絕服，在壯觀的屎海上空滑行。

沒錯，你可以說這裡藏汙納垢，至於今天這兩小時的酬勞……嘿嘿，我早就規劃好了，要拿去買最新發售的《魔獸獵人XV代》，虛擬實境地體驗捕捉怪獸的感覺！剩下的錢，還可以買束玫瑰，跟蓓蕾共進晚餐……咦？不對！我都差點忘了，為了對抗即將在紐約進行表決的《人類量子數據資料庫法案》，她今晚要戴上南瓜頭套去參加那個沸騰南瓜夜的活動，所以她跟我改約遊行現場，雖然省了餐廳錢，某方面也是為了人們的隱私權而戰，不過這種場合的約會，還真是怪裡怪氣啊……

不過，不論是約會、遊行、還是玩遊戲之前，我得先完成今天的任務！

我的工作性質，說簡單也是簡單，說不簡單……唔，好像也不那麼簡單。總之，在屎山屎海裡工作有如武林高手，「眼明手快、膽識過人」是最重要的條件。

到底是什麼事情，不僅需要眼明手快，還要膽識過人？其實，說穿了也就是一句話：清理雜物，也就是要把無法進行厭氧發酵的物體清除，以利污水處理場進行後續作業。

「這種事情交給機器做不就行了？」我猜你心底現在一定這麼嘀咕著。

的確，現代汙水處理廠已經配備了許多自動化的設施，能夠完全不經由人類的手，光是靠著自動偵測的機械，完成一連串把排泄物轉化成燃料和有機肥料的過程。而在最前端的步驟，也就是分離雜物的程序裡，百分之九十九點五的雜物都可以藉由機械篩選，而在我們這個初級分離池裡，也的確有些機械人在從事這些單調而枯燥的工作；而在離開這座篩選池之後，還有好幾道的機械式攔汙柵，可以把雜物減少到最低。

「那要你幹嘛？」我就知道你一定會這

麼問！事實上，正由於近年來排泄物收集的方式有所改變，我們這個部門才因應時代的需求而生——

十年前的人們，可能很難想像馬桶只需要一點點水就可以沖乾淨的時代，然而，自從量子傳送環普及以來，人們現在每天用來沖馬桶的水，只有以前的十分之一不到。

當我在進行任務時，只要我抬起頭，天花板上總是不時閃爍著許多小小光點，每次閃爍之後，便有一堆排泄物從光點中快速落下，接著光點消失，整個過程僅僅耗費不到零點二五秒。

每一個光點，都代表某棟建築裡的某個人按下了馬桶的沖水鈕，由於這裡的氣壓非常低，就像是醫院裡的負壓隔離病房一樣，人們的排泄物在瞬間就被吸了進來，然後從頂端落入池底，成為排泄物之海不可分割的一部分。

如果你從我的角度仰望初級篩選池，你就會發現光點此起彼落，從未停歇；更甚者，由於這個都會的人們上廁所的次數實在是又多又急，因此，不論你身在篩選池的哪個位置，都逃不過遭到屎尿雨醍醐灌頂（我好像用錯成語了？）的命運。

我想說到這裡，你們大概可以稍微理解為什麼這份工作可以享有兩千五百元的時薪，畢竟我們可是分分秒秒都在屎尿中工作的；那麼，所謂的「眼明手快」又是怎麼一回事呢？

這就不得不讓我抱怨一下了，這座都市的民眾也未免粗心大意得過了頭了！或者，換句話說：你得親自來這裡工作一趟，才能明白一個人可以糊塗、或者不守規矩到什麼程度！

就拿最常見混進排泄物的雜物來說好了，大家都知道衛生紙是可分解的，因此可丟入馬桶，但是化石原料製造的面紙就不可被微生物分解，因此不能丟入馬桶。然而，我們篩選池裡的那些機械人，最常做的事情，就是從排泄物海之中，撈出無法分解的面紙，這幾乎佔了所有雜質的七、八成之多。

然而，比面紙更有趣，或者說，更令人大開眼界的東西，可還多著呢！

唯有親眼體會，你才會知道人們到底把多少東西往馬桶裡扔——牙刷、小肥皂、牙膏蓋、用過的保險套、沒用過的保險套（手滑？），這種比較能夠想像到的東西也就罷了，然而事實上，不論是有意還是不小心的，被扔進馬通的東西，可還真是無奇不有呢！

光是在我打工的這段期間，我親手（當然是隔著高分子聚合手套）撿起來的，就包括了各種大大小小的錢幣、髮夾、隨身碟、MP3（有時還連著耳機）、記憶卡、指甲剪、小香水瓶、別針、徽章、胸針、耳環、領帶夾、鉛筆、原子筆、粉筆（？）、白板筆（？）、橡皮擦、某些來路不明的藥丸、可替換的刮鬍刀頭、揉成一小團的發票、酒瓶的軟木塞（？）、湯匙、螺絲起子、手槍子彈（？），更甚者，還有不知道從那個場合被丟下來的蝦子和小魚……零零總總地，幾乎所有你想像得到的小型物品，幾乎都曾出現在我眼前。

馬桶掉落物的種類五花八門，雖然這些都是我的工作範圍；然而，就像我們常常聽見長輩板起臉孔教悔的名言佳句：「事有輕重緩急」，我們初級篩選池「緊急特勤隊」除了盡可能地清除這些有的沒有的雜物之外，還有著更緊急、更迫切的任務——

「呼叫阿達。」小美的聲音這時在我耳畔響起：「新的緊急任務來了！序列等級是A。」

「A級的，那豈不就是……限時任務？」

「沒錯！限時任務，板橋的張先生不慎把他的結婚戒指遺落在馬桶裡，他剛剛氣急敗壞地說，明天一大早就要求婚，所以，加油吧！老兄！」

「嘖嘖！又來了！我知道了！」

「根據方才的訊號路徑研判，婚戒掉落位置應該在A9到B6這個區間範圍之內。」小美接著又偷偷補了一句：「嘻嘻！張先生還特別交代，這件事情本處理廠絕對不能說出去。」辛苦了，張先生的未婚妻。

這下子你瞭解了吧！我們緊急特遣隊最主要的任務，就是要從這片排泄物之海裡，依據台北市民們的緊急需求，尋找他們不慎掉入馬桶裡的私人貴重物品，排名前幾名的，要嘛不是什麼鑽戒、首飾之類的，就是含有重要資料的隨身碟。

而由於這座初級篩選池裡，無時無刻都下著排泄物之雨，因此倘若不眼明手快，往往很難在短期間內找到市民們委託的物品，如果就這個觀點看來，那麼我這份工作可還真是不折不扣地神聖、偉大，不知挽救了多少原本可能破碎的人生呢！

很快地，我就依照小美給的線索，來到了A9區，搜索片刻之後來到A8區，果然在一堆排泄物之海之中看到了那枚鑽戒，幸好，此刻這枚戒指是停留在一陀質地比較堅硬的排泄物之上，因此還沒有沉入屎海之中。

懸掛在天花板的滑輪立刻降低我的位置，我伸長右手，立刻就將這枚戒指拾起。這時遠方另一具小型機器人快速接近，來到我的身邊，將它的頭部掀開來，我則把戒指放入機器人頭部的收納盒裡，然後幫小型機器人把頭殼蓋回去，它旋即朝著出口方向急速遠離。

接著，機器人會回到清潔室。有另一隻機械手臂會把這枚戒指取出來，先以大量清水沖洗，再放入超音波震盪器裡進一步清潔；再經過高溫高壓滅菌法徹底殺菌，最後再放在鏡頭前以紫外光和酒精作最後一次儀式性的處理（主要是給失主看的），廠區的快遞工讀生就會立即送到當事人手裡。

「小美，目標已經尋獲，我們的張先生明天可以安心結婚啦……但願他心底不要有陰影啊！」

「收到了，阿達，這次手腳很快哦！」耳機那頭傳來小美甜甜的聲音。

「可惜這邊工作規定，不能依法拿三成酬謝，不然我早成了百萬富翁了！」

「都時薪兩千五了，你還挑什麼挑？而且你幫人家找到重要的東西，不知道積了多少陰德耶！」小美沒好氣地道：「真是貪心不足，我時薪才一百五耶！」

「什麼話？只要妳也願意穿著隔離服，在這片屎海裡搜索，妳也可以做得到啊！」

「我才不要哩！噁心死了，我才不想下班之後什麼都吃不下呢！」小美工作的地點是在行政大樓的客服部，透過數位監控螢幕來跟我們這些緊急特勤員連絡，因此不用在這滿滿一池的污穢中打滾。不過這也合理，我也無法想像她這樣一個白白淨淨的女孩子，在屎海上巡航的模樣……嗯，我們還是不要繼續往下想比較好。

這時，我赫然發現，隔壁的B8區有個什麼東西，也在發出亮光，搞不好，又是另一枚戒指還是項鍊什麼的，反正，先過去確認看看，總是不會錯的。

「小美，這幾分鐘內還有其他市民通報遺失物品嗎？」

「沒有耶，怎麼了？你又看到什麼東西嗎？」

「對啊，閃閃發光耶！該不會又是哪個陳先生還是王先生，又把戒指遺失了吧？」我忍不住嘀咕，一面靠近B8區，果然看見一枚戒指落在那個地方。

「然後呢？你確認了嗎？我看模擬影像顯示，你已經到B8區了。」

「是這樣沒錯，可是……」

「可是怎麼啦？」小美急切地問。

「這……不只是戒指啊……我的老天哪！這次發現的不只是鑽戒啊……」那種異樣的感觸透過高分子聚合手套傳了過來，還是令我感到渾身一陣雞皮疙瘩。我現在總算可以體會某些人在打電話到警局報案時、那種既訝異又恐懼的感觸了……

「那鑽戒到底怎樣啊？」

「鑽戒，是套在一根斷掉的手指上啊！」

3・5：強迫升級

3.5公分，是什麼樣的尺度？

3.5公分，可以是手錶直徑、望遠鏡管徑、綠蓮燈（*Paracheirodon simulans*）魚的體長，以及陰莖的平均直徑。

在我們日常生活中，尺度大於3.5公分的事物比比皆是，豈料，為這個庸碌而繁忙的世界帶來劇烈變革的，卻也就是這小小的3.5公分。

網際量子即時傳送環（Internet-based Quantum Teleportation Ring）、又稱網際量子即時傳送反應器（Internet-based Quantum Teleportation Reactor），別稱英特環（Inter-Ring）、奎特環（Qua-Tel-Ring），而最普及的簡稱，則是『傳送環』（Transfer-Ring）。這項鄭兆玄博士的得意發明，是由金屬線圈與半導體交織而成、直徑3.5公分的空心環狀結構，透過網路與遠方的另一個傳送環同步啟動、雙方進行連線時，環狀結構內將產生一個直徑3.5公分的量子傳送介面，任何直徑小於這個範圍的物體一旦接觸到量子傳送介面，便會被轉碼為數位訊號、並且立即藉著無遠弗屆的網路傳輸到遠端，被另一個量子傳送介面再從數位訊號還原成先前的物品。

任何材質，不論是無機物或是生物活體——那怕是一根試探的手指尖端、與其表面壓覺受器的動作電位（也就是我們認知中的「觸覺」），都能沒有任何衰減、分毫不差地被即時傳輸。

在3.5公分這個尺度上，科幻小說裡常見、而物理學家始終視為理論卻無法證實的「蟲洞」（Wormhole）概念，正在以傳送環作為框架、以網路作為媒介，突如其來地降臨在這個世界上。

小小3.5公分的尺度，在過去八年來，帶給這個世界天翻地覆的劇烈變化！

傳送環守則：

★傳送環守則一：斷電、網路斷訊、設施破壞，都將導致量子傳送介面無法維持。

★傳送環守則二：具備「唯一性」，一個傳送環只能同時與另一個傳送環彼此通聯，資訊無法等量複製，進入量子傳送介面的單一物體僅會從另一個量子傳送介面出現，而不會同時出現在兩個量子傳送介面中。

★傳送環守則三：量子傳送介面兩側遵守一切物理定律。

八年前，就在《決戰週日大胃王》冠軍賽頒獎現場，小靜發表『強迫升級宣言』的瞬間，傳送環的通用設計圖便突然被同步公布在全球網路的數千萬個論壇、網頁，乃至於APP軟體的更新資訊上，並且在隨後風起雲湧的『強迫升級運動』中，突破了傳統企業的壓制。

而其結果，就是這個世界以相當於手機普及的三倍速度，全面應用傳送環，其應用方式不僅多元、更能處處看見人類的創意。

不論是經過實體網路或者無線基地台訊號，只要頻寬大於每秒鐘2TB，就能夠以相當於維持手機通話所需的電量，成功開啟並維持量子傳送介面，在3.5公分的尺度下，將物品傳送到行星上的任何角落。

而既然傳送環如此便捷、迅速，為何傳送環的直徑始終固定在3.5公分以內？這或許是每個使用過傳送環的人都產生過的疑問，而事實上，嘗試過增加尺寸的大有人在；不論是科學家還是企業家、昭然若揭或偷偷摸摸，全球至少有超過十萬人都曾做過類似的實驗，而關於試驗的結果，雖然在理論上並非不可行，卻在現實層次上令那些躍躍欲試的實驗家們全都只有搖頭興嘆的份：

經過至少十萬個妄想加大傳送環介面尺寸的（偽）創業者們驗證之後，這個公式表明：當直徑超過3.5公分時，量子傳送介面的直徑每增加一公厘，所需的能量就增加一百萬倍。換句話說：雖然維持一個直徑三點五公分的標準傳送環維持一分鐘所需的電量，就跟我們使用手機撥電話一分鐘相當，但是當量子傳送介面的直徑增加到3.6公分時，所需的電量便瞬間暴增為足夠一百萬人各用手機打一通電話，到了3.7公分時，則足夠讓全球八十億人口各講兩小時電話。

而沒有人會想要花費將近一整個台北市運作整晚的電力，只為了維持一個直徑四公分的傳送環運作一秒鐘。

於是，從八年前的那天起到現在，傳送環始終維持著3.5公分的最大直徑，不再有任何改變。

然而，這八年來，因著傳送環的出現，整個世界出現了翻天覆地的劇烈改變！

3.5公分，是什麼樣的尺度？

3.5公分，是改變世界的尺度。

第一章

黃昏與黎明的天際線

「松鼠死在你的前院，可能比有人死在非洲，讓你更感興趣。」
——馬克・祖克柏（Facebook 創辦人）

老賈薩又巡視了一遍莊園之後，回到自己的小店前。他在躺椅上翹著二郎腿，點起一支來自古巴的雪茄，凝視著滿眼天星斗，一面靜靜地、悠閒地回顧著即將過去的這一天。

他的小店有著綠色的招牌，上面以黃色拉丁字母拼音成奧羅莫語的「老賈薩的咖啡屋」招牌。咖啡屋的構造簡單，是由傳統的衣索比亞建築改建而成。

老賈薩回頭望向屋內，一盞節能的 LED 燈就懸在屋頂照耀著陳設，店內有著幾個木櫃，上頭擺放著十幾個裝著各種咖啡豆的玻璃罐，每個罐子上都以一張標籤紙標示著品系、年份與月分，一個簡易吧檯就位在木櫃前方，放著一具研磨器，兩、三具虹吸式咖啡壺，以及幾個木杯。

望著這些餐具與配備，老賈薩心裡想：如果放到赤道以北大多數國家的餐廳裡，根本一文不值、無法招攬顧客，但在這裡，卻已經足夠讓老賈薩的咖啡屋順利營運，甚至聲名遠播。

老實說，在整整八年以前，老賈薩根本沒想到自己有機會能經營自己的小店、送孩子去上中學、甚至每年到各大洲去考察一趟。

對比於八年前的生活，他無疑是知足而感恩的——八年前，他跟衣索比亞大多數的男人一樣，都只是成天在咖啡莊園裡窮忙的農工，每天揮汗如雨地超時工作十六小時，整季耕耘之後，收成下來那些色澤飽滿、香味濃郁的咖啡豆，卻一再被那些例如鳩站（Standing-qaul）、月鹿（Moonbuck）等跨國咖啡企業或連鎖商派來的盤商壓低價格，以每公斤不到七十美分的低廉價格收購，如此微薄的收入別說要撐起一個家，就連填飽自己肚子也非易事。

反而是那些跨國企業，將這些咖啡豆轉手運到赤道以北以後，將它們陳列在裝潢精美的咖啡廳裡販售，每賣出一杯的獲利，就遠遠超過老賈薩一整天辛勤勞動的所得。

面對每況愈下的狀況，老賈薩與其他居民並不是沒想過要提升價格，但卻連談判的條件都客氣得令人搖頭：「一公斤六十美分，否則我不賣。」他想盡辦法以畢生最堅決的語氣這麼道。

跨國公司派來的盤商面無表情地看著老賈薩，甚至不等他把話說完，就丟下冷冷的一句話：「你不賣，其他人還是會賣。」

盤商的話語雖殘酷，但所言並不假——除了盤商，根本沒人會向他們購買咖啡豆；而除了種咖啡豆，他們根本沒有其他謀生技能。而儘管條件再怎麼不利，總是會有屈服於不平等條件的人讓盤商們予取予求，進而再讓整體咖啡豆的價格下跌，老賈薩等咖啡農根本就沒有任何的談判籌碼，

在跨國企業的剝削之下，老賈薩這些人雖名為咖啡農，實際卻過著奴隸一般的惡劣生活，狀況糟到令人沒辦法想像歷史已經邁入了二十一世紀，他的許多父輩、長輩，往往在長年操勞後，也賺不到醫治疾病的本錢，而在四、五十歲年紀早早離世。

當他握著父親的手，替停止呼吸的父親闔上眼皮，心底也曾悽楚地想：或許自己也會這樣吧，在咖啡莊園裡多撐個十幾年，然後同樣撒手人寰……

一片絕望中，八年前的某日，一個他勉強從瘧疾侵襲中甦醒過來的清晨，他蹣跚地

扶著牆走到村裡僅有的電視機前，卻發現到眾人目不轉睛地注視著畫面中那個神奇的廣告。

電視裡的人將一杯水倒入了一個中央發著光的環，同一時間，畫面上遠處的另一個上方沒有東西的環底下，則流出了水，落入下方的杯子裡。他望著這個發明，起初以為是魔術師的把戲，但身旁名為卡登的少年告訴他，這種稱為「量子傳送環」的東西，已經被證明可用；只要能接通網路，就能把東西傳到世界上的每個角落！

那個瞬間，老賈薩看到了脫離貧窮的可能性，他費盡口舌說服了整個村子的人們把畢生積蓄交給他，讓他搭上幾小時的車到最近的鎮上去買了一支智慧型手機、一具無線IP分享器（接上村裡唯一一台可接網路的電腦），以及一個外接的量子傳送環。

然後他們開始在深夜裡揉著惺忪睡眼，透過智慧手機在網路上發出信息，標榜自己販售真正道地的「產地咖啡豆」——由莊園直接出貨到世界彼端的消費者手中的便宜咖啡豆。

剛開始的第一個星期並不順利，一杯咖啡也沒賣出去，村子裡的人們恨不得把老賈薩給殺了，每天圍在他家門口嚷著要他把手機賣了，把錢退給大家。

第二個禮拜，到了周五的傍晚，手機另一端傳來了有點荒腔走板的英文口音，以略帶疑惑的口吻點了一杯咖啡，然後透過傳送環塞了一張紅色紙鈔過來。

他們攤開紙鈔，透過手機的查詢，發現這張紙鈔來自於亞洲；一杯傳送環購買的咖啡，價格相當於他們將整整四公斤咖啡豆賣給國際盤商的價格。這出乎意料之外的結果，不但讓整個村落陷入瘋狂，也順道解決了老賈薩此生最大的人際危機。

亞洲客人說會推薦他們生意，之後的一兩個月，購買咖啡豆的人總是稀稀疏疏的，不過憑藉著網路的口語傳播，他們很快地需要二十四小時輪班，以應付來自世界各地、不同時區的客人。村子裡的「手機室」很快就疊滿了來自世界各地的硬幣與紙鈔。

有一天，老賈薩如常倒出咖啡之後，傳送環裡傳出來的、除了該有的酬勞之外，還有幾張捲成圓筒狀的紙張，那是一個自稱國際公平貿易協會（International Fair Trade Association；IFAT）的非政府組織替他們規劃的擴展計畫。

所以他們暗中擴展實力，幾番請親戚代購了更多的智慧手機與傳送環。一年之後的某一天，他把幾張千元美鈔砸在前來收購的盤商臉上，然後趾高氣昂地把一袋袋上選的咖啡豆扛回村子裡。

「我不賣，而我的鄰居也不會賣！」

村子裡的各家紛紛開始種植自己的咖啡豆、賣自己的咖啡。而就從那時開始，老賈薩在網路上開起了這間「老賈薩的咖啡屋」，開始自行烘培、研發咖啡的口味，並且藉著無遠弗屆的網路口碑，成功打響名號。

從此之後，赤道以北的客戶們無時不刻地透過網路通訊下訂，老賈薩則在自家即時沖煮口味最獨特的咖啡，藉著傳送環把這些散發著誘人氣味的美妙液體，服務給各個時區的咖啡因成癮者。任何時間，任何地點，只要能連上網路，老賈薩的店永遠提供著熱騰騰的香醇咖啡，而為了應付這樣的營業型態，他也僱了村子裡包含卡登在內的兩名少年，作為晚班服務員。

在傳送環的時代，世界上有著成千上萬像「老賈薩的咖啡屋」這類獨立營造品牌的自耕農，而先進國家裡那些總喜歡把商標設計成圓形徽章狀、但其實看不太出彼此差異的高檔連鎖咖啡店，數量則緩緩減少到原先的三分之一，雖然它們並未銷聲匿跡，但再也無法透過壟斷通路來壓榨咖啡生產者——是的，現在跨國企業必須以高於先前一百倍的價格，從咖啡農那裡購買咖啡豆，如果價格太低，咖啡農可以選擇不賣，然後在網路上開一間咖啡店成為他們的直接競爭對手，或者把他們的產品以優渥的價格賣給老賈薩這類的獨立經營者。

在傳送環面世八年後的現在，「公平貿易咖啡」這個名詞永遠消失在理想主義團體的標語裡。因為現在，世界上的每杯咖啡，都是所謂的「公平貿易咖啡」。其實不只是咖啡，可可豆與巧克力產業也走上了相同的道路。

老賈薩望著咖啡店的綠色招牌，滿足地欣賞著落日，已經長成青年的卡登走進了他的莊園，打招呼道：「賈薩叔叔，我來啦！」

老賈薩點了點頭，卡登便自個兒走進咖啡店，回頭問道：「你今晚不是在鎮裡有約嗎？店裡有我看著，你可以先走了啊！」

「噢！說到這個啊～」老賈薩從躺椅上站起身，低頭看了看左手腕上的錶，喃喃道：「我在等一位……唔，相當準時的客人。」

「哦？這個時間？」卡登問道：「是歐洲的晚間聚會嗎？」

「不，是環太平洋島嶼的一位青年。」老賈薩望著手錶的分針指在「XI」這個羅馬符號上，一面道：「他通常會在十一點十五分的時候傳訊，時間差不多了。」

果然，老賈薩話才剛說完，櫃檯前的液晶螢幕就亮了起來，只見一個清瘦的亞洲青年操著不純熟的奧羅莫語說道：「晚安！賈薩先生。」

「是你啊。今天一樣嗎？」

「嗯，『賈薩特調』……啊，可以的話，這次濃點好嗎？」接下來，透過軟體即時翻譯的語音，以及青年的亞洲話原音，兩者並行著從電腦的喇叭裡播放。

「濃點？」老賈薩注意到他惺忪的睡眼：「怎麼啦？昨晚沒睡好？」

「說來也只怪我自己，昨天的遊行持續到深夜，結束後我又跟街頭認識的朋友去喝了幾杯……」

「原來是根本沒回家。」老賈薩端詳著他蓬頭垢面的裝扮，以及襯衫上滿滿壓過的皺紋，臉上浮現出笑意：「對方是個美女吧？」

「……我也這麼希望啊！」一語道盡失落。

「哈哈！好，等我兩分鐘。」老賈薩莞爾地搖搖頭，然後嫻熟地以勺子從身旁一個罐子裡舀出咖啡豆，倒入一旁的研磨器。伴隨著研磨成粉的過程，咖啡的香味也滿布室內。接著他再將咖啡粉，放在透明漏斗裡，另一手則將熱水注入咖啡壺，再把漏斗放在咖啡壺上。很快地，當熱水快漫蓋過上端的咖啡粉末之後，老賈薩又用一條沾滿冷水的布包覆住下方的熱水壺，上方香濃的咖啡旋即便回到了咖啡壺中。

然後，老賈薩對著螢幕中的黑髮青年道：「特調好了，準備囉！」

「連結倒數，三……」螢幕彼端傳來影

像裡，青年也將一個傳送環安置在自己隨身的鋼杯上。傳送環此刻正逐漸泛起青光，並且伴隨著三聲倒數音效，轉為耀眼的青藍色光芒。

「介面佈局完成，開始傳送！」老賈薩這時將咖啡壺裡的咖啡，全部都倒入自己身旁的一個金屬漏斗裡，而金屬漏斗的下方，則銜接著一個一個傳送環。

「嘩啦～」螢幕彼端，青年鋼杯上方的傳送環裡則開始傾瀉出一泉深褐色中帶點紅棕的液體。

「啊！還有這個。」老賈薩又從冰箱裡拿出一罐白色的奶，倒了一小口，畫面彼端的咖啡也跟著被加入了少量的白色染料，逐漸暈開成迷人的銀河圖案。

「謝啦！」青年這麼說著，拿著一塊布擦拭著傳送環之後，將它倒過來，接著從口袋裡掏出了幾枚硬幣，依序投了進去。螢幕這端，老賈薩則將螢幕的開關一切，他左手邊另一個開口向下的傳送環也旋即發出青藍色光輝，跟著依序掉落出幾枚銅板。

「感謝你！祝你有個朝氣的一天。下班後趕快睡飽吧！」老賈薩搖著空空如也的咖啡壺道。

「哈，那是你起床後的事了，願你有個安詳的夜。」

通話結束後，卡登指著螢幕對老賈薩道：「滿臉倦容的，也難怪，當地時間現在才凌晨五點不到哪！」

「唉！東亞文化圈的劣習哪，那裡的日子可苦了……」老賈薩淡淡說了一句：「至少，我的咖啡，能夠在他疲勞的一天開始的時候，稍微帶來一點點活力吧！就像……當年他為我們盡的那一點點心力。」

「賈薩叔叔，你怎麼突然感嘆了起來？」

老賈薩倚靠著櫃台，繼續欣賞著落日，他沒有回應卡登，有些事情，還是別讓這些在茁壯時代成長的後輩知道比較好。

他不禁回頭感念地望著傳送環一眼。如果八年前，這東西沒有發明的話，他肯定現在還在沒命地幹活，說不準早就患了病、沒藥醫而丟了老命呢！

感謝量子傳送環！老賈薩心想。

▼

而在傳送環的另一端，黑髮青年才忍受著滿身的肌肉痠痛，把最後一口「賈薩特調」嚥下肚，趁著肚子暖呼呼的時候，打開了頂樓懸掛著「墨海都食品」（Morheyto Company）的鐵門。

鐵門外，新的一天才剛剛開始。朝陽在東方初露曙光，整個視野旋即沐浴在萬丈光芒底下，空氣裡充滿著屬於泥土與穀殼的味道。

初夏時節的這個清晨，柯煥伸手擋住了刺眼的陽光，不經意地發現到，自己正沐浴在一片金黃、飽滿的色澤當中——今年第二穫的水稻早已結實累累，當清晨的風吹來，不僅帶給他一陣沁涼，垂著頭的飽滿稻穗迎風搖曳的美景，更讓柯煥腦裡產生一種錯覺：每個揮汗如雨的夏日時分，就是為了這種美景而來的。

睜睜地發楞約十秒之後，他把視線朝右下方移，瞥見數位鏡片右下角的那組數字——04：30 AM。

「剩一個半小時，看來得加快進度了………」凌晨三點半，他才在不知道誰家的客廳裡、在一群戴著南瓜頭套打呼的青年群裡慌亂醒來，匆匆趕到這兒。而目前看來，宿醉的頭痛，是他達成今天產能的巨大阻礙了。不過……一講到宿醉，柯煥不禁祈禱公司的隨機抽測儀別在今天出現——他可沒把握血管裡的酒精濃度已經降到標準值以下。

「總之，還是趕緊弄完閃人吧！」於是他低下頭，忍受著堆積在肌肉裡的酸疼，一面穿上略顯笨重的飛行裝甲，然後開始工作：他走向身邊的那片稻田，左手執起一根稻穗的基部，朝右手握持的一根短柄桿接近，桿子頂端有個傳送環；當他的食指扣下桿子上的板機，頂端的傳送環便發出光亮、形成量子傳送介面，每當稻穗整個通過量子傳送介面，他便鬆開食指，這時稻穗已經抵達幾千公里遠的國際碾米廠，展開後段的加工；而柯煥則又握住另一個稻穗，繼續重複相同的動作。

柯煥做的事情，在產業裡並不算特殊。這就是『強迫升級』之後，五穀類作物收割的嶄新型態，不論在東亞、南亞、北非、澳洲、北美洲、或者是歐洲，也不管農田裡栽植的是水稻、小麥、大麥、小米還是高粱，只要有網路的地方，利用傳送環進行收割以減少運輸成本，已成為最主要的收穫方式。

不僅是糧食作物，辣椒、豌豆、茄子、小黃瓜……凡是直徑小於三點五公分的所有作物，都能以量子傳送環採收，直接送到位於市區的生鮮超商裡，成為了新一波的農業經營型態；甚至，類似墨海都食品這樣的跨國種子公司近年來更陸續推出許多新品系，就是為了讓農產品的尺寸符合傳送環的規格以利採收。

柯煥不禁想起：從北美調任到這裡的經

理，曾在職業訓練時播放過一個視訊影像，與他所從事的集約農業截然不同——在北美等施行粗放農業的種植地，甚至已經專門為了這種收割型態研發出了專門的「傳送環收割車」。

傳送環收割車的駕駛員以類比方式操控車輛前端的機械臂，這種機械臂的末梢銜接著一個通常是方形或圓形的罩子，農民們替它取了個頗有歷史感的暱稱：「血滴子」（在西方世界，這個名詞被稱為「絞首鉗」），結構內滿佈著數百或數千個傳送環排列成的陣列。

當駕駛員操控機械臂，將血滴子移動到麥田一個角落的作物上端，他會按下控制室裡的第一個按鈕，開啟血滴子頂端的渦輪扇葉，製造一股向上的強大吸力，麥田裡謙卑躬身的穗子們於是都筆直地挺起身；這時，駕駛員按下第二個按鈕，血滴子內的所有量子傳送環全都同時啟動，伴隨著血滴子的高度緩緩下降，許多稻穗便進入到傳送環裡，斷訊的瞬間，幾百叢的麥穗就全都瞬間移轉到世界的彼端進行後續處理。

其後，血滴子向上升起，略為向右挪移，再度重複相同的步驟一次，就已經收割了籠罩範圍內百分之九十九的麥穗。不過，駕駛並未就此駕駛傳送環收割車繼續前往收割下一個麥田，相反地，他再度啟動了渦輪扇葉，將僅剩的麥稈再度向上吸取；這一次，血滴子直接下降到接近地面的高度，讓傳送環將整株麥稈，連同部分的麥葉吞噬殆盡——這些麥稈將輸送到千里之遙的另一座工廠內，以基因改造的微生物將麥稈的纖維素分解為醣類，釀造成生質酒精，供給車輛使用。

之後，傳送環收割車才會略微向前，以血滴子收割另一塊麥田。

只不過，這樣粗放的收割技巧是無法將所有麥穗都收割乾淨的，於是，傳送環收割車離開後，俗稱「拾穗者」的工人上場，他們以與柯煥相同的方式，以手頭上的傳送環收割那剩下的百分之一麥子。

但想到這裡，柯煥便有種莫名的憤怒，「拾穗者」充其量也不過是打打零工的等級，但基礎時薪卻與自己如出一轍，在公司的政策上，都名列「單體農業作業員」，倘若不是自己的工作性質還多了些危險性而多出些勤務加給，那可很難不令人聯想到所謂的「國族歧視」這回事上面。

想到這裡，雖然有些腦怒，但套句父母輩屬於上個世紀的語調：「為了那幾個臭錢」，柯煥還是勉強壓抑住這股微慍。畢竟，當下的工作景況，需要高度的專注力，稍一不慎，可就不是「被資遣」這麼簡單的事情了。根據先前簽訂的不平等勞動契約，位於北美的墨海都食品總公司不但不必有職業傷害賠償，還可以把相關的責任都撇得一乾二淨。他忍不住脫口咒罵自己道：「柯煥！你八成是瘋了，才會為了錢鋌而走險，選擇這種兼差工作！」

儘管埋怨著，他還是快速收割完了面積將近一百五十坪的稻田。站在光禿禿的及腰稻梗中央放眼望去，一種莫名的感觸自心底湧出，他喃喃地輕歎：

「想不到，二十一世紀的天際線，突然間變成了這幅景像……」

這八年之間，不僅只是他所居住的台北市，世界上絕大多數都市的天際線，都因為傳送環的公諸於世而全然改觀了。

二十一世紀前中葉的天際線——在這個世界被『強迫升級』之前，主導都市的色澤無疑是灰色；而今，主宰著都市天際線的色彩，卻是由百分之九十五的墨綠、翠綠、鮮綠，以及百分之五的紅、黃、紫等色澤所取代。

正如同他所處的這塊收割過的、呈長方形的稻田，其實是一棟二十三層大樓的頂樓——整個台北市高高低低幾千棟大樓的頂樓，此刻都已經開闢成一個又一個高空農場，有的頂樓栽植著稻米、小麥等糧食作物，有些則栽種草莓、聖女番茄、四季豆、葡萄等蔬果，凡舉粒徑小於三點五公分的作物，都位列空中農場潛在作物的選單中。

據說上古時代的尼布賈尼薩二世，特地在巴比倫城以磚和瀝青建造了空中花園，撫慰來自米底山區妻子的思鄉之情；而今，整座城市成為了人人都能共同欣賞的空中花園，當舒爽的風吹起，街上隨時可能飄下繽紛的稻葉雨，成為了新時代都市裡最常見的美麗景致。

而整座都市也因為空中農場的存在而獲益不少；頂樓的植栽吸收了絕大多數的日照，而使得最高樓的住戶免去了高額冷氣費用，頂樓植栽進行的光合作用，更進一步適量削減了二氧化碳，轉化為充滿活力的氧氣。

這時，柯煥伸手在自己胸口的裝甲上按了按鈕，立刻感覺到背後傳來陣陣風壓，原來，這套聚合材裝甲上接著兩只螺旋槳扇葉，一旦柯煥穿戴起它，就等同一架人形直升機——如柯煥這種受雇於農業公司的單體農業作業員，每天總得在各棟大樓之間穿梭，以照料、記錄不同頂樓農田的狀態，都市居民因而給他們取了個言簡意賅的別稱：「天農」。

每日清晨，在日出之後、整個都市被上班族的通勤聲給吵醒以前的這段時光裡，除了吱吱喳喳的麻雀叫聲，整個都市的上空，還有約莫一、兩百名分屬不同農業公司的天農正忙碌地在天際奔馳，一棟大樓、一棟大樓地從事灌溉、除草、施肥、收穫等例行工作。

而上述這些工作，正如同柯煥每個清晨進行的那般，全都藉著他右手裡的那隻短柄棍，以及其頂端的傳送環來進行。

天農們利用傳送環取得灌溉用水分、以傳送環將惱人的雜草攔腰斬斷、用傳送環噴灑微量農藥、也如同方才所做的那樣收穫。就在風勢凌勁的高空中，作物們與它們位於平原的親戚一樣完成了生命週期。

清晨六點三十五分，柯煥這時已飛到另一棟十五層的大樓頂，開始照料那塊空中農場裡栽植的豌豆。像他這類兼職的天農，多半選擇犧牲一、兩個小時的睡眠，在兩個小時的空中勞動之後，再返家繼續另一項白天的事業。

「得加快腳步了。」他不禁這麼想：得趕快結束這塊田的照料，再前往經緯大廈頂樓幫番茄除蟲，然後飛回京元大樓卸裝備。

要是拖到七點半以後，等到管理員老謝到京元大樓換班，可不像夜班的老王那麼好說話；那個老謝有著一副標準趨炎附勢的勢利眼，看準了前往擔任天農的都是些窮學生、低薪白領，而狐假虎威地學著京元大樓的高薪住戶們，總以一種睥睨的眼光看待天農們。

柯煥還記得：上工的第一天，當他還沒

從獨自高空飛行的衝擊與驚惶中恢復過來，正準備返回地面時，當電梯門開，一隻滿布皺紋的手從內擋住他的去路。他轉過頭，伸手阻攔的正是老謝。

「客梯可是百萬年薪的住戶專用的，你這窮光蛋怎麼配得起？」老謝冷著眼睛，指著另一側道：「去搭貨梯！」

那一瞬間，柯煥一度握緊了拳頭，差點沒有一拳打在他那驕傲的下巴上，不過他終究忍了下來，微微一笑，轉身走向貨梯：「……人類也不過就是如此啊……更何況，我又有什麼資格去苛責自己的同類呢？」在貨梯裡，他自我解嘲著。

如果是八年前，血氣方剛的他一定老早就與老謝開罵了，不過現在……他也就不過是個平凡的跨國種子公司打班族，靠著一份死薪水艱辛度日。他趕在每日天邊方露魚肚白之前就攀上高樓，冒著高風險擔任天農，奢望的也不過就是能花費更多時間在自己畢生的志趣、也最需要投注心力的那份志業上。

「但，都努力這麼久了，看著青春不斷在自己腳下流逝，何時才能達到理想的境地呢？……」一想到這裡，柯煥無聲地喘了口氣，然後加快動作，結束這塊田的灌溉之後，立刻驅動螺旋槳，飛向兩百五十公尺外、標高一百九十八公尺的經緯大廈，那也是一棟二十八層樓高級住宅，外觀全由整片的大理石砌成，相當豪華氣派。

▼

柯煥緩緩飛近經緯大廈頂摟，映入他眼簾的則是以翠綠為主的多樣色彩，豌豆、番茄、小黃瓜、辣椒、葡萄、空心菜等十幾種經濟作物，以一種亂中有序的方式縱橫交錯地生長。這樣「混植」的方式，應用各種植物的特性截長補短，不僅更能有效利用單位面積的土壤，也吸引了更多種類的蜜蜂來此授粉、各種鳥類來此棲居，這樣的設置不僅成功解決了二十一世紀初期出現的「蜜蜂滅絕危機」（即綜合性成因的『蜂群崩潰症候群』：Colony Collapse Disorder；CCD），更讓都會頂樓某種意義上成為了一個個彼此相關連的小型生態系，從而增加了整座都市的生物多樣性。

現在，每座都市都能看見猛禽在水泥廣場的上空盤旋，以銳眼搜索著藏身大樓頂端裡的獵物。行星上眾多野性生命，在人類文明主動釋出些略善意後，以遠比想像還要急遽的速度適應都會這塊全新的棲地。

「倘若在上工的時候隨時拍攝幾張猛禽捕捉獵物的畫面，或許時間一久，也能拍攝成紀錄片吧！」這麼突發奇想的同時，柯煥緩緩降落，探視他所負責的那一塊空中蔬果園。

昨天來的時候，才剛剛除過雜草和補充過氮肥、還採收了小黃瓜和番茄，柯煥今天不打算在這塊田裡花上太久的時間。於是他小心翼翼地穿巡在此起彼落的作物堆之間，避免踩到作物們的枝葉，一面用手抓起一個豆莢觀察。心底評估：看來最快也要再過個一周，才能收成了。

然後他彎下腰檢查番茄的狀況：「看來也需要再等十天左右……咦？」當他放下了翠青色的小番茄，卻不經意地發現在那狹窄的土壤步道上，有一些錯綜複雜的印痕，從跡象看來，顯然是不久之前留下的。

「那是？……」他略顯疑惑，於是伸出

自己的腳，在旁邊又輕輕地踩了一下，拿開來。而自己的鞋印，卻跟旁邊這個不一樣。

他直覺地轉過頭，望向通往大樓內部的出口，平常那個門是封閉的，也許不久前曾有人出入過。然而，現在大門把手上的灰塵卻被抹去大半，周遭的爛泥上也留下三串清晰的鞋印，分別前往這座蔬果園各處……

不可能啊！經緯大樓的住戶都是有錢人，不可能上頂樓來偷菜（這事他們出張嘴手、動動手指頭就有人替他們辦成了），即使是他們正值青春期愛好刺激的孩子們，也不至於全都穿著同樣款式的鞋子。

柯煥感覺到自己的宿醉一下子全都醒了！

不論來者是誰，對方必定有組織，而且目標就是自己！

於是他繼續假裝檢查蔬果，同時暗自讓背上原本熄火的兩具螺旋槳進入待機狀態，一面慢慢地遠離那幾片攀著葡萄藤的圍籬。

「柯煥！」然後，遠在他做好完全準備之前，一個壯碩的身影突然踢倒葡萄藤圍籬，竄出來。

「不許動！」另一個身影接著從圍牆邊現身。

「我們是市警局中山分局第五小隊，現在懷疑你涉及一樁綁架案，請你跟我們回警局說明！」第三個警察從小黃瓜架後頭竄出，因為動作過大，頭上還掛著纏著瓜藤、上面帶著一朵黃瓜花。從身上的制服和神態上看來是個警察。三人朝著柯煥緩緩接近，只間隔了十步的距離，將他團團包圍。

「綁架案？什麼綁架案？」情急之下，柯煥也顧不得形象，吼道：「你們是不是找錯人了？」他指著自己的臉：「你看我這副模樣，看起來像是綁匪嗎？」

「許多隨機殺人的兇手，也是白白淨淨相貌平凡啊！」警官絲毫未曾察覺頭上那朵帶有喜感的小黃瓜花，道：「柯先生，你有兩個選擇。」

「自殺或被自殺嗎？」柯煥不假思索地回答。

「什麼屁話？這裡可是法治社會啊！」警官顯然被激怒了，吼道：「有什麼話，跟我們回警局再說！」

「你有傳票還是通知書嗎？」柯煥強自鎮定道：「沒有通知書，怎麼證明你們是警察？」

「通知書是吧？」警官臉色一沉道，緊接著道：「我不知道你是真有法律常識還是警匪片看太多，但你真的看過通知書嗎？我隨便拿張紙晃一晃，你分辨得出是真是假嗎？」說罷，他還真的從口袋裡掏出一張A4大小的白紙，也不知是不是通知書。

「……」柯煥一時還真給諷刺地啞口無言。

「……要到警局可以。」柯煥略微思考之後，道：「但在這之前，我要求我的律師到場。確認這張通知書的真偽之後，當然可以跟你們回警局。」

「嘖嘖！」警官臉上這時才略為顯露出挫敗的表情：「你就打電話吧，反正你跑不掉了，我倒想看你要多久才能叫到律師。」語畢，他掏出一根電子菸，漫不在乎地抽了起來。

「哼……」柯煥心亂如麻地透過眨眼，對著智慧眼鏡下達搜尋指令，瞬間便有幾十筆律師事務所資料列在他眼前的鏡片上。

「媽啦！這種時候，要去哪裡隨便生一

個律師出來啊？」他低聲嘀咕，但更大的疑問卻籠罩在後頭：「什麼綁架案的干我屁事啊？」不過，眼下也只能夠先等律師來處理再說了。

然而，這時他卻突然察覺到：這棟大樓周邊的天空裡，不知何時已經飄浮著至少五架以上的四軸飛行器，這些飛行器外殼還隱隱約約看得見某些電視台的商標。

「唔。」柯煥內心隱約察覺不妙，於是立刻將鏡片裡的資訊切換到新聞台，果然立刻發現到目前這棟大樓的高空影像，視訊下方則閃爍著標題字體：「警方前往圍捕疑似綁架案嫌犯。」

「唉～警方都還只是懷疑而已，新聞卻已經……媒體的素質還真是……」原來自己不明不白地已經被媒體當作綁架案主嫌報導了，看來自己肯定是今晚談話性節目的主角了，被那些名嘴們空穴來風地汙衊已經很受不了了，萬一接著遭到栽贓坐黑牢，那麼後果可真是不堪設想，一想到這兒……

「嘖！不管了！先離開再說！」柯煥決定不管一切，一咬牙，快速按下了自己聚合材質裝甲上的開關，背上兩具螺旋槳引擎立刻啟動，巨大的風壓立刻吹得蔬果飛揚，他的身軀也旋即緩緩騰空而起，朝著大樓外側飛去！

「媽的！來這招！」警官立刻咒罵著，快步衝上前，一個飛撲抱住了柯煥的雙腿，試圖用自己的重量抵抗螺旋槳的推力，兩股力量相抗衡的結果，就是兩人狼狽地在頂樓蔬果園上被螺旋槳緩緩橫向拖行著；眼看著就要離開大樓的邊緣，警官對著兩名部屬吼道：「笨蛋！還不快來幫我？」

兩名警員意會過來的時候已然來不及，

雖然也做出了誇張的飛撲動作，不過……終究都沒能即時抓住上司的雙腿，結果……

「混蛋！」下一瞬間，警官腳底下突然一騰空，柯煥也旋即察覺到自己正在緩緩地下沉——單人用的天農飛行裝甲畢竟無法負荷兩個成年人的重量，於是，狀況就演變成了警官抱著柯煥雙腿，在台北市的天空中橫衝直撞，緩緩下降的模樣。

「不要亂動啊！這樣影響飛行！」柯煥慌亂地操作螺旋槳，希望讓飛行軌跡保持平穩：「誰叫你撲上來的啊？又不是好萊塢動作片！」

「追捕現行犯當然要冒險犯難啊！」警官大吼著：「不要亂踢，我要是摔死了，你就是襲警加上妨礙公務加上謀殺未遂！」

「誰是現行犯啊？先搞清楚你的程序正義吧！」柯煥大聲抗議著，於是這兩人就像一組滑稽的傘兵，持續在半空中以可笑的姿態緩緩飄降，很快地，就吸引了鄰近大廈裡上班族們的注意，大夥紛紛貼到玻璃牆邊，目不轉睛地觀察著這幅情景。

緊跟著，好幾架分屬不同媒體的飛行攝影機已經飛抵柯煥與警官週遭，彼此卡著位試圖搶到最好的角度，而與之對應的地面街道上，則鳴起了警車的笛聲……

▼

即時新聞畫面中，青年落地後，員警們便一擁而上，三兩下就拆下他身上的飛行裝甲，然後將青年反手銬著壓制在地。而在鏡頭前接受訪問的警官原本侃侃而談，直到訪問進行到一半時，才察覺自己頭上纏著一朵鮮亮的黃瓜花，從此表情就顯得不太自然。

「那麼，有關瓦連科夫科技公司董座張

文貴的行蹤，警方是否掌握新的線索……」

「很抱歉，目前我們不方便透露。」

「傳聞八里汙水處理廠找到的無名指與婚戒，是否屬於張文貴？」

「關於偵辦中的案件，暫時不回應……」

緊接著，新聞畫面逐漸從彩色消退為一片慘白，聲音也旋即消失，張文貴被綁在一張舒適的沙發椅上面對螢幕，他的雙手被銬在桌沿，而他的手掌上，手指卻不協調地通通消失了——原本應該是手指的地方，而今卻套著十個直徑約二點五公分的小型傳送環，其中九個傳送環的邊框還不斷閃爍著青藍色光芒，顯然正在運作之中；僅有右手無名指根部的傳送環外表是灰暗的。

而在幾步之遙的螢幕下方，木櫃上，橫置著一列十個傳送環，其中九個發出青藍色的光芒，其中各自伸出一根手指。

「所以你們關了我一整天，到底要什麼？可惡！該死的！你們竟然還害人揹你們的黑鍋？」張文貴忍不住咒罵了起來：「雖然我不認識他，但畢竟也是一條活生生的人命啊！」

「呦～這會兒倒是義正嚴詞了起來。」一個歹徒走了過來，他身穿一襲休閒服，頭上卻戴著南瓜燈籠頭罩。南瓜人手掌輕輕拍打著他的後腦杓：「那青年被捕雖然與本組織不相干，但卻來得正好，更何況，作為地主與賓客，我們雙方都需要再開誠布公些。」

南瓜頭歹徒突然一躍而起來到張文貴身前，好整以暇地拉了張椅子坐下來，從口袋裡掏出一張數位紙，用手一滑，便顯現出一則當年的報紙剪影，上頭斗大標題寫著：

「瓦連科夫科技公司財務長張文貴升任為行政總裁。」

「雖然外面的世界把你捧為『鄭兆玄的接班人』，但你、我都知道，你完全無法承接鄭兆玄的路線，相反地，當年你不過僅是實驗室裡負責跑公文的行政人員，交不到女朋友、滿腦子炒股票、渾渾噩噩度日，甚至連實驗室主持人在做什麼研究都搞不清楚！」

「……」張文貴的肩膀在一瞬間坍塌了下去。

「八年前，在『強迫升級』運動前夕，你的老闆、傳送環理論的奠基者鄭兆玄找你談，願意將公司股份連同所有財產全數贈與你，而交換條件則是要你好好照顧他的狗，有這事兒吧？」

「唔。」張文貴不置可否地悶哼一聲，等於印證了歹徒的說法：「這個世界上知道這件事情的人，不超過十個，莫非你是……？」

「那不重要，重點是，你們的協議還有第二個條件！」

「鄭兆玄曾將『解藥的藍圖』交給你保管，並且吩咐有我們四個人其中之一向你索取的時候，必須無條件交給他。」南瓜頭歹徒繼續道：「交出『解藥的藍圖』，我們就放你走，條件是你必須去替那位青年洗刷冤屈！把我們綁架你的事情全盤跟警方供出也無所謂。」

「唉！你們又來了……要我說多少次你們才願意相信啊？」張文貴驚恐地高聲叫嚷：「根本就沒有所謂的『解藥』啊！就算那青年被關了被判刑了，本來就沒有的東西要我怎麼生也生不出來啊！」

「是嗎？」歹徒冷冷一笑，張文貴感覺到他南瓜燈籠頭罩底下的嘴唇輕輕地動了動，肯定不知在咒罵些什麼。

下一秒他從椅子上跳起來，朝著張文貴的臉狠狠地揍了一拳！張文貴癱倒在沙發上，一時之間爬不起身。

「別再貪得無厭了！」在歹徒憤恨的語氣中，張文貴又挨上一拳：「你之所以不願意交出『解藥的藍圖』，只是擔心你的財產會縮水，社會地位不再而已！但你他媽的有沒有想過，單憑你個人的資質，這些本就不屬於你？你是否為這個中毒的世界著想過？」

歹徒提起手銬搖晃著張文貴兩隻綁滿傳送環的手掌，說道：「我們也是可以回歸最原始的消極路線，其實我們也比較擅長非言語的溝通：「這九個傳送環的燈號，要讓哪個熄滅？你自己決定！」

「用暴力手段對付其他人的，又有什麼資格來論斷這個世界？」張文貴試圖用手抹去嘴角滲出的血水，這才驚懼地察覺到自己的九根手指頭正透過傳送環的運作，還在房間彼端的櫃檯上揮舞著：「割手指頭有什麼實質的意義？」

「這世界從來不缺乏謊言，你也是。」歹徒不以為然地敲了敲張文貴右手無名指基部那個停止運作的傳送環：「而鑒於方才對談中，誓約與忠誠顯然不是你的人格特質，那麼我們把戴著婚戒的無名指移除，或許可說是先見之明了！」

「而它被汙水處理場找到了，現在肯定已經冷凍起來，這就是『強迫升級』後，世界進步的真相！」張文貴反駁道。

「別傻了！那是因為我們的駭客朋友

幫忙，才設定讓你的無名指落在汙水處理廠的工讀生附近，進而引起這個世界的注意，倒因為果，只能證明你的邏輯有問題！」

歹徒走到螢幕旁邊，從口袋裡掏出另一個無線式傳送環，開啟了它的量子傳送介面，另一隻手掌放在南瓜頭套的下巴做出思索狀。

「這根是你的右手食指吧？」他把這個新開啟的傳送環套進了櫃檯上從左邊數過來第四根伸出的手指頭上，很快地，傳送環就將手指整跟吞沒——上回他的右手無名指就是這麼被套上，然後在下個瞬間消失無蹤、血如泉湧的。

「你願意的話，這次我們就來玩玩『量子俄羅斯輪盤』(註)的遊戲，我也很好奇你的手指頭究竟會傳到世界上哪個角落。」

「不要！不要啊！」張文貴臉頰慘白地哀嚎出來：「讓我想想！讓我想想！就兩小時……」

「Good！」歹徒將傳送環向上抬高，食指又完好如初地出現。南瓜頭套上的那咧笑容，看來依舊詭異無比：「其實我都替你想好了，不如這樣吧，反正即使我們得到了『解藥』，你還是有足夠的時間把手頭上的股票或資產換成現金，即使縮水到剩下現在的百分之一，依然有很雄厚的財力可以投資一些新創業的科技公司，甚至要拿去買金條也不錯。總之，不要抱有不切實際的幻想，你的財富不可能原封不動，更何況，那也不過是你替鄭兆玄保管的！」

歹徒伸手對著張文貴，南瓜面罩前伸手比了個「YA」的手勢，就像市面上一大票宅男女神拍照時最常出現的姿勢。

「就給你兩個小時，想通了的話，就

對著攝影機大喊，有人會來觀照你；而如果想不通嘛～」歹徒意有所指地敲了敲手錶：「你還有另外八根手指的時間可以慢慢考慮！」

歹徒離去後，室內陷入一片昏暗，僅剩下螢幕下那九個傳送環發出慘藍色的光輝，照耀著其上的九根手指頭。

「該死……」張文貴絕望地咒罵著，直到現在，他仍然還無法接受自己已經失去了一根手指（雖然接回來的可能性不小），並且遭人挾持的事實，而這一切，得從將近二十四小時前說起……

▼

經緯大廈B棟一樓第三戶的落地窗後方，張文貴剛剛起床，一面扣起睡衣的衣襟，一手拿著管家剛送來的早報，迎接這個清晨。

「全民、聯爵、金發、嵐海、義寶、群研、銀士多五大洲七大量子傳送環廠今將召開股東會……」望著報紙上的頭條，張文貴不快地皺了皺眉頭。不用想就知道，這分明是故意的！同時召開股東會的用意，就是為了讓各公司都能分散來自股東的砲火——對於同時身為這七間公司大股東的瓦連科夫科技公司總裁張文貴來說，這自然不是個好消息了。

於是他一面盤算著該派遣誰做為公司代表前去各個公司，以確保獲利額度能夠比

註這裡指的是一種風行在年輕人社團與黑幫之間的傳送環隨機對接模式，由世界上許多參加者各自連上主程式，當一個傳送環的傳送介面開通的瞬間，會由主程式隨機連接到參與的其中一個傳送環。依據目的不同，隨機傳送的很可能是糖果、毒品，乃至於一發被擊發的子彈。

上個年頭增加百分之三十以上——這樣等到下個月換瓦連科夫科技公司召開股東會的時候，他才能安然下樁。

然後他又翻到第二版，只見標題寫著「聯合國大會即將表決《人類量子數據資料庫法案》，各線廠商持續關注」、「美、俄、德、英、法、日、巴、韓等一百三十五國青年、全球兩億三千五百萬群眾，相約今夜全面集結，共度『沸騰南瓜夜』！」，張文貴又不悅地吭了：「哼！一群混帳。」

「怎麼啦？」餐桌邊的老婆問道。

「唉！年輕人就是容易被煽動，說什麼《人類量子數據資料庫法案》侵犯個人隱私……」張文貴不快地嘀咕道：「口口聲聲說什麼捍衛隱私，但他們在社群網站上的表現，淨貼些裸照、胡亂打卡之類的，我可完全感覺不出有多在意自己的隱私哪！這群盲流究竟要胡鬧到什麼時候？」

「這話意思就是『女孩子穿得暴露被強姦是自找的』吧？老古板！」老婆沒好氣地輕輕嘀咕了幾句：「你擔心的其實是：法案沒過的話，瓦連科夫科技的股價會應聲下跌，沒辦法跟股東交代吧？」

張文貴這下子更怒不可抑了：「妳說什麼？」

「老傢伙，你幻聽啊？我剛可沒說話啊！」老婆言不由衷地別過頭。

不過惱羞成怒的他還是試圖為自己的觀點辯護：「《人類量子數據資料庫法案》法案同時也能有效對抗恐怖攻擊！」

「得了得了！快點吃早餐吧！咖啡都涼了。」

走向餐桌的途中，張文貴眼角突然瞄到：落地窗外頭的街道上，許多孩童們三五成群，都作奇裝異服打扮——有的小女孩頭戴巫師帽，有的小男孩頂著牛角盔，有的手持塑膠製的三叉戟、身上還黏著小惡魔的翅膀，一小群一小群地在社區的家家戶戶之間穿梭，手裡還提著一個小籃子，每當按了門鈴，當住戶開門時，他們便齊聲大喊：「不給糖就搗蛋！」，部分屋主難掩驚訝地匆匆關上門，也有部分屋主則開心地拿出糖果，投入孩童手中的籃子裡。

　看到這一幕，張文貴不禁有種時空錯置的恍惚感，他偷瞄了眼鏡的右下角，叫出了時間。

　「十月三十一日？」那個瞬間他突然明白了這些小屁孩們在玩什麼名堂，接著沒好氣地皺起了眉頭，怒斥道：「什麼年頭啦？又沒人家的文化，學人家過什麼萬聖節？況且人家是晚上過，搬到這裡倒是不分時間了！」

　說到這兒他不禁怒從中來，那些商人可不管什麼文化傳承的，只要有賺頭的東西就立刻引進來，先是在一個大多數人並非基督徒的社會裡流行起聖誕節，然後這些年，又開始陸續引進了萬聖節、感恩節，想到這兒，他就一肚子腦火。

　「還吃火雞勒！最好是你的泉州、彰州人祖先當初在淡水河畔接受過凱達格蘭人烤火雞的幫助啦！」

　「唉呦！張文貴，我說你生什麼氣啊？」老婆聽見他持續嘀咕，翻了翻白眼，從沙發上站起來道：「你別再那麼死腦筋了行不行？過節，不過就是大夥兒找個藉口一起玩樂而已嗎？哪有這麼嚴重啊？」

　「還不嚴重？文化都不文化啦？中不中、西不西的，這像話嗎？」

「你就是這麼老古板，難怪我爸媽逢年過節都不想見你，你還真以為天底下有幾個人忍受得了你這臭脾氣？」

「妳！……」張文貴正準備破口大罵，叮咚叮咚的門鈴聲卻在這時候響了起來。

這鈴聲彷彿給了老張牽怒的藉口，他匆匆捲起袖子，拿起腳下的拖鞋就往門口走，甚至連花幾秒鐘從眼鏡裡查看一下門口的監視器畫面也不願意。

「噯噯噯，張文貴你這是做什麼？」妻子見到他這副模樣，連忙追了上去。

「包準是那些不知為何要過萬聖節的小屁孩來了，看看我這拖鞋怎麼好好教導他們正確的文化觀！」

「教個頭啦！你想今晚在警局裡過不成？大富豪動手打小孩，你想上新聞不成？還不快住手！」妻子連忙追了上去，拉住張文貴的手。

「妳做什麼？別妨礙我教訓這些不知天高地厚的小屁孩！」

「你瘋啦？要開什麼門？」就在不斷響起的門鈴聲中，雙方僵持不下，一個要拉開門，另一個卻死命地抵住門不讓張文貴拉開，兩人拉扯了好一陣子，張文貴按耐不住，終於大力推了妻子一把！

「閃開！」緊接著，他大動作地拉開門，高舉著手中的拖鞋。

其實他原先也只想高舉手中拖鞋，惡行惡狀地嚇走這些小鬼頭罷了！

然而，當他一拉開門，秋夜涼風拂過他的臉龐之後，映入眼簾的卻非預期中的小鬼頭們。

當然，門外的訪客同樣打扮得很有萬聖節風格——他們清一色西裝筆挺，頭上卻都戴著一個南瓜燈籠頭罩，南瓜燈籠大大地咧著嘴，好似這群人嘴裡脫口而出的話那般，同時充滿著戲謔似的笑意與惡意。

位於中央那個身形纖瘦的南瓜人捧著一個打開來的公事包，其餘的南瓜人們則紛紛舉起槍械指著老張，以歡笑的語調齊聲吶喊。

「不給錢就搗蛋！」

▼

一名年輕警察來到鐵柵欄跟前，以感應卡解開了拘禁室的門鎖。「你可以離開了！」

跟在警察後頭的時候，柯煥忍不住發問：「誰來保釋我？」

「你等等就知道！」年輕警察帶他來到警局的會客室，那裡的螢幕正投影著昨天他從天而降的畫面，接著畫面融接到警局外，三、五個先前參與遊行的民眾戴著南瓜頭套，零零落落地拉起「聲援柯煥」的布條。

底下斗大標題顯示：「科幻作家柯煥涉嫌綁架科技首富張文貴，警方下午偵訊後，初步排除涉案。」

年輕警察笑了笑，帶他來到一張長桌上，拿了張數位紙讓他簽署：「你沒事了，請在這邊簽名，領回自己的物品。過幾天，會有法律扶助基金會的律師協助你辦理國賠事宜。」

其餘幾名警察則搬來一個籮筐，裡頭放置著他（公司）的飛行裝甲、他的智慧眼鏡、智慧手機，以及隨身的背包。

柯煥順著文件列表一項一項核對，最後打開了背包，取出了家裡鑰匙、附有傳送環功能的保溫瓶、一堆昨天遊行裡拿到的標語貼紙，以及——一頂南瓜頭套。

這時，又有一名中年警察走了過來，說道：「現在你也可以見親友了！」

中年警察身後站著一名年齡與他相若的男子，身穿格子襯衫，頭髮末梢夾雜著些許斑白。

「原來是你啊？柯普。」

那名男子一見到柯煥，卻大聲嘀咕：「哥！你這怎麼回事啊？這下子，民雄的鄉親們全都知道了，阮家的臉要往哪裡擺啊？」

▼

那是母校正門對面小巷裡的一間餐飲店二樓，橘色招牌上書寫著「蠶居」兩個大字，這塊招牌所代表的，是兄弟倆共同的母校回憶。

「……結果那幾個拉布條聲援你的，也只是虛晃一招，等記者拍完，他們過足了上電視的癮，就全都撤了。」

「唉，還不是那個老是看我不順眼的管理員老謝，在前天上午快七點的時候，看見我背包上繫著南瓜頭套離開京元大樓；約莫上午十一點左右，張文貴就被一幫南瓜人挾持了。管理員一從新聞上看到消息，就格外『熱心』地向警方舉報我。」

「原來你還在當『天農』啊？爸媽和我不知跟你說過多少次了，那麼危險的工作趕快辭掉，找份安穩的工作吧！」男子露出詫異神情：「哥，都幾歲了，你還在不務正業地做白日夢？而不願意睜開雙眼看著這個世界的轉變？」

「柯普，八年前我曾經有機會啊……」

柯煥才剛想解釋，作弟弟的已經再度開口：「那是八年前，結果呢？被人家狠狠地將了一軍不是嗎？我實在是搞不懂，我們已經生活在這麼高科技的世界了，你那些天馬行空的故事，到底對社會還有什麼用處？」

「從小你就不懂……到了今天，還是一樣。」柯煥答道：「有種東西叫作夢想，它聽起來或許很虛幻……」

「是很虛幻沒錯！夢想、夢想，可以當飯吃嗎？」柯普嘆了口氣道：「當年，咱兩考進台大的時候，爸媽多高興啊！以你的資質，若肯像我這麼腳踏實地地從事研究工作，生活也不會像現在這麼不穩定，台大的高材生竟然靠著當天農、打零工過活，這也未免太窩囊了吧？……你，你幹嘛？」

原本已經拿起筷子的柯煥，就這麼默然凝望柯普，直到他咄咄逼人的連串語句轉化成惱怒的驚嘆，接著長歎了口氣，道：「我們柯家出了你這個不到三十歲就在台大取得教職的助理教授，已經夠光耀門楣了；我不能奢望每個人都理解我正在做的事情，這頓飯，就算我的！」

說罷，柯煥從口袋裡掏出兩張紙鈔擱在桌上，拉了拉椅子就要站起身。

「別別別……哥，你鬧什麼脾氣啊？你經濟狀況不好，這頓算我的吧？」

「不用了！」柯煥滿是怒氣地道：「我是經濟狀況不好，到今天，我也還只是個還沒長大、還在追逐夢想的窮酸作家。不過這頓飯，我還出得起！」說罷就轉過身走向門口。

「等等！柯煥！」柯普趕忙起身，嘴裡嘟噥著：「一把年紀了脾氣還這麼硬……」接著從地上的提袋裡提出一只包裹：「這次回嘉義，爸媽要給你的東西別忘了！」

柯煥遲疑了幾秒，終究是轉過身來。

「我是不懂你，畢竟卻也不忍看你過得這麼艱難……」遞出了包裹時，柯普低聲地道：「保重啊，老哥。」

「嗯。」柯煥頷首，拿著包裹，就要轉身。

「等等！還有……」柯普又再度開口。

「煩不煩啊？」柯煥不耐煩地回過頭，卻只見到柯普匆匆地從襯衫口袋掏出一張折疊過的手寫紙條：「有人找你，自己小心點。」

「誰？」

「自己看。」

柯煥看了上頭的名稱後，轉過頭與柯普對望，柯普給了他一個「就是這樣」的神情，於是柯煥默默地頷首，將紙條塞進口袋裡。然後柯煥推開了門，只剩柯普坐在椅子上，拿起筷子，吃起了那盤動也沒動過的飯菜……

第二章

解藥的藍圖

全世界有這麼多城市，城市裡有這麼多酒吧，可她卻偏偏來到我的酒吧。
——《北非諜影》

入夜的士林區深郊，總能從吹過的晚風裡嗅到一絲屬於自然與野性的氣息；而這也代表著，在兩盞水銀燈之間，總有光線照不到、且攝影機無法顯像的死角。

戴著南瓜頭套的纖瘦身影從陰影裡現身，就這麼站在柯煥身前，郊區野風吹得他的斗篷飄逸。

「有事嗎？」柯煥低著頭，想與對方錯身而過，對方卻望左跨出一步。

「你考慮得如何？」南瓜人的身材幾乎像紙片一般纖細，應該是位女性。

「我能拒絕嗎？」柯煥微醞地道：「你們都找上了我家人。」

「那只是傳話，我保證，本組織絕對不動你的家人……」

「那麼我拒絕。」

「哦？」南瓜頭套底下的聲音聽來有些詫異：「我以為參加『沸騰南瓜夜』遊行的人，多半願意為這個歪斜的世界盡一份心力。更何況，我聽人說，當作家的總是比較有風骨……」

「所以總是窮愁潦倒。」柯煥試圖側身離開，南瓜人卻又朝右跨出一步：「回去吧！我怕痛，也怕死，現在不過是個卑微的窮忙族罷了，去遊行湊一湊人數還可以，不過也就只有這樣了。」

「Paradox！」女南瓜人赫然吐出一個英文名詞，假意微笑道：「一個有勇氣跳出高樓試圖逃避警方追捕的人，竟然會說自己胸無大志、只想安身立命，真是個絕妙悖論哪！」

「這不是悖論。」柯煥登時臉色一沉，推開女南瓜人搭上自己肩膀的手：「我弟家裡的那三十萬，請你們找機會取回去吧，我不接受你們的訂金。」

「哦？你聽得懂悖論啊！」女南瓜人略顯詫異地笑道：「那不是新委託的前金，而是上次行動的酬謝。周一上午，你已經為我們轉移了一次焦點。」

「那只是意外……」

「而意外的效果，往往超乎縝密算計。」

「就像偶然的成功，經驗無法複製。」柯煥壓低聲音，然後道：「況且，你也說了，『作家總是比較有風骨』。」

「『所以總是窮愁潦倒』，這可是你說的。」女南瓜人轉過身：「想想那些你為生活放棄的，我的提案在兩個禮拜內都還有效。聯絡方式紙條上有。」

語畢，女南瓜人的身影便消失在街道盡頭。

「我才不會如你所願呢！屌什麼啊！」

柯煥突然間大吼，然後從口袋裡掏出那張紙條，揉成一團，摔在地上。

然後呆若木雞地佇立在水銀燈下，足足約有五分鐘之久。

最後，他還是低聲嘆了口氣，彎下腰撿起了紙團。

「誰都希望有風骨，又不至於窮愁潦倒啊……」

▼

老賈薩望著電腦螢幕上顯示的發信地點，又看了看牆上的時鐘，語音接通後，就以不熟練的英語問道：

「我記得，周六你是不喝咖啡的。」

「哈，看來今天是例外。」地球另一端

傳來同樣不幹練的英語腔調：「我有重要的事情要辦，所以，請給我一杯更濃的『賈薩特調』。」

「比前幾天那杯更濃？」老賈薩更顯疑惑：「你沒事吧？我可不希望在全球新聞看到你的消息哪！」

「哈，你又沒看過我的長相，怎麼知道沒在新聞上看過我？」口氣雖淡然，卻隱隱聽得出酸澀。

「這樣啊……」老賈薩的手沒停，依據直覺，這次讓沸水與咖啡豆浸潤得更久，才讓深褐色的液體返回壺中；下一瞬間，便已藉著傳送環瞬間送往亞洲東南邊陲的小島上。

「你下周那杯，我會先調好，正常口味。」老賈薩：「記得要準時來喝啊。」

「哈哈哈！但願如此。」來自地球彼端的語音傳來：「運氣好的話，下次分享個故事。」

「不會是當年你在網路上替我們宣揚的那個故事吧？」老賈薩：「把我們說得淒楚又可憐，好慘哪！」

「那些都是過去的事情了啊。」對方淡然道：「我以為時間可以抹平很多傷口，這八年，很多事改變了，只可惜不是全部啊……」

老賈薩還兀自沉思，該怎麼接這句話，豈料對方又再度開口，語氣恢復了先前的爽朗：「先不說了，出門。」

咖啡桌前，只剩下老賈薩兀自收拾著剛用過的咖啡用品，接著若有所思地望著他眼前的量子傳送環，那逐漸黯淡的蒼藍色光輝……

▼

「這樣真的好嗎？」沿著新生南路朝向北，距離辛亥路口五百公尺遠的地方，就已經看見連綿不絕的排隊人龍。

柯煥走在母校外圍的人行道上，白色的體育場出現在他的右側，這是排隊人龍的目標，也是他今日行動的目的地。

原本，柯煥根本沒有必要跑這一趟，只不過，當他進入跨國種子公司「墨海都食品」的辦公室、準備請領薪資的第一時間，人資主管就請他進會議室喝了杯咖啡。

人資主管沒有因為他被羈押、曾被視為嫌疑犯而多說什麼；然而，由於羈押期間，媒體已絲毫不顧個人隱私地將他在案發前三日的行蹤、包括他參加那場『沸騰南瓜夜』遊行與之後的事情都報導得差不多了，因此，人資主管終究還是讓了他簽署了另一份文件。

所以離開辦公室的時候，他手裡已經捧著一個A4紙箱，上頭覆蓋著一份充滿表格的文件。他一面走著，腦海裡一面回想起一分鐘之前的對話：「本公司不聘請具有反社會傾向的僱員，怪就怪你去參加了那場遊行。」人資主管推了推眼鏡這麼說。

頓時失去經濟來源，雖然還有一個月薪水份量的資遣費可以撐個幾天，但對柯煥來說，畢竟不是長久的好消息。在無法確認何時能找到新工作的窘境下，他終究還是攤開了那張從女南瓜人手裡交過來，又被揉成一團的紙條。

女南瓜人再度出現在深夜的街角下，出乎意料之外地沒有冷嘲熱諷，而是簡要地交代了他到這裡來與接頭人會合；至於下一步……

「你的接頭人會告訴你該怎麼做。」她這麼道。

所以他現在身處在這座島嶼最富盛名的同人誌展售會場外，在眾多Coser（註）之中尋找他的接頭人。這些Coser們打扮得爭奇鬥豔，模仿動漫角色起來維妙維肖，題材更是五花八門、令人眼花撩亂，許多少女們穿著的火熱程度，更令柯煥不敢直視。

見到接頭人的第一眼，柯煥立刻明白了為什麼要選擇在同人誌展售場這裡會合：他的接頭人是個五十來歲的中年男子，頭戴華麗鋼盔，下巴蓄著一圈沒剃乾淨的鬍渣，身穿厚重的蒸氣龐克風服飾，腰間還繫著一柄巴洛克風格的軍刀——在全都是奇裝異服的人群裡，奇裝異服也就不會特別引人注目了！

中年的這個扮相，正是近來頗受歡迎的動畫作品《華麗的戰錘》裡頗受歡迎的中年配角『激昂卡爾』，惟一的差別，則是他雙手手掌前端，各自套著五個傳送環，不知道用這種自虐的方法，把手指們給傳送到哪裡去了。

「殘廢版的動漫角色……」

「什麼殘廢版？這可是有專用的術語，叫做『戰損版』哪！」中年Coser不悅地抗議著。

「那麼，接下來要做什麼？」柯煥問道。

「先去取你的飛行裝甲。」

「什麼？」柯煥望著眼前這個不怎麼壯碩的中年男子：「可是我已經被墨海都食品公司資遣，能不能進入那棟大樓還是個問題啊，更何況……你沒看幾天前的新聞實況嗎？飛行裝甲的風扇也沒辦法承受兩個人的體重啊！」

「照做就是了……我也是不得已的。」中年道：「他們說等我們拿了飛行裝甲會再通知我們。」

「好吧，問題是，我能相信你嗎？」

「隨便你，你要知道，被南瓜幫控制的不只有你而已。」中年這麼說道：「我不知道你是為了什麼而來，但我是為了繼續活下去而來，光憑這點，你應該知道我遠比任何人都還要希望這次行動能夠成功。」

「好吧！既然如此……」柯煥嘆了口氣，走向台大校門口，招來了一輛自動駕駛的計程車。

▼

踏進樓下大廳的時候，柯煥心底緊張地蹦蹦跳，畢竟自己已經上了新聞，雖然排除了嫌疑，但他總覺得包含管理員在內，所有住戶看見他的表情，似乎全都印證了「另眼相看」這句成語。

不過很幸運地，代班的保全見著了柯煥，以及奇裝異服的中年男子，也沒多問什麼，點個頭就讓他們進了電梯。

「搞什麼啊？」來到家門前，柯煥忍不住在心底嘀咕：「為什麼生平第一次讓陌生人進家門，不是深夜在夜店外認識的美女，卻是個打扮成動漫人物的中年大叔？」

終究，他還是掏出鑰匙，替中年男子開了門。

豈料，中年男子卻佇立在門口，臉上呈現詫異的神情：「這麼小的地方？這……十

註　泛指以衣著、佩件等將自己打扮為動漫作品角色的玩家，通常活躍於同人誌展售場。

坪不到吧，我看。」

「怎麼啦？」

「這麼窄的空間，還堆這麼多東西……」中年男子環視著他的房間，家具就是一張電腦桌、一台電視、一具冰箱，以及一張沙發床，其餘空間滿滿的都是書架：「難道感覺不到處處充滿了壓迫嗎？」

柯煥攤了攤手，回覆道：「以你的年紀看來，大概不懂我們這一代人的哀愁吧。老實說，即使在你眼中只是『狹窄而充滿壓迫的』，房租也幾乎佔掉我薪水的快四成了。」柯煥沒好氣地回覆。

「什麼？這種房子房租一個月多少？八千塊？」

「原來這樣的房子在你眼裡只值八千塊……」柯煥當場翻了白眼：「這裡位於市中心，距離捷運又近，月租是一萬八千塊。」

「好，就算是月租一萬八好了，我認識幾個當全職天農的後輩，每個月底薪也不只五、六萬哪！」

「……我只是個兼職天農。」柯煥不太想繼續這個話題，於是走進浴室從牆上取下了一具飛行裝甲，還沒來得及說出下一句話，中年男子就已經開口：「你房間放那麼多書本，該不會想考公務員吧？十年寒窗苦讀，換得一輩子保障，值得值得。」

「先生。」柯煥拿著飛行裝甲走向門口，一面以下巴指向書櫃：「你看看這些書籍，有哪一本像是要考高普考的參考書？」

中年男子的眼光掃過櫃子裡的眾多書背，他模糊地唸出：「《阿拉伯人眼裡的十字軍東征》、《槍砲、病菌與鋼鐵》、《美麗新世界》、《柏楊版資治通鑑》、《鏡花水月》，這……種類這麼多，難道你是……

二手書商？」

柯煥差點沒被眼前的階梯絆倒，他苦笑著道：「看來，這個年頭，果然寫字的賣不了幾個錢哪！」

「原來你是獨立記者啊？」

柯煥搖搖頭，不再答覆，直到他推開頂樓的鐵門，走進屬於另一間上櫃蔬果公司的天空農場裡，在強風吹拂下，他轉過身，對著中年男子道：「倒是我看你，好像越來越眼熟……？」

「哪有？我可不是什麼公眾人物呢！」中年男子趕忙撇清道：「我就是個平凡的中年男子罷了。」

「是嗎？平凡中年男子哪會被南瓜幫給綁架，還搞成這副德性啊？」柯煥端詳著中年的臉，繼續道：「嗯，我這幾天一定看過你的臉，只是不知道在哪裡看到的……啊！」

說到這裡，柯煥的嘴角頓時僵住，他望著中年男子，眼神逐漸從不耐轉為震驚：「你……該不會就是就是……？」先前頂樓被警察圍捕時，智慧型眼鏡裡的新聞標題猛然躍出他的記憶。

「我……」中年還來不及解釋，柯煥的眼神已經轉為憤怒，他將飛行裝甲扔在地上，也不管中年的急促哀求，使勁地要將他的頭盔拔下來；但由於中年的手指全都被傳送環禁錮在不知何處的時空彼端，終究阻止不了盛怒的柯煥。

當頭盔被扯下的瞬間，頭髮與臉型的搭配，在柯煥腦海裡組合成了符合他記憶的那張臉孔——那張曾經害他被警局拘留的臉孔。

「你就是張文貴對不對？瓦連科夫科技

公司總裁張文貴！」

「唉～」柯煥深深、長長地歎息，也不管一旁的張文貴，整個人喪失了力氣似地癱坐在地上，苦苦地笑道：「結果繞了一圈，前幾天好不容易證明無罪的事情，到了今天，我的行為卻等於完全印證了這些指控；好樣的南瓜幫，你們夠狠……」

「我說小老弟，我們，還是趕快把事情解決吧，低調地完成的話，或許就沒事了。」張文貴也跟著嘆息，沒有手指的手掌搭著柯煥的肩膀，卻被柯煥憤怒地甩開來！

「狗屁！怎麼可能沒事？」他憤怒地跳起來，指著遠處的台北市街咒罵：「從台大體育館到這裡，不論是自動計程車、路邊街角、還是這棟大樓裡，到處都裝著攝影機，我已經成為『綁架你的歹徒』，而且百口莫辯了啊！」

柯煥滿佈著恨意的眼神猛盯著張文貴瞧，下一瞬間，像是下定決心了一般，他拉動張文貴的手，直朝門口奔去。

「你……你打算做什麼？」

「做什麼？當然是去警察局自首啊！」柯煥怒道：「然後你要把事實真相全盤托出！我絕對不會讓這南瓜幫的陰謀得逞的！」

「等等！不行！絕對不行啊！你冷靜一下。」張文貴這時卻極力掙脫，不斷哀求。

「這樣你也能重獲自由啊，為什麼不要？」

「你看看我的衣服後面！」柯煥依著張文貴的陳述，一腳將他踢倒在地，果然看見這套蒸氣龐克風格的服裝，在心臟的背後位置，表面有著一個直徑大約三點五公分的小小凸起。

「傳送環？」

「對！就是傳送環！」張文貴這時終於也情緒崩潰、氣急敗壞地嘶吼著：「這套衣服沒那麼容易脫，而他們在衣服上也裝置了竊聽器和GPS發射器，如果你輕舉妄動……」

「他們隨時可以透過傳送環開槍殺了你。」

「對！然後你就更名正言順地成為當街殺我的兇手！這樣你聽懂了沒？你這傻屌？」張文貴惡狠狠地咒罵著柯煥，接著雙方大口喘著氣，緩緩地在一片綠海中冷靜下來。

「看來，照他們所說的做，是我們現階段最好的選擇。」柯煥百般不願承認，但他終究還是體悟了殘酷的真相，於是他問道：「那麼，接下來，我們該怎麼做？」

「我左胸的口袋裡，有一隻手機，還有一個傳送環。」

柯煥取出了手機，過了幾秒鐘，旋即響起，話筒另一端傳來街邊那名女南瓜人的嗓音：「柯煥先生，首先我要恭喜你沒有一時大意鑄下大錯，我可以保證，只要你們完整……」

「我不相信你的保證！」柯煥憤怒地道：「要我做什麼，快說！」

「冷靜才能成事啊，柯先生。」話筒另一端，南瓜人繼續道：「首先，把你手上的傳送環，接到飛行裝甲的燃料蓋上。」

南瓜幫不知在飛行裝甲裡頭添加了什麼特殊的燃料，接下來，他們又透過傳送環嘩啦嘩啦地送出了一大堆直徑在三點五公分以下的薄片零件，以及一張捲起來的說明書。

照著說明書組合之後，一套各八片的新

型渦輪葉片出現在兩人面前。

「好了，現在你有了高效能的燃油，以及能增加百分之三十五推力的葉片，現在，你載著張先生，飛往經緯大廈。」

「什麼？」

「對，經緯大廈。」南瓜人說著。

「所以，這一戶也是你的？」柯煥道：「我還以為你家地址就是B棟一樓第三戶，想不到在A棟這裡，你也有一戶」

腳底踩著高級大理石地板，踏進這偌大的客廳，柯煥頓時感覺到自己彷彿是踏進了西歐城堡的中世紀農奴，跟這週遭的環境顯得格格不入。置身這戶高級公寓裡，柯煥只感覺自己大概奮鬥個一輩子也買不起一坪大的大理石地板。

「你的小女朋友不在？」柯煥看著沙發上的Hello Kitty小抱枕問道。

「唉，總之，現在這個關頭，我也沒什麼好顧忌的了……」張文貴道：「還說你不是記者？」

「不，我不是記者，只不過，有時候看看新聞的品質，會覺得某些記者跟我做的事情也差不多了。」柯煥：「我是個作家。」

「作家？」

面對張文貴的滿臉狐疑，柯煥只得略帶尷尬地補充道：「不暢銷的那種。」

「噢，怪不得……」

「所以你的小女朋友不在這裡？」

「不，她打牌去了，然後下午會跟幾個朋友喝下午茶、逛百貨，要六、七點才會回來。」

「即使你被綁架了？」

「唉～」張文貴面有難色地道：「她可能……嗯，或許也不是那麼在乎吧。」

「各盡其能、各取所需，或許這樣更好。」柯煥為這段關係下了個註腳，然後問道：「話說回來，他們要的東西在哪裡？」

「我不知道。」張文貴垂頭喪氣地攤開了手：「我只知道那東西在這裡，可是卻沒明說。」

「這……」柯煥略一沉吟問道：「凡是所有的謎團，總是有線索的，你有聽過任何的指示嗎？隻字片語也行。」

「唔，我想想。」張文貴遲疑地道：「時間到的時候，去找尋常中的不尋常。是這句嗎？」當年有人說過這句話。

「很有可能，尋常中的不尋常，聽起來就像線索，不過到底該怎麼判斷啊？……啊！」

張文貴走向大沙發，從牆壁上取下一只木製時鐘，鐘面直接用樹幹製作，周圍不規則地呈接近橢圓的形狀，上頭還會畫著許多小裝飾。

「會不會是它？」柯煥指著小時鐘道：「你看這時鐘根本就不會動，而且時針、分針、秒針的配置方式，時針指在比『Ⅷ』略上方一點的位置，分針卻是指在『ＸＩ』的刻度上，這應該是平時不可能出現的狀況。」

「那應該就是了。」柯煥不及細看，張文貴已經用沒有指頭的雙手把它夾了下來，要柯煥裝進一只隨身的麻布袋裡。

「好了。」

「你確定這是正確的？」

「不確定我也不能怎樣啊？我也只是猜的。」張文貴道：「況且，當年那個人在講某件要事的時候，剛好把這個時鐘掛在牆上。」

「……好吧。」柯煥心不甘情不願地攤了攤手：「如果不是的話，我可不想再回來這裡了。」

「好了嗎？」女南瓜人提供的手機再度響起，柯煥接起之後，只聽對方說道：「直接飛向你的公寓，脫下飛行裝甲之後，帶著張文貴搭車到這個地點。」

▼

「雲端銀行您好，很高興為您服務！請問該怎麼稱呼？」每當電話響起的時候，我必須在響第二聲以前接起電話，否則會被扣兩百元薪水。雙螢幕的左側，浮現出一個面貌清秀的長髮美女，根據螢幕右側顯示的IP，我直覺反應地以母語問候。

「先生您好，我想要提款。」美女！我最喜歡美女了！這位客戶水汪汪大眼睛真是好看，如果能跟她約會就好了！不過那終究也只能想想，至少未來兩年內，我是根本走不出這棟大樓的。

「好的，我們先幫貴賓核對基本資料，您是西太平洋區的貴賓吧，您的名字是……？」於是我開始依據右側螢幕的指示，逐項核對這位客戶的資料。我猜對了，這位女客戶來自太平洋西岸的台北，恰好也是我的故鄉，雖然已經將近五年沒回去了，不過每天聽見熟悉的音調，還是讓我感覺彷彿置身故鄉，不只多了份親近、更少了些鄉愁。

在兩個螢幕之後，則是一面巨大的落地窗，就從上方的樓層筆直垂下、又直貫下方的樓層，雖不知有多高，卻足以鳥瞰這整座城市的美景。

自然，我的辦公室不在台北、也非高

雄，至於它的確切位置，由於已經與公司簽署了保密協定，恕我無法奉告，而且老實講，我也不知道詳細地址。而正如你所猜：我就是個銀行員——雖然來電的客戶未必都開啟視訊通話，不過公司依舊規定我們必須穿著筆挺的制服，以顯示出自己的專業……至少，視訊可照到的部份是如此啦！至於視訊照不到的地方，自然就輕鬆隨意了，說到這裡，就讓我有種自己就像個端裝主播的錯覺。

『雲端』這個概念萌芽在十多年前，大概是我還在唸小學的時候吧！那時大伙開始將自己電腦硬碟裡的資料上傳到所謂的「雲端硬碟」裡，公司開始用「雲端資料庫」、「雲端表格」來進行業務，而事實上，沒有任何使用者知道他們上傳的資訊到底儲存在世界的哪個角落、儲存在哪種媒介裡；從那個時候開始，人們開始付費購買網路上的虛擬空間，來存放他們的資料、文件，以及許多不堪入目的秘密。

而到了今天，人們同樣付費，購買的卻是實體的空間，用來存放他們的實體資料、文件，以及許多不堪入目的秘密。雖然內涵相同，但卻已經不限於電腦資料——珠寶、相片、鈔票……舉凡任何直徑小於三點五公分的物品，我們的客戶都能夠透過傳送環，儲存到他們位在我們「雲端銀行」裡的那個六十乘以六十乘以六十公分的立方小格子裡。

八年過去了，實體的空間取代了硬碟空間，而儲存的服務與匿名性則是相同的，我們的客戶、甚至就連我們這些行員也不知道，他們的東西究竟存放在世界上的哪個角落？只因我們的業務，也不過就是聽取了客戶的編號與需求後，按下鍵盤上的數字，然後散佈在地球各個角落的倉庫所在地裡，就會有專門的機器人從那些立方小格子裡取出顧客需要的物品，然後透過傳送環傳送到我的桌面上，再由我透過傳送環交給客戶。

老總向來堅持不僱用在地員工、並且總會派幾名美女「親衛隊」專程到機場接機，接觸的第一件事情就是核對身份、簽約，第二件事情就是套上頭套、打一針麻醉劑——當然這看似妨礙自主的行動這些通通都囊括在剛剛簽下的合約條文裡，等新雇員醒來，就已經在辦公室的宿舍裡；此後三年他們足不出戶，吃喝玩樂，全都在大樓裡度過。

從倉庫到櫃檯、再到客戶端，每個環節都有確認動作、全程錄影，如果誰有心搞鬼想私吞，哪怕只是一小張郵票，都會被逮個正著。也因此，我們『雲端銀行』擁有全業界最良好的名聲，甚至從瑞士銀行搶到了不少富可敵國的客戶。

在《決戰週日大胃王》決賽播出當天，我們的老總才剛在頒獎典禮上看見那個冠軍脫序的演出，就直接關上電視跑出門，第一件事情就是辭去了原先任職銀行的襄理職務，然後趕著大半夜將畢生積蓄從虛擬的存摺數字轉換成了實體的隔間、電腦，以及無數個傳送環和創始員工的薪資，就這麼經營起了以儲存實際物品為核心業務的『雲端銀行』——甚至這個簡單輕快的公司名稱，也是在法規跟不上時代的狀況下，被老總給闖關成功，而順利在全球三十八個主要城市註冊到這麼個具備壟斷性的名稱，而與同名但只販賣網路硬碟空間的舊時代資訊公司不同的地方在於：它的營業項目只寫著倉儲兩字。

老總無疑是八年前『強迫升級』運動的受益者，不過這個狀況到了最近，則變得很尷尬；由於聯合國大會的許多先進國家（其中甚至包含了總是高舉自由民主旗幟的美、英等強權在內）試圖聯合通過《人類量子數據資料庫法案》，透過傳送環的系統來監控世界上的每個個人，因此在全球激起了廣大的反響，事情從八月中旬爆發開來之後，連串的抗議與遊行已經延燒了兩個多月；最後，共計一百三十五個國家、兩億三千五百萬的反對群眾不約而同在萬聖夜戴上南瓜頭套，來到各自國家的首都進行抗議大遊行，史稱「沸騰南瓜夜」。

兩億三千五百萬這個數字，佔去了將近全球百分之三的人口，剛剛過去的萬聖夜，幾乎各國首都的廣場全都進入高度戒備狀況，情勢已經很明朗——正如同八年前的『強迫升級』運動，這次遊行的導火線也同樣來自於嚴重的相對剝奪感。

我們都知道《人類量子數據資料庫法案》一旦通過的危險性：那將代表著，人類一旦透過傳送環進行任何事情，哪怕只是把手指伸過傳送環到巴西，聯合國無疑都將分毫不差地掌握。

自然，支持派的民眾認為可以有效地管理槍枝、軍火走私、毒品，同時遏止恐怖份子的惡行；而反對派的民眾則認為這強烈地侵犯了個人隱私與人身安全，而正如同歷史上的每個關鍵時刻，每當社會面臨重大抉擇的當下，氛圍總是激盪、情緒總是沸騰，而社會整體，則處於撕裂邊緣的嚴重對立中。

不同的是，在網路、傳送環與聯合國的加持下，這不是單一國家、民族需要面對的事件，而是全球全人類都必須要面對的緊張氛圍。

當然，媒體總是會點名許多企業名人表態，自然，咱們老總這些日子也多半以「休假」作為藉口，避免出席公眾場合。不過，若從公司內部信件看來，咱們老總應該是與我們站在同一陣線上的，姑且不論他是否信仰隱私與自由這一套，至少保有隱私權勢與他的個人利益／雲端銀行的利益相符合。

總之，他沒有反對員工請假去參與沸騰南瓜夜（只是辛苦了那些專程護送請假員工往返機場的「親衛隊」美女們），事後也沒有任何的清算，不像墨海都食品這黑心企業，在遊行過後一週內開除了三千多名參與過遊行的全球員工，所謂為富不仁，大抵就是如此。

而說到這個，我就不得不想起，那個傳送環最大的幾個既得利益者之一——瓦連科夫科技公司總裁張文貴，在沸騰南瓜夜的隔天就遭到綁架，到今天仍然沒有任何消息，這個事件自然也讓《人類量子數據資料庫法案》的贊成與反對派，各自都深陷陰謀論的漩渦裡而鬧得不可開交。

雖然案子沒下文，不過前幾天倒是有個青年因為有綁架嫌疑而被逮捕，聽說他是個過氣作家，後來因為證據不足被釋放了，也許事情應該就不了了之了吧。

那個作家據說是寫科幻的，難怪會過氣。在這個時代，不論他們想寫什麼新題材，科技發明總是比他們領先一步，科幻早就是一灘死水，已經好幾十年玩不出新把戲囉！

如果誰能想出外星人、時光旅行、隱形人、科技災難（驚悚）、電馭叛客（Cyberpunk）以外的全新題材，這也許是科幻界的聖杯吧！

什麼？你問我為什麼知道這麼多？我以前也想當作家啊，可是我從小到大從來沒有投稿成功過，既然已經這麼悲慘了，當個愛吐槽的讀者總可以吧？

對了，那個過氣作家的名字還叫做「柯煥」，真是……唉，我都不知道該說什麼了……算了！別想那些狗屁倒灶的事情了，還是把眼前的業務處理好要緊，我可不希望出了什麼紕漏被扣工資哪！

至於眼前這位長髮披肩的美女客戶，今天可是眼睛也不眨一下，一口氣就提領了一百二十萬新台幣的現金哪！正如同其他客戶所做的，他們也不將鈔票換算成電子數字放進銀行裡，而是用橡皮筋捆起來捲成一束束直徑三點公分左右的圓柱狀，就這麼存在我們的『雲端銀行』。

好有錢啊！如果要跟她約會的話，即使花上我三年的薪水，大概支撐不上一兩個禮拜吧。

問題是，都這種時代了，她怎麼還敢賭台幣不會貶值呢？

▼

情況與柯煥所設想的差不多，一到達位於市郊的會合地點，當他們所搭乘的計程車走遠，立刻有輛車先停下來，幾名身穿制式黑色緊身衣的南瓜人取走了裝著木製時鐘的麻布袋，緊接著又開來兩輛車，柯煥只見張文貴被推入另一輛車，隨後自己也被套上了南瓜頭套、又將有開口的那一面轉向他的腦後勺，緊接著就被踢進後座。

接著車子又行駛了差不多一個小時，他在兩名壯漢的護衛下左彎右拐地走了一小段路，最後被安置在一張椅子上，等到頭罩被揭開的時候，眼前只剩下那名身材纖瘦的女南瓜人，渾圓的臀部斜倚在一張辦公桌上，而他們所拿回來的那個木製時鐘正被端放在桌上。

南瓜人身後有個木櫃，木櫃上由左而右橫置著一列十個傳送環，其中九個發出青藍色的光芒，量子傳送介面裡各自伸出一根手指，而這些手指就在柯煥的眼前，緩緩地退出量子傳送介面底下，最後只剩下泛著藍光的量子傳送介面兀自閃爍。

「原來張文貴的手指就是被『囚禁』在這裡。」

「啊，剛好讓你看到了。」南瓜人交叉著雙臂，冷冷道：「講囚禁也未免太難聽了，我們只是幫他『保管』，以免他不按照劇本演出。」

接著，南瓜人指著辦公桌上一個手提袋：「這是約定好的一百二十萬，等等會有人開車帶你回到市郊，之後你自己看著辦；回去以後忘掉這一切，隱姓埋名地過日子，這些錢說多不多，但應該夠你閉門寫作好幾年。」

柯煥將信將疑地打開手提袋，果然裡頭放滿一疊又一疊的紙鈔，於是他使勁把手伸到最深處，抽出一疊紙鈔，攤開成扇形。

「你黑道電影看多了。」南瓜人似笑非笑地道：「放心，我們處理過了，都是不連號的真鈔，我們要做的是大事，不搞黑吃黑這一套。」

「小心駛得萬年船。」柯煥道：「即使這個袋子裡全都是不連號的真鈔，我又怎麼知道你們不會開車直接把我丟包到海裡餵鯊魚呢？」

「倘使我們當真要滅你口，幹麻還冒著

風險把你們載到這個基地來?還給你白花花的一百二十萬?」

「也可能讓我拿了錢，然後報警，一整個人贓俱獲啊……從台大開始一直到我的公寓，我的行蹤都不知被多少攝影機錄了下來，你們大可把張文貴殺了，棄屍在容易被發現的地方，然後向警方檢舉我，我想賴也賴不掉啊！」

「說的也是，這個計畫聽起來天衣無縫，我們怎麼會沒想到呢？」伴隨著一股外國口音、另一名穿著格子襯衫的南瓜人走了進來，從體格判斷，是個瘦小的男人，他好整以暇地望著柯煥，然後伸手從褲子口袋裡掏出一個隨身碟，在手裡晃了晃。

「既然我們對你做了這樣的事情，你把我們想得這麼邪惡也無可厚非。」操著外國口音的南瓜人道：「柯先生，倘使我說……那些攝影機畫面都已經被抹除，只剩下這個隨身碟裡的存檔，你信不信？」

「這……」柯煥一時語塞，遲疑地問：「你們真的做得到？」

「如果連這點功夫都做不到，憑什麼做些驚天動地的大事呢?」纖瘦的女南瓜人端詳著桌上的那個木製時鐘，然後抬起頭對柯煥道：

「快走吧!我們將會證明我們的誠信，若仍然信不過我們，你可以考慮離開台北市，到鄉間隱姓埋名，這筆錢夠用很久了。」

「那麼，張文貴……你們也會放了他?」

操外國口音的南瓜人搖搖頭：「他可不像你這麼純樸，作為一隻追逐著銅臭味的老鼠，放了他只會壞事，所以我們還得請他在某處待上一段時間。」

「那麼他的手指……」

「這就不勞煩你操心了。以一根手指為代價，繼續享受世間的榮華富貴，對這個廢人來說，已經是值回票價的交易了。更何況，像他這種富豪，完全有能力在被釋放之後，利用 **iPS-plus** 自體幹細胞（註）技術，再生一根全新的無名指接回去，花個幾百萬對他來說應該不痛不癢。」

南瓜人如是回答，他拍了拍手，兩個戴著南瓜頭套的壯漢立刻進房來，其中一個手上還拿著一頂南瓜頭套，套在柯煥頭上。

眼前一黑。

「回到你原先的世界吧！」兩個南瓜人異口同聲道。

註 即誘導性多功能幹細胞 (Induced pluripotent stem cells；iPS cell) 剔除癌化機制後，用以誘導作為自體器官或組織再生的商用醫療級細胞，因此號稱 iPS-plus，價格不斐。

第三章 無法自拔的世界

假如一間鐵屋子，是絕無窗戶而萬難破毀的，裡面有許多熟睡的人們，不久都要悶死了，然而是從昏睡入死滅，並不感到就死的悲哀。現在你大嚷起來，驚醒了較為清醒的幾個人，使這不幸的少數者來受無可挽救的林中的痛楚，你倒以為對得起他們嗎？

—— 魯迅《吶喊》自序

▼

答、答、答……

牆壁上的時鐘，秒針規律跳動著。儘管這種傳統時鐘每隔幾個月就會慢上個十幾秒鐘，對於日常生活卻不足以構成影響；畢竟，旅館的住戶不會真的在意時鐘慢了幾秒鐘，櫃檯的服務生也不會真的計較那幾分鐘的退房延遲時間。

柯煥此刻就坐在旅館套房一角的沙發上，一面焦慮地盯著牆上的時鐘。

他無疑是在等待一份訊息，如果換作一般人，或許他並不會這麼焦慮，也不會度過這神經兮兮的七天；只可惜，即使他從來沒有認真讀過幾本推理小說，這些年來卻也看了不少的電影、電視劇，也因而，從轎車送他回到市郊，當南瓜頭套從他眼前被抽掉開始，他便望著眼前空無一人的市郊，提著沉甸甸、裝滿現鈔的手提袋，吹著深夜的涼風，就此打定主意不回租屋處了！

他知道，如果南瓜幫欺騙他，並沒有把監視器影像洗掉，那麼他的租屋處週遭，很可能早就像蜘蛛結網，只要一踏入，就會觸動警報，跟著迸出一大堆警察來；而依他對自己那棟大樓的理解，由於出入口就那幾個，大概踏進去就跑不掉了。

於是他很快就做了決定，在原地待到天亮後，隨便找了個商場，買了幾副墨鏡、幾套不同風格的服飾與假髮後，首先搭捷運到淡水，把手機、眼鏡、手錶等智慧型電子儀器全都扔到淡水河裡，然後到通信店家裡購買新品與易付卡。

接著，柯煥隨機搭公車、計程車在市區隨處亂繞，每隔幾站，就下車後隨便找間餐廳，到化妝室又換了件衣服、把鈔票替換到另一個袋子裡，就這樣過了一整天，然後才在傍晚時分，搭上前往台中的客運，並且隨處找了間小旅館，以「休息」之名入住後，再延長時間，以省去登記証件的風險。

翌日，他一大早起床後，就到百貨裡把前一天穿的衣飾全都丟掉，然後又買了幾套新的，隨便找了間理髮廳改變髮型，延續前一日的移動換衣手法又過了一整天，然後才又在夜間搭上客運，前往下一個都市。

接下來兩天，他延續相同的策略，分別在台南、高雄、新竹三座城市漫遊，到了第四日的清晨搭上高鐵返回台北，然後以一萬元的代價跟路邊的遊民買了張身分證，又在旅館待了兩天後，才冒用身分在永和區租了層舊公寓作為棲身之所。

柯煥無法確認這個方法究竟多有效，不過短期而言，倘若真的有人想要追緝他的下落，前些日子到處留下的形蹤，至少也夠拖延好一陣子了。

他可以選擇就此遺忘過去，展開隱居的新生活，然而，儘管安頓好了，在個人安危的疑慮解決之後，本就應該好好鬆懈的柯煥，卻全然無法真正平靜下來，相反地，他越來越常陷入一種莫名焦慮的情緒中，一開始是每小時一次，然後是半小時、十五分鐘，到最後幾乎一天二十四小時都盯著各種媒介的即時新聞，目光不斷搜尋著是否還有在報導張文貴綁架案的任何消息；直到天色微亮，他才真正因為體力不支而沉沉睡去，然後在翌日午後醒來，繼續下一個週而復始的惡性循環。

時光飛逝，新聞上始終沒有播出張文貴綁架案的新消息，但柯煥依舊難以安心——他知道沒有消息並不代表警方結束偵查，也不代表綁架嫌疑人的身分已經從他身上移開，就某些程度而言，沒有消息，恐怕不見得是最好的消息。

焦慮，越發的焦慮、極度的壓力，終於逼得他下定決心，做出銷聲匿跡以來最冒險的行動！

他來到新北市永和區的網咖，隨機註冊了個新的免費郵件帳號，在匿名的網路上以高薪尋找打工族。

「代理取貨，日薪五千元」他顫抖著手，在鍵盤上敲下這行字。

兩小時之後，他在新北市板橋區的另一間網咖裡面，用同樣的帳號收信，與應徵的工讀生聯繫。

當天深夜，他把一柄鑰匙放在國父紀念館進門後左邊數過來第二張情人椅後面的草叢裡。天亮之後，工讀生會取走這把鑰匙，然後到旁邊公廁斜對角的樹叢裡取走一個信封，那裡頭裝著兩千五百塊的酬勞頭款。

然後，已經三十多小時不曾闔眼的他返回租屋處，沖了個熱水澡之後，決定不管一切好好睡上一覺。醒來之後，他努力克制自己不要開啟即時新聞，反而讓自己沉溺在舊時代的多人線上網路遊戲裡，盡情揮霍虛擬人生的美好旅程。

第七天深夜，他的手機短促的一響，螢幕上出現了個短訊，沒有文字內容，只有一個由冒號與括弧組成的笑臉符號「：）」。

翌日，他在上班通勤的尖峰時間過後，約莫上午十點半的時刻抵達了信義區的老舊眷村遺址、那片在台北市內唯一可以近距離仰望台北一〇一大樓的綠地，走到第二排左邊第三棟的屋頂邊，環視周遭，確認沒有閒雜人等之後，才拿出預藏的小鑵子，在約定好的地方開挖。

不到一分鐘之後，一股莫名的怒氣就從他胸口猛然升起，他幾乎要使勁全身的力氣，才能克制住把鏟子摔在地上大聲罵髒話的衝動。

那些學生小屁孩果然一點都不值得信任，稍微給點甜頭，就學起黑吃黑來了！他勉強壓制怒氣，讓自己冷靜下來思考如何解決這個新問題。

「你在找的是這個吧？」這時，一個嗓音從他背後傳來，他顫抖著緩緩轉過身，但見一個青年男子，手裡正拿個一顆小型硬碟晃啊晃的！

「你這傢伙！不講誠信可以嗎？」那一瞬間，柯煥的視線就像透鏡聚焦的太陽光，灼熱得幾乎要把那人燒成灰燼，可惜的是那人也戴著太陽眼鏡，因而絲毫不受影響。

「這東西對你真的這麼重要嗎？」

「把硬碟環給我！」柯煥氣急敗壞地大吼：「說！你要多少尾款？五千、八千、還是一萬？」接著立刻撲向那名青年，卻被他輕易側身閃過。

「啊！你可能誤會那位……我猜是大學生的打工族了。」青年好整以暇地說：「他可是乖乖遵照你的指示，把這個硬碟埋在這裡呢！」

「什麼？」柯煥第一時間的反應當然是不可置信，然而，他的身體卻在尚未會意過來之時，又撲向了青年。而這次對方不但再度輕鬆閃過，還順勢用腳尖一拌，當場讓柯煥摔個狗吃屎。

「呼～呼～」天旋地轉之際，柯煥趴在地上大口喘著氣，放棄抵抗地翻過身仰躺著，對著青年說道：「終究……你們還是想利用我嘛！這次又要我去做什麼呢？真的殺了張文貴嗎？」

「殺了張文貴？看來……這事情可越來越有趣了呢？我的老搭檔可真是越玩越大哪！」青年神色詫異望著柯煥：「所以，張文貴真的是你綁架的？」

「怎麼可能？」柯煥本想破口大罵，但下一瞬間立刻警覺起來：「等等！那你又是誰？」

「我啊……」於是青年又將硬碟晃了晃，然後再收進自己的西裝左側內袋：「我只能說，我是『另一邊』的人。」

然後他走了過來，對柯煥伸出右手。

「來吧！」

他瀟灑地笑道：「柯先生，如果你有空的話，我們隨便找間飲料店，好好聊一聊。」

柯煥這才發現到，有兩名穿著西裝的彪形大漢正站在不遠處，表情毫不鬆懈地觀察著自己的一舉一動。

「看來我似乎沒有拒絕的權利哪……」他喃喃嘆道。

「不，我向來非常尊重每個人的意願，你不願意，我絕不勉強。」青年的臉輪廓很深，身形英挺，若以當代的審美觀點來看，就像是非常具有男人味的當紅明星。他微笑道：「不過，這顆硬碟我就繼續替你保存了。」

「你這不是明知故問？」柯煥嘆了口氣，索性舉起右手，青年於是笑著將他一把拉起。

▼

「即使是這樣，你還是不願意告訴我這個硬碟裡面的內容？他對你很重要耶！」

柯煥還是搖了搖頭。

「其實我也可以直接把它接上電腦打開。」青年道：「如果……我把他當著你的面砸壞呢？」

「那麼你就別想從我這邊知道任何你想知道的消息！」柯煥斬釘截鐵地道。

「唉呦，老兄，你可別說笑了。我想你也知道，要人吐出某些消息，方法總是有很多種的。」青年言語裡透露出些許威脅的氣息，旋即又道：「當然，我們是個文明的社會，原則上不會這麼做啦，我剛才也不過是說著好玩的，這顆硬碟，我先替你好好保管，我可以保證它絕對不會受到任何損傷。」

說罷，又一位身穿西裝的彪形大漢拿著一個小保險箱走了進來，青年便從左胸掏出硬碟，放進保險箱裡上好鎖，再讓保鏢拿走。

「剛剛忘了介紹，我是個不學無術的傢伙，敝姓林，名字叫靖凱，郭靖的靖、凱旋的凱！」

「林靖凱……」柯煥總覺得這個名字彷彿曾在哪兒聽過似的。

「所以林先生，你找我到底有什麼事情？」

「剛剛應該有講過了，我是『另一邊』的人。」

「那群南瓜幫的另一邊？」

「沒錯！就是如此。」林靖凱頷首，一副期待的眼神。

「噢。」柯煥冷冷地應了一句：「所以，我應該很驚訝嗎？別鬧了，林先生，我又不是熱血少年漫畫的男主角，你們現在這樣，我會很困擾的。」

「我知道啊，所以……」林靖凱道：

「不如這樣吧，既然你重要的硬碟在我手

上：「咱們不妨來談筆生意，你有兩個選擇。」

「兩個選擇，自殺、跟被自殺嗎？」柯煥自我解嘲道。

「我的天哪！我看起來像是這種人嗎？」林靖凱誇張地哭喪著臉：「你怎麼會有這種想法？……噢！對了，你被逮捕那天，在頂樓上也跟警官講過類似的話，我看過他的報告，這難道是你的口頭禪嗎？」

「連警察的報告也看得到……你們還真是神通廣大啊。不過我要澄清，那是我一本小說裡的得意對白，由於還沒有機會出版，因此就先拿出來耍帥了。」柯煥道：「而既然你反應這麼激烈，我猜這句對白應該還算成功。」

「是，大作家～讓我們回到正題吧。選擇很簡單，第一個，我把硬碟扣住，還你自由；至於第二種選擇，我想請你幫個忙。」林靖凱使了個眼色，於是保鏢提來了一個手提袋：「這裡面有三百萬……」

「只要我肯幫忙，這些錢就是我的？」柯煥皺著眉頭搶白：「我知道錢是很多沒錯啦！而且也很管用，看在錢的份上我也很願意幫忙，這點也千真萬確。」

「你願意配合就是幫了我們一個大忙了！事成之後……」

「拜託……你們不論是哪邊，就別再說什麼『完成之後絕對會讓你全身而退』這種屁話了！」柯煥沒好氣地道：「我這次拿了你們的錢，下回南瓜幫那邊肯定不可能善罷甘休，要嘛你就幫我安排一本外國護照，讓我到國外去。」

「說的也是，就算錢再多，如果成了屍體也揮霍不了。」林靖凱尋思道：「幫你安排假身分這個主意不錯，而且這也在我們規劃裡，不過在那之前，你得先把這個忙幫完。」

林靖凱正色道：「回到正題：我問你，南瓜幫究竟找你去做什麼？跟張文貴又有什麼關係？」

於是柯煥照實說了，語氣頗有無奈：「其實我也不過就是打零工的成分，幫他們載運張文貴到他的另一戶豪宅，去拿了一個木頭製的時鐘……」

「時鐘。原來是一個時鐘。」林靖凱重複一遍之後，旋即問道：「你能描述時鐘大致的樣貌嗎？」

「我盡量……」於是柯煥在一張A4白紙上簡略地憑印象畫了時鐘的模樣：「我記得它是用整片有年輪的樹幹製作而成的，指針好像已經停了很久，而且排列得並不自然。另外，它的三根指針似乎都別具特色。」

林靖凱接過紙張，旋即遞給佇立身後的保鏢：「快去搜索，這就是『解藥的藍圖』。」

「解藥的藍圖？那又是什麼？」

「提問的人應該是我，你只要負責回答就行了。」林靖凱問：「那些帶著南瓜頭套的人，有沒有提過他們取得這個時鐘，要做什麼？」

「他們只說是要做一番驚天動地的大事，至於詳情……倘若我真的聽到了，恐怕大概就沒機會坐在這裡跟你喝茶了。」

「這樣啊。」林靖凱臉上泛起了微笑，道：「我明白了，謝謝你，柯先生，那麼，接下來，我們想麻煩你……」

「替你們搶回那個時鐘嗎？很抱歉，就算殺了我也辦不到，我不過是個文弱書生，況且也不知道他們的位置，你們還是另請高明吧！」

「不！你不需要去找他們。」林靖凱道：「而正如你所說，據我的了解，他們有頂尖駭客，所以連我們也查不出他們的位置。不過呢，我們的確希望你作為我們與『另一邊』之間溝通的橋梁。」

「問題是，我要怎麼幫你的忙？」話說出口之後，柯煥立即打了一身冷顫：「莫非你的意思是……讓他們來找我？」

林靖凱臉上露出燦爛微笑，拿起茶杯，掀開蓋子喝了一口：「我就是喜歡跟編劇啦、作家等合作，因為作家的思緒總是特別敏銳！」

「得了吧，別把我像蚯蚓一樣串在鉤子上就好了；幫忙可以，但我可不想斷手斷腳，或者被五花大綁吊在高空哪！」

「放心，柯先生，大家都是文明人，不會這麼蠻幹的！更何況，我猜測，即使對你暴力相向，那幫南瓜人大概眼皮也不會眨一下，畢竟你根本對他們一無所知，也洩漏不了什麼資訊。」

林靖凱這時仔細地端詳了柯煥的臉孔，眨了眨眼，然後道：「我方才試著模擬一下你打扮後的模樣，或許還不差，不如……我來擔任你的文學經紀人，讓專業的公關團隊替你從上到下改頭換面，包裝成偶像作家如何？」

「然後你想做什麼？」

「我不說，你其實大概也猜得到。況且，在這個實體書已經非常稀少的年代，對許多作者而言，這可是莫大的殊榮哪！」

「三萬兩千塊三次！」西裝筆挺的拍賣師說到這裡，停了下來環顧周遭，確認沒有其他人舉手之後，一鎚敲下，塵埃落定。

「恭喜這位先生獲得我們『初代施瓦茲洛斯基景泰藍水鑽傳送環桌燈』一組。緊接著，讓我們看看下一個拍賣品。」

王勉今低頭看著錶，上頭滴答快步的秒針每次移動，都讓他的心跳更加迅速。他急迫地望向舞台上，工作人員慢條斯理地端來一個小型保溫箱。

「這是今天第一百四十二號展品。」拍賣師打開保溫箱，一湧而出的乾冰底下，浮現出鮮紅色底襯結合白色字體的商標，透明的瓶身裡，則裝著黑色的液體——即使拍賣師不說，王勉今與在場所有競標者也都能一眼認出這是什麼。

「世界上僅存的幾罐可口可樂曲線瓶。」拍賣師敲了敲玻璃製的瓶身，強調：「太古集團絕版的經典飲料，世界上最後一批！」

聽見這句話，王勉今不禁皺了個眉頭，心底暗叫不好。果然，一開始的起標價格就超出了他原始的預估。

「一千塊！」

這是什麼鬼價格？不過就是一瓶可樂，有必要喊價成這樣嗎？一千塊港幣可以吃幾頓大餐？王勉今不快地在心底嘀咕，然後無奈地舉起手喊道：「一千一百塊。」

「一千兩百塊。」競價者隨即開出了新的價格，王勉今好不容易克制住自己的脾氣，壓抑著舉手道：「一千三百塊。」

「一千五百塊。」又一個人出手了！這回是個帶著串珠眼鏡的中年婦女。

哪有這種喊價方法的？不過就是一瓶飲

料，裡頭的氣搞不好都消了，為什麼有人願意花這麼多錢去買？王勉今知道這下子已經超出預算了，然而，對已經三天三夜沒闔眼的他來說，這一仗不能輸！

「一千八百塊。」他咬著牙唸出這個數字。

「兩千五百塊。」想不到對手立刻跟進。

「兩千六百塊。」看來全家子需要縮衣節食一個禮拜了。

「三千塊。」對手堅定而平靜地舉起手。

王勉今的雙眼幾乎要冒出火燄，他忍不住站起身，惡狠狠地瞪著那個中年婦女，然後一字一句地說出：「三千兩百塊！」

那一瞬間，對方彷彿感受到他的怒意似的，略為遲疑了一下，然後終究還是喊出了下一個價格：「三千五百塊。」

「冚家剷！三千五百塊一瓶可樂，天理何在？」王勉今忍不住小聲地爆了粗口，這什麼鳥價格？難道妳都不用繳房貸嗎？兒子女兒的學費呢？咖哩魚蛋可以多吃個幾百份哪！他滿佈血絲的雙眼瞪著對方，心底明白若要鏖戰下去，負債可能就要雪上加霜了。

然而，此刻的他並沒有選擇，他深知要擊敗對手，必須要開出一個令對手聞風喪膽、知難而退的數字。

不管了！總之我一定要。

他的理性，以及那份屬於知識份子的優雅同時崩潰——王勉今從椅子上彈起來，以渾身之力大聲怒吼：「一萬塊！」

現場頓時只剩下此起彼落的相機快門聲，就連他的對手，這時也吃驚地打量著他，臉上不自覺地流露出欽佩的目光。過了幾秒，眾人的竊竊私語才彷彿像是為了彌補方才的靜寂，而以加倍的聲量出現。

拍賣師顯然眉開眼笑：「一萬塊一次、一萬塊兩次、一萬塊三次，成交！我們恭喜這位先生得標！」他嫻熟地敲了鎚子，然後端起可樂瓶，走向王勉今。

「快給我！」掌聲之中，王勉今氣急敗壞地掏出皮包，從裡頭掏出一大疊花花綠綠的舊鈔票扔向拍賣師，緊接著單手快速抽走這瓶可樂，塞入公事包，頭也不回地直奔出飯店大廳。

他甚至等不及旋轉門，也不理會飯店侍者，就匆匆忙忙在前廊搶上了一輛的士，用力關上門，惹來原先正在等車的那對金髮夫婦側目怒罵。

「快！快！快啊！」他在車上咆嘯著，一面緊盯著手錶，時間隨著秒針的跳躍在消逝著！

直到他來到房門前，才深深地吸了口氣。才推開門，陣陣規律的機械音旋即傳入耳裡，間雜著電視上的新聞轉播聲。他試圖穩住思緒，走向病床上，一位垂垂老者正把頭倚在枕頭上，聽見了腳步聲，這才睜開眼睛，氣若游絲，斷斷續續地道：

「……阿勉……你……你回來了。」

「是啊！爸！」王勉今趕忙掏出可口可樂，將公事包摔在一邊，然後才又慌張地揀起公事包從裡面找出開瓶器，放在瓶口：「這是您最愛喝的，可口可樂曲線瓶。」

老人眼裡閃爍著光芒，忙道：「慢點……慢點開……」

然後伸出顫抖的雙手，撫摸著瓶身的曲線：「好……好熟悉的觸覺啊。當年，我與你媽第一次翹課……到旺角約會的時候，兩個窮中學生身上也沒多少零用錢……只夠湊一湊銅板，買了瓶可樂。」

王勉今替父親打開了瓶蓋，聽見了「嗤」的噴氣聲，他父親滿是皺紋的臉上，勉力地擺出一個微笑：「當年……我們一起打開瓶蓋的瞬間，那無數小氣泡跳上皮膚的感覺，還是一點也沒有變啊……那種……怦然心跳的感覺，我可是……到今天也不曾忘記呢……」

「爸，我替您放好吸管了，趕快品嚐一下吧！」王勉今強忍著眼淚，故作沉著地道，只見父親將吸管含在嘴裡，望著深褐色的液體很快由下而上改變了吸管的色澤，他父親臉上也露出了滿足的神情。

「那一次，我跟你媽兩個……也是用兩根吸管，一起喝這瓶小小的可樂哪！氣泡，在舌尖上跳著舞……」父親端詳著曲線瓶，若有所思地道：「阿勉哪！飲料，就應該要這樣喝！拿著瓶子喝啊……哪像現在，人生的什麼樂趣，都沒有了啊……唉……」

「嗯，是啊。」王勉今應和著，耳裡聽著父親長嘆一聲，本以為還會有後續的故事，豈料一抬起頭，卻發現父親就這麼端坐在病床上，半開闔的雙眼，彷彿已經永遠地回到了悠遠的年少歲月裡了……

「爸……」王勉今終於止不住眼淚，按下了病床上的緊急呼叫鈕。

此刻的他心亂如麻，老實說也有點麻木了，天文數字般的醫療費用，由於數字過大，現在反而變得有些不那麼重要了，在量子傳送環帶來的嶄新時代裡，他就是那遭到時代淘汰而無能為力的一群。

八年前，他的父親還經營著一小間加盟的二十四小時便利商店，一家人分別輪班的生活雖然辛苦了點，但在那個到處炒樓、民不聊生的年代裡，至少這間便利店還能勉強供給一家溫飽；每回家庭聚會時間，父親總愛一次又一次地說那個第一次約會與可口可樂的故事，他父母親的愛情開始於便利商店，所以他後來也選擇經營便利商店。

八年前的《決戰週日大胃王》決賽當天，以及其後的『強迫升級』運動裡，王勉今不顧父母反對地、義無反顧地加入了運動方的陣營，他們堅信，傳送環的出現與應用，將讓這個世界變得更平坦、更自由，更少的剝削，以及更多的公平和正義。

直到量子傳送環的應用開始衝擊他們的生活，王勉今才驚覺大事不妙——站在便利店的櫃檯，最明顯能察覺到的，就是人潮開始快速減少了：那些（該死的）環保主義者鼓吹下，消費者們竟然真的改變了數十年如一日的積習，開始帶起了隨身的保溫杯。

與之相對的，則是瓶裝水、瓶裝飲料、罐裝啤酒的銷量急遽減少，很快地，絕大多數的餅乾、零食也面臨了同樣的狀況。於是，寶特瓶、鋁箔包開始變成稀有品，很快地，充填著氮氣的包裝餅乾也陷入絕境，它們都從貨架上慢慢地消失了。

這些品牌廠商並沒有因此倒閉，事實上，他們全都很跟上時代地將自己的商品改造成符合傳送環運作的規格：飲料到哪裡都可以賣、而零食餅乾只要把直徑調小到三點五公分以下即可，甚至就連熱狗和微波食品也都跟著改變了模樣，熱狗就是細了點、炸雞排則改成了細長的雞柳，並且從冷凍改成了熱騰騰的熟食，甚至……包括了雨衣、文具、筆記本、保險套、衛生棉……便利商店裡琳瑯滿目的的商品裡，百分之九十全部從陳列架上撤離，而換成五個小小的傳送環：一個專門販賣各種飲料、一個專門販賣各種餅乾、一個專門販售衛生用品、一個專門販售熟食、一個專門販賣文具。

偌大的便利商店，很快就退縮到了不到五平方公尺的小櫃台，上頭裝置著五個傳送環。

不過就連這也撐不久，因為，量子傳送環實在太過於便利，以致於絕大部分的實體店面，都因為營運成本的關係而陷入危機；曾經主宰著通路與店家的各大企業，無不忙著重組自己的王國。傳送環面世後的第二年，太古集團宣佈不再生產曲線瓶的可樂，兩週後，便利店連鎖體系的母集團宣佈解散部門，王勉今一家立刻陷入失業，甚至連當初的加盟金都拿不回來，還得依據合約被追討數百萬「未達基礎營業額」的違約金。

在狀況還混沌不明的時間點，《時代雜誌》曾經以可口可樂曲線瓶作為封面，安上「一個時代的終結」這個聳動標題來驚嚇群眾。然而，實際上食品工業卻依舊欣欣向榮，甚至比傳送環出現前更加蓬勃——因為量子傳送環，他們減少了百分之九十九點五的運輸成本與人力成本，現在只要在電腦的控管下，食品生產線位在世界各地的各個環節就能有條不紊地順暢運作。

可口可樂依舊大賣，只是少了曲線瓶。

同樣擋不住的感覺！

▼

當醫生和護士們魚貫進入病房進行判定的時候，電視上依舊播放著當日的新聞，王勉今聽見主播播報道：

「台灣作家柯煥今天在多利維提亞大飯

店為他的新書《做大事前，先想清楚》舉行簽名會，這本書主要是在介紹傳送環出現之後，這個世界快步邁入興盛的狀況，對全世界而言，這無疑是一項具備重大指標的發明……」

王勉今突然覺得自己的理智斷了線，那一瞬間，他朦朦朧朧地，彷彿知道自己的生命該有什麼樣的價值……

▼

香港。

這裡是有點陌生、又不是很陌生的都市，陌生的路人口音，交通號誌的音效，以及路人步行的節奏；而不那麼陌生的，則是從小到大，從電影裡所看見的景象。

維多利亞港邊的飯店大廳內，柯煥只感覺自己臉上熱辣辣的，他右手在眼前的書頁上簽下了一個名字之後，趁著下一個讀者上前來翻開書頁的空擋，低頭望著自己身上的時尚襯衫，再透過遠處玻璃櫥窗的倒影，看見自己經過特殊設計而顯得精神奕奕的髮型，一種心虛莫名的感覺仍然充斥在他心底。

他身前的長桌上鋪著潔白的布巾，長桌兩旁各自豎立著一盆花，一本書擺在離他不遠處的塑膠立架上，身後的螢幕則展示著一幅面積約莫六平方公尺的橫幅數位海報，上面貼滿了各種歷史圖像拼貼而成的圖案，圖像的素材越靠近海報下方，年代便越陳舊、約莫都是十九世紀末期的黑白相片，而越往上，年代就越先進，色彩更豐富、解像度也越來越高，主題也伴隨著時代，從電話、收音機、電視機、電腦、手機、智慧手機等一路向前飛越，而在數位海報的最上面一層，則是標示著時代的傳送環動態影像。

而他負責的事情，就是在每本讀者拿來的書上，簽下自己的名字。距離簽名會開始已經有三十分鐘了，簽書的隊伍也終於到了盡頭。當最後一位讀者闔上書本，對柯煥道謝之後，林靖凱西裝筆挺地走到他身旁，向他伸出右手：「恭喜你，柯大作家，簽書會圓滿成功。」

「重點是，能幫你達成目的就好，我怎麼想不重要。」柯煥這時收起了先前對讀者的笑容，板起臉孔問：「所以，對方找到我們了嗎？」

「說到這裡，不才在下我可真得好好地感謝你哪！柯大作家。」林靖凱面露喜色道：「我原本以為對方不會輕易露面，所以一連四周都各安排了一場簽書會，想藉著一次次的曝光，把對方吸引過來，而由於今天是第一場，我原先也不抱任何期望……不過，很顯然，柯大作家，對方可是很在意你的動向呢！」

林靖凱話鋒一轉，拿出自己的手機晃了晃道：「而這也是我把簽書會定在香港的原因，這麼一來，就能透過我在海關的朋友提供的入境名單，來確認是否有老朋友的名字。你覺得，他們會不會到這個現場呢？」

「噢，若要說你與那幫南瓜人是老朋友，我其實不怎麼意外。」柯煥拿起立架上的那本書，翻到版權頁的地方：「而我沒猜錯的話，或許我只能算是半隻釣魚的蚯蚓，另外半隻蚯蚓，其實在這裡。」

——只見版權頁上，發行人的名字上寫著：「林靖凱」三個字。

「不只～還有這裡！」突然間，數位海報後方突然躍出一位打扮入時的纖瘦美女。她指向柯煥身後的數位海報，只見數位海報的上緣，以粗體字書寫著一句氣勢磅礴的標語：『做大事前，先想清楚！』。」

「做大事前，先想清楚！」美女以圓柔嗓聲朗朗唸出書名，聲調雖然不同，語句和唸字的節奏卻與南瓜頭套變音器處理過之後全然相若，柯煥立刻就明白對方就是當初與自己接洽的女南瓜人。

林靖凱見了美女，趕忙回眸朝飯店遠方的兩位戴著墨鏡的保全望了一眼，兩人卻都只能攤攤手。

「事後就別追究了，我身上的技術不是他們可以掌握。」美女笑道。

「看來傳言是真的，你們倆結成同盟啦？」

「我只不過是請他幫點小忙罷了。」美女道：「人家可忙著呢！」

「我就知道妳會來。」林靖凱晃著手機裡的入境旅客清單，致意道：「好久不見，還是一樣漂亮，更增添了點成熟魅力呢！」

順著林靖凱的話，那是柯煥第一次仔細注視她的臉龐：這位美女看來有著一半東方人一半洋人的血統，右眼底下生著一顆性感的痣，使她眨起眼來更顯柔媚。不知怎麼，柯煥總覺得彷彿在哪兒見過她似的。

「那我就不客套啦！林靖凱，我沒料到，你會用這麼迂迴的方式來傳話。」她指著數位海報道：「即使你不用這位柯先生名義，用自己的名義出版書籍，我們也同樣會關注這件事情啊！」

「問題是，如果沒有這位柯先生告訴我的事，我也不會想找妳出面來談。」

「哦？」美女這時轉過頭來凝視了柯煥一眼，有約莫十分之一秒的時間，她的眼神顯得極其銳利，不過很快就轉回原先的理智。

「用不著瞪，他沒背叛妳，甚至還躲得很好，連我都花了好多工夫，才掌握到他的行蹤。」林靖凱意外地替柯煥解圍：「其實他本來可以一走了之的，卻不知為何，一定要託人回住處去拆下電腦裡的硬碟……」

「那麼你為何找他？」

「打從張文貴被綁架以後，我們這邊都知道有人在找『解藥的藍圖』，當時我的直覺認為就是妳，而電視上警察找到的嫌疑犯也只有一個，就是這位柯先生，當時我就在猜：他是不是被誰給利用了，而開始透過交通工具、建築內的攝影系統暗中監視他，接下來的事情，妳應該比我清楚：總之，他帶著張文貴飛到情婦住處那天，所有監視系統的關鍵畫面片段全都無故被洗掉了……」

聽了林靖凱的陳述，柯煥不住朝著美女點頭致意，不過對方只是冷冷地眨眨眼，沒做任何表示。

「我們甚至連柯煥究竟跑去哪兒都無法掌握，因此只有兩個結論：第一點，就是『他』一定在這次行動裡出手了；而第二點，就是把死馬當活馬醫，就賭柯煥一定會返回他的租屋處一趟，事實證明，我們賭對了。」

「他們沒對你怎麼樣吧？」美女問了柯煥一句。

「我們豈敢對他怎麼樣？」林靖凱笑道：「再怎麼屈打成招，那個時鐘也不在他手裡啊！所以我想，既然欠了他這麼一個大恩情，不如就還他一個人情，順便約妳這位師妹、老朋友出來聊聊。」

「時鐘？」美女臉上表情一凜，轉過頭瞪著柯煥，令他一時之間啞口無言。

林靖凱突然搭上柯煥，笑道：「那麼，柯大作家，不知這場簽書會的安排，你滿不滿意？」

「滿意？」柯煥頓時整個板起臉孔，怒道：「這本書的內容不是我寫的，與我創作的專長也沒有任何關係，我卻必須承受內容荒腔走板的負評；更何況，前來簽售的書迷還是你花錢雇來的，你不妨去問問看，有沒有一位作家願意受到這樣的羞辱？」

「可你不就接受了嗎？」

「那是我沒有選擇！」柯煥沒好氣地向林靖凱伸出右手：「現在事情完成了，你也聯繫上了這位小姐，快把我的硬碟還給我！」

「可以是可以。當然，我也可以拒絕，反正硬碟在我手上，我就永遠保有籌碼。」

林靖凱將雙手插進西裝口袋，只剩下拇指在外晃動：「老實說，柯煥兄，硬碟裡是不是藏著什麼見不得人的影片？不然怎麼那麼怕被人拿走？」

「我的硬碟裡裝什麼東西，不甘你的事。」柯煥幾乎整個暴怒起來，氣極敗壞地指著美女道：「他們南瓜幫雖然也脅迫我做了自己不願意做的事情，但至少還信守著承諾。」

「唉！林靖凱。」美女這時眼神一凜，正色道：「柯先生是個老實人，別戲弄他啦，快把硬碟還給他吧！」

「柯大作家，不過開個玩笑，反應別這麼大嘛！」林靖凱於是喚來了保鏢，吩咐他去取硬碟。不久，保鏢便提著硬碟、一個小保護袋和一個公事包來到他們三人眼前。

「我保證你回程絕對不會受到半點的傷害，當然，你的硬碟也是。」保鏢先將硬碟裝入保護袋，然後交給柯煥，而林靖凱接著道：「公事包裡的，是先前說好的酬勞，接下來你要直接去機場搭機返台、或者在香港多停留幾天，我都沒意見。」林靖凱對柯煥伸出右手：「總之，還是要謝謝你。」

「看在錢的份上，謝謝。」柯煥沒好氣地輕輕握了手，旋即準備轉身離開飯店大廳。

「不過，柯先生……我的問題是，關於這位小姐要做的事情，以及我想找她談的事情，難道你都不好奇嗎？」

「林先生，你覺得經歷了一連串的威脅、逼迫之後，我對這件事情還會有半點興趣嗎？」

「可我們請你幫忙，也同時都支付了巨額的酬勞不是嗎？即使這樣，也不能把我們當成合作夥伴嗎？」

「你們這些人！」柯煥眉心緊鎖著，朝著林靖凱與美女各望了一眼：「你、林靖凱，還有妳，曾經戴著南瓜頭套的美女，你們或許有理念上的差異，不過在我眼中，你們這些有錢有勢的人，全都不過是用金錢和勢力來奴役我們的混蛋罷了！」

「虧我還花了大筆錢幫你開一場簽書會。」林靖凱不禁笑出來了。

「有什麼好笑的？不是我的作品還用我的名字到處亂宣傳，你考慮過我的感受嗎？作家應該要珍惜的羽毛，被你這麼胡亂出書一搞，我先前辛苦建立的形象全都毀了！你又不是文化人，又怎麼會在乎？反正給了我三百萬，就可以一了百了！」

「我不明白。」美女詫異地睜大雙眼，有點不可置信地問：「我們在合作過程中，有擺出一副奴隸主的蠻橫模樣嗎？」

「想想妳自己的態度，妳要我去做的事，不都是萬分危險、很可能讓我今後的人生都在牢房中度過的事情嗎？更何況，張文貴直到今天都在你手裡，他一天不獲釋，我就一天必須待在警方的嫌疑人名單裡。你以為一百二十萬，就能買斷我的青春嗎？」

「什麼？張文貴還在你們手裡？」林靖凱聽到柯煥這句話，趕忙轉向美女道：「既然你都拿到了『解藥的藍圖』，為什麼不放了他？」

「唉～你也認識張文貴這舊時代的廢物，他跟這位單純的小兄弟相較之下，可是既貪財又滿肚子壞水哪！而且，他還是你們盤古國際集團的成員，我放了他，豈不就等於縱虎歸山？」美女道：「在確定關鍵資訊之前，我還要再限制他的行動自由一段時間。」

林靖凱於是建議：「不如，就交給我吧。」

「把張文貴交給你？」美女臉上略過一抹不明白的神色：「你千方百計讓我來這裡，不就是想要打消我的想法嗎？」

「再合理不過了，不是嗎？」林靖凱攤開雙手：「說到底，雖然看法不同，我們可都是既得利益者，他也是，看在老朋友的份上，聽我點勸，趁著事情還沒驚動那群人，趕快鬆手吧！」

「那群人，指的是你背後的那個集團吧？」美女道：「麻煩你轉告他們，不要指望我停手，做好衝浪的心理準備吧！」

「其實應該是不只我們，財閥也是分派系和格調的，不過……我可以把這句話解讀為宣戰嗎？」

「這是宣戰，毫無疑問。」美女道：「只

不過，不是對你，也不是對你背後的那群人，我宣戰的目標，是這整個中了毒的世界。」

林靖凱道：「好吧，不論如何，在老朋友的立場上，即使妳已經取得了『解藥的藍圖』，在妳真正有開鎖行動以前，我方都會秉持著對過去同伴的信任和期盼，不取任何行動。」

「那可真是謝謝你了，林靖凱。」美女招了招手，噠噠地踏著高跟鞋，轉身邁開腳步：「作為對老朋友的回饋，我會在有把握時釋放張文貴。不過你必須保證封住他的嘴。」

「那當然」林靖凱攤手，毫不猶豫地答應了，然後他來到柯煥身旁，問：「你也一起走吧？回台北。」

「呃，我……」柯煥轉頭望向林靖凱：「可是我還有三場簽書會沒有……」

「現在沒啦！」林靖凱爽朗地揮手道：「反正那也不是你寫的，你也不喜歡，更何況，我已經達到目的了。」

他向前又走了幾步，將手搭在林靖凱肩膀上：「回家去吧，忘掉這些日子的不快，過回你原先的生活。」

這時，柯煥反倒狐疑了起來，她左右打量著美女和林靖凱，忍不住道：「你們不滅我口？」

「哈哈哈……你別老想著你那『自殺與被自殺』的口頭禪好不好？」林靖凱聞言大笑：「第一，你知道的不多，殺了你只嫌我們度量太小。」

「更何況，我們是要救人，不是要殺人。」美女接著道：「我們，都是改變世界之人。」

對立雙方不約而同的說法，頓時讓柯煥

感到自己的意識彷彿打了個結，就在此時，一個陌生的聲音從後方出現：「請問是……柯煥先生嗎？」

只見來者是一個約莫四十歲出頭的男子，雖然身穿著一襲襯衫，卻滿臉倦容，他手上正拿著一本《做大事前，先想清楚》，靦腆地問：「我好像錯過了簽書會的時間，請問，現在是不是還可以請您幫忙簽名？」

柯煥望了望林靖凱，再看了看美女，見兩人都不置可否，於是微笑著道：「沒問題。」順道接過了對方遞過來的書本，走向簽名桌，拉了把椅子坐下來。

「柯先生，我有個問題，可以請教你嗎？」那名讀者略帶緊張地問，就像是個初次見到偶像的標準書迷。

「沒問題，能解答的話我盡力就是了。」柯煥嘴裡這麼說，心底卻全然覺得自己根本在一派胡言。

「我想問的是，這麼贊成傳送環對這個世界的改變的你，是否曾經思考過那些因為傳送環的出現，而陷入困境的人們？」說到問句尾端時，聲音已經明顯地顫抖了起來。

「呃，先生，你的意思是？」柯煥也嗅出了不妙之處，而下一瞬間，這位讀者的眼神突然從平靜轉為巨怒，就在柯煥還反應不過來的當下，他已經猛然撲了上來，掐住柯煥的脖子，怒吼道：

「像你這種只會賣弄文字的人，總是喜歡用自己的偏見來解釋世界，你看過有多少人因此受害嗎？」

「你……」柯煥本想辯解，然而下一瞬間，他的氣管已經被男子狠狠掐住，根本就連呼吸也有問題，更何況為自己辯解了。

「快！緊急狀況，快到簽名會場來！」

林靖凱見狀，趕忙向後退了一步，趕忙透過隨身麥克風，卻發現麥克風並不管用：「妳是不是干擾了無線電？」他皺著眉頭望向美女，旋即趕忙大動作揮手呼叫週遭那些穿黑衣的隨扈前來：「快制止他！」

而在這一端，男子依然憤怒地掐著柯煥的脖子，嘴裡狂怒地吼道：「你這個卑鄙的作家，你知道這個世界上多少人因為傳送環而家破人亡嗎？」

「我當然知道。」出乎眾人意料之外地，美女就這麼翩然來到了男子身邊，毫不畏懼地凝視著他道：「而這就是我出現在這裡的原因！」

「頂你個肺！妳懂個屁啊！」男子立刻憤怒地轉頭吼道，豈料，他的表情卻在下一秒鐘整個僵住了：「妳……妳……」

「你累了，好好休息吧！」接著美女舉起右手，從男子腦後勺就這麼劈了下去，男子頓時兩眼一翻，喪失了意識……

柯煥這才大聲咳嗽，讓自己從瀕臨缺氧的痛苦之中恢復意識……

▼

列車從香港站出發之後，很快便離開市區，沿著九龍半島的海岸一路狂飆。柯煥脫下高級西裝夾克、扯下領結，解開了襯衫的第一顆鈕扣以後，又解開了第二顆。

自從遭到男子攻擊到現在，他的腦子裡還是亂烘烘的。根據警局的事後訊問，男子因為長期失業而患有輕度憂鬱症，在父親過世的刺激之下，才會做出突發的攻擊行為；而關於他失業的原因，則是肇因於傳送環所導致的便利商店體系崩壞。

做完筆錄時已是深夜，離開警局大樓的

時候，門外早守候著大批記者，一看見他出來就連按快門，此起彼落的閃光燈幾乎讓他看不清方向，直到林靖凱的隨扈帶著他離開現場，到偏遠地區的飯店入住。

直到翌日正午，他被飯店櫃檯提醒要退房的時候，才知道林靖凱等早已撤走了人馬。他獨自搭上車準備前往機場，豈料，一個高挑纖瘦的身影卻早在機場快線的入口等他。

「……」面對這位美女，雖然也是自己的救命恩人，但先前的不信任感仍舊深深埋在柯煥心底，因此他無視於美女，兀自買票、搭車。美女聳了聳肩，跟著他走進了同一節車廂。

車子滑進奧運站的時候，柯煥原本想找機會下車，再隨便找另一間飯店住宿，讓自己冷靜一夜。或許他只不過是想避開身邊這位盛氣凌人的美女，不過獨自留在香港，彷彿也沒什麼意義。更何況他對迪士尼的氛圍也沒什麼好感，總之，還在猶豫不決的時候，車廂門已經關上，柯煥也只好繼續待在位置上。

適逢離峰時間，機場快線的列車上僅坐著零零落落的乘客，分散在車廂各處。柯煥轉過頭，美女依舊保持著高雅儀態，隔著中央走道坐在與他平行的左排靠窗椅子上，雙臂始終交叉在胸前，不發一語。

「如果不是因為先前那些事，有誰會不想認識這樣的美女？」美女鼻樑上的墨鏡，讓柯煥分不清她究竟是睡著了還是醒著。他就這麼端詳著她的臉孔——可真是天使臉孔、魔鬼意志，前些日子被她逼迫進行的那些瘋狂事蹟，迄今仍讓柯煥心有餘悸，然而，來自 Y 染色體的天賦，以及在血液裡湧動的賀爾蒙，在這個密閉空間裡，終究引領著他的雙眼把焦點匯聚在最值得欣賞的事物上，也就是位於左側的這名美女。

被當作色狼、被視為性騷擾也好，總之我要好好地欣賞妳的臉孔，反正搞不好回台灣的時候，機場早就有警察在等著逮人了，如果真是如此……算了，反正該來的逃不掉，柯煥一面欣賞著美女的容貌，一面自我放棄似地悲觀模擬著後續可能發生的事情；在過去，這一切不過都是電影裡才可能發生的事，而今，他知道自己卻很可能就是電影的主角……或是隨著劇情推衍被編劇賜死的配角。

「唉～自殺，或者被自殺。」真是呼應那句令他洋洋得意的名對白啊！他自我解嘲地苦笑。

黑色的思緒在他意識裡蔓延開來的時候，突然有道閃電照進他的內心，讓他情不自禁地將身軀從沙發椅上彈起來，站起身，向左轉到左側那排的座位邊。

他緊鄰著美女坐了下來，開始更專注地盯著她的臉直瞧，甚至直接湊到離她臉孔不到十五公分的地方。

「我臉上有什麼髒東西嗎？」當列車跨越海灣、駛入青衣島，她突然摘下了眼鏡，挑著眉不悅地瞪著柯煥。

「原來是妳！我早該認出來了！難怪妳有這樣的財力。」柯煥道：「難怪昨天那個王勉今看到妳的時候，會一整個呆住，肯定是認出妳來了！」

「哦？」美女挑了挑眉毛。

「八年前電視上的那一幕，到今天我還依舊是歷歷在目啊！雖然妳比當年成熟多了，打扮也截然不同，但……妳就是《決戰週日大胃王》的小靜、劉子靜吧？」

「哎呀！」她直接把墨鏡收起來，爽朗地承認：「都八年前的過氣藝人，早過了賞味期限了，你還能記得，可真不簡單哪！」

柯煥臉上泛起苦澀的微笑：「有些事，是一輩子都忘不掉的啊！八年前妳奪冠的那一幕，迄今我依舊歷歷在目哪！」

「『強迫升級』改變了這個世界，誰能不記得呢？」列車開始加速，離開青衣島，繼續開向機場。劉子靜嘴角的那抹微笑，顯然是因為正暢飲著名為「回憶」的啤酒而綻開。

「而這麼一來，一切都豁然開朗了！包括那個林靖凱……」柯煥不斷眨動眼皮，快速使用智慧眼鏡進行搜尋：「我的印象果然沒錯！難怪總覺得他的名字這麼耳熟……搜尋結果顯示：林靖凱跟妳同為『強迫升級』的創始五人之一，還是雄跨歐亞非美四洲的超級財團強權：盤古國際集團（Pangea International Group）的少東啊！而你們兩個與張文貴的共同關係，就是量子傳送環；至於張文貴，他貴為瓦連科夫科技公司總裁，而你們竟然叫他廢人？這不免啟人疑竇……」

柯煥此言一出，劉子靜的動作彷彿暫停了片刻。

「歷史上對社會做出重大貢獻的人，往往散發著一種特殊的氣質，然而我在與他相處的這段期間，並不認為張文貴身上有這種氣質，相反地，我只看到一個暮氣沉沉卻自以為是的中年！所以……綜合以上的資訊，以及妳和林靖凱、張文貴之間的關係，唯一合理的解釋，就是你們的行動、所要進行的『大事』和跟妳所說的『解藥』，也就是妳脅迫我去找的那個時鐘，該不會就是要……破壞量子傳送環的功能吧？」

「……」劉子靜略一遲疑：「你怎麼知道的？」

「其實，我也是聽妳證實才知道的。」柯煥道：「想不到我隨便亂猜，妳還真的就這樣上鉤了？」

「柯先生，好奇心是需要付出代價的。我們原本是真心打算要讓你回家過自己的日子，然後暗中銷毀掉所有對你不利的證據的；只可惜，你因為自己的好奇心打開了潘朵拉的盒子。」劉子靜說到這裡，臉上已經沒有了笑容，取而代之的是極其嚴肅的犀利眼神。

「所以妳要說，我有兩個選擇，自殺或被自殺嗎？」柯煥不耐煩地搶著白道。

「我可沒這麼說。」

「可是妳的眼神就是這個意思啊！」柯煥這時瞪大了雙眼，提起手機按下撥話鈕，道：「反正，我的生活被你們搞成這樣，也已經了無生趣了，不如這樣吧！我提個交易。」

「交易？」

「如果妳拒絕，那麼我立刻打電話給香港警局，把先前的一切事情供出。」

「可是這樣你自己也會被捕。」

「無所謂，反正照目前的狀況，在林靖凱那樣惡搞之後，我的作家夢也差不多算是玩完了，不如就把死馬當活馬醫吧！」柯煥道：「我要跟著妳，親身見證你們的行動。而在事成之後，我要把這一切寫成一本回憶錄。」

「然後變身暢銷作家？」劉子靜問：「但在之前你也可能被抓，或者死了……」

「那又有何關係？不出名、跟死了，對人們來說是沒差別的事。與其如此，還不如把這件事情當成一場賭博，把所有賭注都押在這一把上面；更何況，天底下本來就沒有絕對安全的事情，隨便走在馬路上都可能飛來橫禍，吃個小吃都可能被街邊的流氓打死，那麼為何不賭大一點？」

「你這反應，也未免跟先前反差太大了吧？大作家。」劉子靜似笑非笑地道：「我不確定這個狀況適不適合這麼稱呼，不過這的確很符合我動漫圈朋友說的『反差萌』。」

「那妳內心最好是開滿朵朵小花啊！……」柯煥忍不住照著邏輯諷刺了一句，翻了翻白眼，正色道：「『強迫升級』不只改變了這個世界，還改變了許多人的命運，不只是攻擊我的王勉今……」柯煥望著車窗邊不斷掠過的大海，皺了皺眉頭：「……妳知道，八年前的同一天，有個……」

「對！你看到了一個王勉今，就代表還有一萬個、十萬個王勉今！這是個錯誤！」劉子靜斷然打斷柯煥：「八年前，我們改變了這個世界，然而這卻是個巨大的錯誤，因為傳送環的出現，我們都走上了錯誤的道路，人們已經過於依賴這個技術，甚至讓它反過來吞噬了我們既有的文化與習俗。情況已經失控了，這個世界深深地中了量子傳送環的毒，而無法自拔。如果不及時阻止，人類文明大概就只能走到這裡了吧！」

「雖然我的理由可能跟妳不完全一樣，不過……」

「那你的理由是什麼？」

柯煥微醞道：「我剛剛本來要說，可是被妳打斷了！」

「噢，對了，你剛剛說到八年前的同一

天……後來怎麼啦？」

「很抱歉，我現在沒心情，以後有空再提吧。」柯煥不悅地問：「那麼，那個時鐘到底是怎麼回事？」

「那就是『解藥的藍圖』，可以說是一張藏寶圖，記載著把這個世界從傳送環的癮頭裡解救出來的方法。」劉子靜道：「現今世界上所有的傳送環，都是依照八年前『強迫升級』運動時在全球各地同時公佈的那份設計圖所打造的；然而，當年設計傳送環的鄭兆玄博士為了以防萬一，曾經告訴我們：公開版的傳送環藍圖設計上有個故意設計的破綻，雖然不妨礙功能，但只要接收到網路上一組由四串字元組成的電信訊號密碼，就會在瞬間因為電流過載而癱瘓、再也無法使用，而這段癱瘓傳送環的訊息，將永久在全球網路裡巡邏通聯，只要發現何處有新上線的傳送環，就會立刻癱瘓它！」

「妳的意思是，不論在這個世界的哪個角落，只要在連接網路的電腦上打下這幾個字串，接下幾小時內，全世界的傳送環都會變成一堆廢棄金屬環？」

「不！是幾秒鐘秒內。」

「所以張文貴……」

「他只是受到鄭兆玄的委託，幫忙保管而已。而且不論如何，他一定會站在我們的對立面！」劉子靜語帶不屑地道：「他們這些既得利益者，只會像個守財奴一般死守著傳送環這棵搖錢樹。」

「這很合理啊，我反而沒辦法理解的是：量子傳送環當年可是讓妳賺了很多錢哪！而現在，妳要毀掉自己的搖錢樹？」

「那不是錢的問題而已！」劉子靜瞪大雙眼搖搖頭：「如果我們只能夠在傳送環

帶來的便捷和人類物種的存續之中作一個選擇，你會怎麼選？」

「當然是生存下去啦，可是……」柯煥：「雖然我因為私人的理由，也希望徹底破壞傳送環，但……它對世界的影響，真的有那麼嚴重嗎？」

「你可以用自己的雙眼來見證。」

「妳以為這是角色扮演遊戲在招募夥伴嗎？」柯煥苦澀地笑了笑。

「這樣說就太傲嬌了！明明是你自己要加入的！」緊接著劉子靜從小包包裡拿出一疊五顏六色巴掌大的小冊子，交給柯煥：「那麼，這些你就拿去吧！」

「這……」柯煥匆匆翻閱著每本小冊子封面：「妳怎麼會有我的資料？還幫我偽造好這麼多國家的假身分？難道今日之事，是妳早有預謀？」

「我才沒那麼神通廣大呢！」劉子靜道：「這些都是早先的B計畫，是假設『我的夥伴沒能把你的影像從各大樓和交通工具上清除』之時，供你逃離之用的。而當我們知道林靖凱找到了你，我擔心有個萬一，就想著帶來作為保險，供你以備不時之需。」

說到這裡劉子靜笑了：「豈料我卻突如其來地多了一個夥伴，這些就當作你加入組織的裝備吧！」

「喂！可是我剛才的條件還沒說完哪！」柯煥補充道：「事成之後，我要兩千萬。」

「可以，我的財產全部給你也行。」劉子靜隨口就答應了，口氣彷彿像是買罐飲料那麼輕鬆。

「就這樣？」

「廢話，當然就這樣！我又不討價還

價。更何況倘使失去了這個世界，錢再多也沒意義了。」然後她從隨身皮包裡掏出一張信用卡，遞給柯煥：「等等到了機場，就別回台北了，直接買張新機票。」

「什麼？不能讓我先回台北準備一下嗎？」

「你已經回不了家了，是要準備什麼啊？最重要的硬碟不是也都拿到手了？更何況這個世界已經中毒太深，沒辦法再等待下去了。」

「聽起來，妳們組織的後續行動都已經規劃好了，那麼，除了我們之外，其他的南瓜幫成員不過來會合嗎？」

「其他成員？」劉子靜臉上浮現狐疑的神情，旋即恍然大悟：「沒有其他成員，除了我與駭客朋友以外，你看到的那幾個南瓜人，都只是披著人皮、帶著南瓜頭套的保鑣機器人。」

「什麼？機器人……不是價格還沒普及化嗎？」

「說實話，機器人遠比人類要可信多了。」劉子靜道：「更何況，我是有錢人啊！」

「好吧，所以這個組織原來只有三個人啊……」

「光憑三個人，也可以弄得世界天翻地覆呢！」

「那麼，我機票要買到哪裡？」

「嘿！你絕對料想不到。」劉子靜從皮包裡掏出一張世界地圖，指向其中一個點，柯煥隨之望去，只見她沒塗指甲油的指尖，坐落在南亞次大陸的東南方、斯里蘭卡的對岸。

「欽奈（Chennai）。」柯煥喃喃唸出地圖上的名字。

第四章 Chamma Chamma

恰瑪！恰瑪！
清脆鈴聲，源自我的腳鈴
我將走近，成為你的鼻息，噢，王啊！
我將讓你夜不成眠

—— Sameer《chamma chamma》

「作為一個魔術師，什麼東西最難？」每十個人知道我的職業以後，大概有九點五個會問這個問題。我在紐約留學的同學是這樣，而我八年前回到欽奈時，我的泰米爾鄉親也表現得差不多。

想出超乎觀眾預期、同業難以破解的新魔術——在八年前，這幾乎是業界的標準答案。

而現在，這個問題只能讓我深深地嘆上一口氣，然後簡短地道：「能夠執行、還不能被認為是利用傳送環進行的魔術。」

這就是我痛恨傳送環的原因！

量子傳送環的出現，在魔術業界颳起了巨大的風暴——許多先前我們費盡心思、東閃西藏、運用各種轉移注意力與障眼法才研發出來的小把戲，透過傳送環都可以毫不費吹灰之力地做出來，好比從嘴子裡拉出源源不絕的綵帶，或者從手中變出小鳥等等，許許多多的「經典戲法」，現在全都因為傳送環的緣故，淪為沒人要看的低俗把戲。

八年以前，我們請觀眾上台的時候，他會檢查我們的帽子、戲服、道具，仔仔細細地搜尋各種蛛絲馬跡，那是對我們挑戰、也是一種專業的樂趣；而現在，上台的觀眾眼裡只顧著在我們提供的道具裡搜尋一個東西：傳送環，彷彿只要找到了傳送環，就等於成功破解了我們的戲法。

那種神情令人不悅，相當地另人不悅，特別是——絕大部分的魔術師根本就不屑使用傳送環，而觀眾們卻硬要往這個方向想的時候，這種感覺更是強烈，甚至強烈到讓我們必須壓抑在舞台上對觀眾報以老拳的衝動。

倒不如說，對我們這些擅長欺騙人類知覺的魔術師來說，傳送環的粉墨登場本身，就等於對我們專業的羞辱。那根本就是濕婆神睜開的第三隻眼、毀滅世界的舞蹈！

我還記得，八年前當我正表演最拿手的「隔空取物」這項絕活時，一位台下觀眾一面接手機，一面透過傳送環取出不知從地球哪個角落送過來的鋼筆當下，我內心的挫折與憤恨！

傳送環，這個徹底羞辱著我們的科技魔術，這個使用網路作為媒介的廉價魔術！它的出現，對於我們這些沒辦法花大錢準備豪華道具的街頭魔術師來說，就是濕婆神的滅世舞蹈！

所以我們大部分都失業了，或者必須承受著觀眾鄙夷的眼神，表演那些司空見慣、而且能用傳送環輕易仿製的舊把戲，賺上那一點點的工資零頭。

時局如此，在下輩子來到以前，或許魔術師的榮光是不會回來了，所以我稍微調整了自己的腳步，產業轉型，雖然應用的依舊是轉移注意力這一招，不過在執行層面上卻緊扣著復甦中的傳統文化。

而在這場產業轉型裡，我解僱了原先脾氣火爆的美女助手姐妹花，只不過新的事業夥伴的脾氣也沒好到哪裡去——那是兩隻脾氣暴躁的眼鏡蛇，唯一值得慶幸的地方是毒牙已經拔掉了；此外，我的道具也換成了竹簍和豎笛，舞台則換成了街頭市集。

對！現在我是個弄蛇人，在熙攘的蔬果市集裡，以演奏笛子舞弄著眼鏡蛇，催促牠跳上一場溼婆神的舞蹈。話雖如此，我做的仍然是自己的老本行——百分之九十九的觀眾並不知道：其實蛇沒有聽力，根本聽不見咿咿啞啞的笛聲，人們以為我在吹笛子，實際上我卻是用笛聲來轉移注意力，以手指細微的動作來指揮眼鏡蛇。

而令人氣炸的地方也就在這裡，你知道現在的觀眾有多不上道嗎？在你的表演中，他們無時無刻都在試圖窺探你的竹簍裡是否裝置著一個傳送環，否則為何裡頭竟然能藏下兩隻眼鏡蛇。

更過分的是，他們竟然還不時用手筆劃著，想測量眼鏡蛇身體的直徑是否在三點五公分以內……真是夠了！不是什麼事情都需要跟傳送環扯上關聯好嗎？有必要把事情搞得這麼愚蠢嗎？

如果能讓一種東西從這個世界上消失，那麼我的選擇就是傳送環。

不過，這畢竟都只是空談，總之，作為一個在美國歷練過的魔術師，以及現今淪落在街角觀光區賣藝的弄蛇人，平常弄弄蛇之類的根本不足以維持我的開銷（反正年輕人也不愛看了），事實上，我現在是私人的導遊，專門在表弟的介紹下，接些背包客的案件，依他們支付的酬勞和價碼，替他們安排在欽奈當地參訪的行程。

不過案子並非天天有，畢竟通常有案的話，也是表弟自己先接走，多出來的才會轉到我這裡，像今天這種淡季，本來就是屬於沒旅客的日子，我也早就準備好設備，要去表演弄蛇；令我非常意外的是，表弟竟然在早上十一點鐘打電話來，語氣中略帶惶恐地說客戶給了他一張千元美鈔，要我趕到現場，一來替他確認這張美鈔是不是真的，二來是替他接待客戶，他願意分五百美金給我。

急是急了點，不過看在錢的份上，以及

為了支撐與莎克蒂一起奮鬥的理想，我不介意表弟憑空賺走那五百美金。

▼

坐在小客車左側的副駕上，望著街上熙攘人群，以及偶爾與車爭道的牛隻，柯煥莫名地有種恍然感，他從未料想自己會這麼突如其來地光臨南亞的大地。

在這之前，他在電影裡聽過孟買、聽過德里、加爾各答、邦加羅爾甚至聽過果亞，但對於欽奈這個都市，卻幾乎沒有任何印象。

司機轉過頭，以印度腔的英語朝劉子靜問了幾句，劉子靜回答之後，他才有點不甘願地繼續開車。柯煥見狀不禁問：「在即時翻譯軟體普及的現在，任何一個智慧型裝備都能提供即時的語音服務，為何妳找的司機偏偏就沒裝呢？」

「沒辦法，聽說自動駕駛車輛在印度仍然不准上路，也許就是為了保障廣大傳統司機的生計吧！」劉子靜道：「不過這樣也好，至少我們用中文說什麼，他也聽不懂；況且……有車坐總是比搭嘟嘟車好吧？」

「也是。」柯煥望著窗外的景色尋思：「妳怎麼知道我們的線索在這裡？」

「從指針上看出來的。」後座的劉子靜從手機開出了木製時鐘的照片，傳到柯煥的智慧眼鏡上，他訝異地問：「可是……時鐘上已經沒有指針了啊！」

「廢話。」劉子靜說：「這個時鐘就是地圖，而上面的指針就是線索，在我們拿到時鐘的第一天，我們早就把三根指針從鐘面上拆了下來，透過我們駭客夥伴，傳送到世界各地的實驗室裡保管，以分散風險。」

「可是把指針都拔掉了，你們又怎麼能判斷出地方呢？」

「虧你還是科幻小說家……」劉子靜一挑眉，又從手機把一幅照片傳給柯煥：「在拆解之前，我們就已經先拍好了時鐘原先狀態的照片。」

柯煥順著她的話，細看智慧眼鏡鏡片裡時鐘的原始照片，只見正中央三根指針根源之處，中心有個「Ⓟ」字符號的圓形鈕釦。

「這個符號你解得出來吧？小說家。」

「不是所有小說家都是推理小說家！」柯煥不耐地回答：「也不知道我的直覺對不對，不過，我猜，這個符號就是英文大寫的『T』和『P』兩個字母合在一起構成的符號，而它的意思，指的就是台北。」

「我也這麼認為。」劉子靜道。

「哦？」柯煥有點不可置信：「可是，我有點疑惑，雖然我覺得台北很好，但很多居住在那座都市裡的人，卻往往覺得台北又不是什麼全球最知名的大都市，把時鐘的中心地點設在那裡，也許不符合一般台北人的常識吧？」

「哼！那些傢伙可真是被殖民文化給洗到連一點基礎的自尊也沒有哪！」劉子靜嗤之以鼻：「設在台北有什麼好不可思議的？如果覺得重要故事的發源地點一定要在紐約、東京、巴黎或者上海，那不過是反映了一種被殖民者的自卑罷了！」

「我同意啊！」柯煥道：「所以，讓我猜猜，如果以十二點作為北方的話，再搭配世界地圖……」他試著在腦海裡大略拼湊這些資訊：「那麼這裡應該就是時針所指的『八』這個刻度以上一點點吧？」

「大致上沒錯。」

「那接下來呢？」

「就等著我們去探索啊！」

「妳的意思該不會是……」柯煥有點不可置信地望著劉子靜：「妳該不會什麼準備都沒有做，就來到這裡了吧？」

「正是如此。」劉子靜笑道：「你應該知道我們現在的狀況吧？太常待在同一地方，總不是好事。更何況，想想你這陣子的際遇，你就會明白，這世界從來不等你做好準備，不是嗎？」

「可是，如果妳估算錯誤，這裡並不是正確的位置……」

「好歹我們知道這裡不是，而我們的對手還不知道。」劉子靜道：「見招拆招吧！至少在這裡，我們可以試圖找到資訊。」

「那麼，資訊要怎麼找，我們根本人生地不熟啊！」

「這樣才好，沒人知道我們在哪。」劉子靜按下通話鈕，以英語對著手機道：「把時針給我。」

手機另一端傳出了印度腔的英語，惹來開車的司機一陣側目，不過劉子靜旋即透過傳送環取出了時針，遞給前座的柯煥。

「這……」那是柯煥第一次端詳時針的細節，只見那時針的尖端是個人臉，人臉額頭正中央，還有一隻緊閉的眼：「這是……濕婆神？」

「哦，你認識啊！」劉子靜綻開笑靨：「你不是寫科幻小說的？想不到對印度文化也有涉獵？」

「作家本來就需要大量涉獵各種知識，不僅僅為了寫作，這些事本身就很有趣，不是嗎？」

「這些我可一點興趣也沒有！什麼神

啦、宗教啦，那些都是人類早該拋棄的過時產物了。」

柯煥晃動著時針道：「可是解這個謎不就需要這方面的知識嗎？」

「只要你懂就好啦！」劉子靜笑道：「撿到你可真像撿到寶呢！」

「是哦，可是任何一個印度人懂的應該都比我多吧！」

「我知道啊。」劉子靜道：「如果你沒在香港硬要跟上來，現在也就是問當地人吧！」

「噢，這樣啊……」柯煥問：「問題是，我對印度文化的了解也還是皮毛啊！」

「至少有了個起頭。」

「那接下來呢？」

「當然還是問當地人啊！」

「誰？隨便抓一個人嗎？」

「好歹是個開始。」這時，車子來到了市區與海灘的交界之處，劉子靜微笑著指了指柯煥的右邊，那個正在開車的司機，不過她的眼神瞬間就由笑意滿盈轉為訝異，旋即用英語催促司機轉向、加速——她先盯著後視鏡，緊接著轉過頭，恰好看見一名西裝筆挺的華人男子正坐在另一輛高級轎車左側的副駕位置上，正指著自己這輛車的尾巴，然後轎車就衝了過來，緊追在自己這輛車之後。

「是林靖凱的手下！他們怎麼找到這裡來的？」慌亂的追逐中，夾雜著印度司機連串抱怨的語句，柯煥被汽車加速的慣性壓在椅子上，一面嘀咕著。

「你的衣服被動了手腳？」連續的轉彎中，劉子靜眨了眨眼，突然猛喊：「檢查裝你硬碟的保護袋！」

「唔。」柯煥依言慌亂地翻找著自己的背包，拿出裝著硬碟的保護袋，打了開來之後，才把手指放進第一個夾層，就觸摸到不屬於組件的物體。

「啊，果然！」

他拿出了鈕扣造型的無線電發報器，一面搖下車窗，此時道路的左邊是一望無際的沙灘、右側則是連串的貧民區。柯煥準備丟出時，卻遭到劉子靜制止：「等等！」她轉過頭朝導遊吶喊了幾句。

「Really？」導遊同樣急切地吼了回來，劉子靜再度大聲吼了回去：「Yes！」

下一瞬間，轎車猛然右轉轉進貧民區的小路，開始隨機地在巷弄裡亂竄，而另一輛高級轎車則就這麼停在巷口，沒有追上來；從窗戶隱約可見其內的黑衣男子正與司機大聲爭論著。

「那我扔掉了？」又拐一個彎，暫時還看不見高級轎車蹤影的同時，柯煥再度把拿著發報器的手伸往窗外。

「不，把它給我。」接過發報器的同時，劉子靜已經撥通了手機、並且開啟了傳送環，用英文快速地對話，緊接著，她把這個發報器塞入量子傳送介面中，旋即傳送環關閉。

「原來如此。」小轎車依舊穿梭在貧民窟的小路間亂闖，不過柯煥很明顯地感受到氣氛和緩了下來：「妳透過傳送環，把發報器傳送到地球的另一個角落？」

「不，一下傳得太遠，對方會判定我們已經拋棄發報器。所以我把它交給那位夥伴，請他過幾分鐘後，把發報器傳遞到距離我們兩公里外的欽奈市郊的某間民房。」

劉子靜笑了笑，然後吩咐導遊把車開到

原先訂的旅館。不料導遊卻滿臉不悅地停下車，催促兩人趕快支付這趟車資，然後帶著行李下車。

「等等，好歹也必須讓我們找個地方落腳吧？」柯煥有點急了，本想抗議，不過劉子靜這時卻掏出了一張千元美鈔，在導遊眼前晃了晃。

導遊先是一愣，跟著立刻掏出手機。

「總之，這件事情不算好處理，不過……」劉子靜說到這裡，又透過傳送環掏出另一張千元美鈔：「若你願意擔任我們的顧問與嚮導，而不干涉我們行動，這張千元美鈔就是你的酬勞。」

「可以，不過，有言在先，若真的碰到什麼狀況，我可會丟下你們不管哪！」名叫穆卡錫（Mukesh Gupta）的男子從原先的司機手中接過車鑰匙，一面看著自己的智慧型手機：「行了，我已經有你們的號碼了，電話可以掛了。」

柯煥有點氣惱的問：「第一句話就講這種事情，這就是你們的待客之道嗎？」

穆卡錫攤了攤手，無奈地以英語嘆：「沒辦法，剛剛的事情，已經嚇得我表弟不願再幫你們開車了，誰知道你們到底招惹了誰？」

「你表弟跟我們介紹的時候，還強調你是從紐約留學回來的，具有國際觀。」

「正因如此，所以我才要一開始就把話講清楚。」穆卡錫關上駕駛座的門後，開始發動車子：「說句難聽的，你們辦完了事情可以拍拍屁股走人，我還得留在這裡，沒道理為了賺你幾千美金賠上今生。」

劉子靜眨了眨眼，繼續道：「也好，我也喜歡把話說清楚。我們還有一個條件：別問我們在這裡做事的理由。」

「我可一點也不好奇。」穆卡錫不置可否地晃了晃下巴。

「那麼……」劉子靜於是再將時鐘的時針取了出來，遞給穆卡錫：「我們從指針正面的濕婆圖像，推斷出這裡，不過顯然找不到後續的線索，也不知道指針背面三個英文大寫字母代表什麼意義，你看得出什麼端倪？」

穆卡錫順著話將時針翻轉過來，果然見到指針的背面，刻劃著M、B、C三個大寫英文字母彼此排列成三角狀。

「嗯……」

「有答案嗎？」劉子靜關切道。

「我不是很確定，不過……」穆卡錫把時針橫置，指著時針比較膨大而扁平的末梢，問：「你們覺得，這根時針像不像船槳的末梢？」

「像是像，所以它的意思是……？」

「嗯，我推斷M代表的就是欽奈這座城市殖民時代的舊稱『馬德拉斯』（Madras）；如果指針代表船槳，那麼M、C、B三個字就只會只代表著三個字：Madras Boat Club，馬德拉斯划船俱樂部。」

「划船俱樂部？」柯煥疑惑地轉頭看向劉子靜：「雖然也不是不可能，不過這未免也……」

「我說，兩位。」穆卡錫道：「反正你們原先訂的飯店，現在大概也被追你們的那夥人查出來了，划船俱樂部本身剛好也是高級旅館，不如你們先在那裡待一晚，趁機觀察看能不能找到什麼線索。」

劉子靜毫不猶豫地道：「那麼就出發吧！」

「等一等。」柯煥突然問了一聲：「在欽奈市區，有商店在賣筆記本嗎？」

「筆記本？用手機記起來、或者用你的眼睛在智慧眼鏡裡寫不就好了？」劉子靜指著自己的腦袋說：「更何況，真正重要的事情，絕對會留在腦袋裡。」

「可是我不是這樣啊！」柯煥從口袋裡掏出一隻筆：「每個人習慣不同啊！」

「好吧，隨便你。」劉子靜擺了擺手。

▼

柯煥拿起時針，比對著划船俱樂部入口處的徽章，果然M. B. C.三字一字不差，甚至排列上也並無二致。他對著左右點點頭：「就是這裡了。」

划船俱樂部的時光彷彿還停留在二十世紀初，不論在建築的格局或裝潢上，都還保留著殖民時代濃厚的英倫風情，絕大部分都是單層樓建築，甚至就連入住櫃檯都還保留著古樸風味。

「好的，來自香港的蕭先生與王小姐，兩位各一間房嗎？」櫃台服務人員拿著兩本假護照，笑盈盈地望著兩人。

「我們一起住一間就可以了。」

「咦？一間？」柯煥望向劉子靜，表情有點難以置信。

「對，一間。」劉子靜眨著眼笑，似笑非笑地道：「情侶住一間房很正常吧！」

「唔……」柯煥見狀，也只能識相地配合，服務生又望著兩人旁的穆卡錫，穆卡錫也不置可否地攤了攤手，晃著下巴表示同意。

「好『特別』的情侶啊？」服務生晃了晃下巴，一面唸著一面在電腦上輸入：「蕭先生、王小姐，一間雙人房。」

踏上樓梯，前往二樓房間的路上，劉子靜問：「柯煥，方才我說要同住一間的時候，你似乎很意外？」

「當然囉，孤男寡女共處一室，不太好吧？」

「你少來，我都不介意了，你一個男人介意什麼？」

「妳一點都不介意？這牽涉到妳的隱私耶。更何況，好歹我也是個有血有肉的男人，不怕有擦槍走火的狀況嗎？」

「指的是我的肉體吧？你真逗趣。」

劉子靜嘴角浮現一抹不以為意的微笑，一面進入充滿十九世紀風情的房間，把行李放在地上，轉過頭對著柯煥：

「雄性本色……話雖沒錯，我也是個公認的美女，不過我認為你大概是色大膽小的類型；更何況，相較於這個世界，我根本不介意那些所謂的春光。再者，你在香港應該也見識過我怎麼撂倒一個彪形大漢，換句話說，這些根本無須顧慮，重點是，我們該怎麼在這裡找出下個線索？」

「是啊，還是看看指針吧！」穆卡錫道。

「唉，可是目前看起來，時針上已經沒有其他線索了，不是嗎？」柯煥坐在床沿，毫無頭緒地把玩著手中時針。

突然間，指尖傳來的感觸，讓他猛然警覺起來：「等等！」

他立刻用指尖在時針旁來回摸索，果然在不顯眼之處找到一個小小的機關，當他用力一扳：「咯」的一聲，時針的末梢與中段之間突然應聲裂開，柯煥握著時針的兩端朝外拉，時針瞬間變成了一柄以槳面末稍作為握柄的鑰匙，而原先的指針，此時則成為了這柄鑰匙的外殼。

「情況很清楚了！」劉子靜接過鑰匙打量著：「接下來，只要找出這把鑰匙對應的鎖就行了。」

穆卡錫望著小鑰匙，建議道：「不如我們直接問問這裡的服務生吧！如果上頭都刻著划船俱樂部的縮寫，也許鑰匙本身就是划船俱樂部原本的設置呢！」

「事不宜遲，快，走吧！」劉子靜立刻起身行動，豈料她才剛拉開房門，探出頭踏出第一步，就看到一個熟悉的身影——一名身穿休閒服的美男子正帶著兩名西裝筆挺的保鑣，正在跟打掃長廊的服務生問路，趁著對方尚未發現，她迅速退回房內，拴上門邊那條聊勝於無的鐵鍊。

「是林靖凱！」她低聲道，旋即指向房間另一端的落地窗。

「誰是林先生？」穆卡錫雖然這麼問，但大概也心底有數，趕忙跟著打開落地窗，踏入陽台。

「就是先前開車追我們的那伙人。」柯煥答道。

「難怪我表弟要把案子推給我。」穆卡錫看了看地勢，跟著大伙來到地面上，伸手指著划船俱樂部建築後方滿佈短草的河畔：「我的車停在前門，現在肯定有他們的人守著，唯一能離開方法，看來只有走水路了……」

「我還以為你會丟下我們自己逃跑呢！」跑向河畔的中途，柯煥恰好瞥見二樓客房的轉角處，林靖凱透過玻璃窗望著他們。

「我還沒拿到錢啊！再說，他們應該也知道我們是一伙的了，用兩條腿跑鐵定被他們逮個正著，只有靠這些船，才有機會逃得掉哩！」穆卡錫飛快越過草坪、來到岸邊，但見一座木架上正倒掛著一艘長約五、六公尺的大型槳船，顯然是上午練習後正在風乾的船隻。

「問題是，你會划船嗎？」柯煥來到船另一側，望著曬架上的大型槳船：「這種划船俱樂部不是有錢人家少爺的休閒玩意兒？這些槳這麼長，我們真的會划嗎？」

「啊！看那邊！」穆卡錫趕忙指向河畔，原來還有艘長度不到兩公尺，漆成黃色的平底小船栓在河岸邊：「這種大概是給僕役清理水面用的。」

「這感覺簡單多了。」柯煥忍不住想起唯一一次大學畢業旅行泛舟的經歷，立即上前與穆卡錫一起解開栓在河岸邊的繩索。

「放心吧！我會！」劉子靜不知何時手上已經多出了根船槳，好整以暇地跨上船內，絲毫沒有不平衡狀態。柯煥與穆卡錫見狀，也趕忙跨上船，卻都搖搖晃晃地差點跌倒。

「坐下！放低重心！」劉子靜忙喚，一面用槳把船撐離岸邊，當船身距離埠岸越來越遠之時，林靖凱與兩名保鏢的身影也出現在草坪上，朝著埠岸邊狂奔而來，其中一名保鏢還全力衝刺地飛奔，就這麼朝著船隻猛然跳來。

眼見保鏢的身影越來越近、越來越近……所幸，他終究在距離船身約一公尺的地方落入水中，卻還不懈地划動雙臂試圖游泳追來。然而下個瞬間，船槳的槳面就狠狠地從他頭頂拍打下去，登時讓他慌亂地沉向水中、伸手亂抓，水面上也咕嚕咕嚕地冒起許多泡泡。

「你們兩個！不要光顧著看！快幫忙划，跟著我的節奏！」劉子靜大喝一聲，柯煥與穆卡錫才手忙腳亂地幫忙划動船槳，雖然顯得生疏，不過船身終究搖搖擺擺地在河道上加速，只見林靖凱與另一名保鏢就這麼佇立在岸邊逐漸模糊，但依稀可見他拿起手機，放在耳旁，彷彿正下令些什麼。

「妳可真厲害啊……」柯煥不禁嘆道：「竟然連划船都會。」

「當有錢人的好處很多。」劉子靜繼續划著船：「最明顯的，就是不需工作來養活自己，而能把時間花在學習自己有興趣的事物上，日子一久……」

「原來妳身懷絕技是這麼來的，難怪在香港簽書會，妳一擊就打暈了那個醉漢。」

「說穿了，一切都是拜『強迫升級』的成果所賜。不過，只可惜這列名為『世界』的列車已經駛上錯誤的軌道，為了讓它回到正確的方向，我不介意讓自己成為強悍的戰鬥花瓶！所以當五年前，我察覺事態的發展跟原先預期不合的時候，我就開始磨練自己了。」劉子靜若有所思地道。

「好啦！兩位，我們又不是在演好萊塢電影，你們的辯證可不可找個安穩的情境再談？以我們現在的處境，你們兩個華人臉孔到市區的任何角落，都難免引起側目，追你們的人，感覺是很願意為了你們的消息灑錢的，而在欽奈這裡，只要願意花上幾百盧比，就一定可以打聽到你們的消息。」

「那麼，穆卡錫，你有什麼好主意嗎？」

「唔……這個地方，有是有啦，只是，希望你們不介意。」

「聽起來似乎不是個正常的地方……」柯煥沉吟道。

「在印度，這不怎麼正常。」

「沒關係！」劉子靜道：「反正我們也不是什麼正常人，就讓我們開開眼界吧！」

柯煥本以為他們會划上很長一段時間，不過才離開划船俱樂部約莫四、五分鐘航程，他們便途經一座約莫七、八十公尺的長橋，橋的兩岸都是貧民窟，他們就在這裡登岸，再讓空船順水向下漂流，然後在穆卡錫的引領下進入貧民窟。

貧民窟就像另一個世界，他們跟著穆卡錫的腳步在不及兩公尺寬的小弄裡迂迴前進，眾多孩童以純真而好奇的眼神望著這兩位來自東亞的來客，只見穆卡錫低聲說了幾句，這些孩童們才沒蜂擁而上包圍一行人。

左轉右拐之後，穆卡錫在其中一戶門前停下，彎下腰走了進去，並且對外頭的兩人招手。柯煥也跟著彎下腰，進入這幢高度不及兩公尺二十公分的小屋之前再度回眸，恰好看見四、五輛高級轎車從橋上駛過，或許就是林靖凱的車隊也說不定。

屋內擺設一如貧民窟的典型住家，除了電視與對面的連座橫椅以外，就是家徒四壁。

「就是這裡？」劉子靜問。

「不！」穆卡錫順勢將橫椅向右拉，出現在其後的，竟是一道向下的階梯「這裡才只是入口。」

柯煥望著樓梯入口上，繪著一片像是桑

葉的葉片，忍不住定神看了看。

「那是菩提樹的葉子，等等到了再說。」穆卡錫示意兩人先進入地道，自己則又將橫椅拉回地道入口。

地道雖然狹窄，倒是出乎意料之外地通風良好，高度也足夠讓成人不必彎著腰，他們走了約莫二十分鐘左右，眼前又是一扇木門。推開木門，出現在柯煥眼前的是間木造酒吧，看起來就像是從小型表演場改造而成的，舞台上沒有設置搖滾樂團，僅有一架靠牆的直立式鋼琴，鋼琴旁的三張椅子上擺放著兩把吉他、一把西塔琴。舞台下的裝潢並不華麗，但同樣帶著淡淡的泰米爾風情，到處擺放著沙發，成雙成對的男女在這裡恬適交談。

柯煥環視周遭，不解地道：「雖然是透過密道過來的，這裡的氣氛也很融洽，但……感覺上這裡與其他酒吧沒什麼不同啊！」

「若要說店裡的裝潢和陳設，的確跟欽奈的酒吧沒差多少，重點是，『人』很不一樣。」三人身後突然傳來一陣沉厚的女子嗓聲，接著一個身穿紗麗、皮膚白皙的女子叉著腰來到他們跟前：「兩位是日本人？韓國人？」

「香港人。」穆卡錫指著兩人介紹道：「蕭先生、王小姐，他們是表弟介紹給我的客戶。」

「噢，抱歉抱歉，我們分辨不太出來。」女子笑道，旋即自我介紹：「既然是穆卡錫的客人，那麼也就是我的客人。我是莎克蒂•克里希那，穆卡錫的妻子。」她轉過身，以下巴指向情侶們：「歡迎來到『菩提驛站』。」

「菩提驛站，這個名字，跟地道入口的

那片菩提葉有關係吧？」劉子靜問。

「沒錯。」莎克蒂拉著穆卡錫的衣袖，對劉子靜笑了笑：「許多前往國外的印度留學生，學成之後都不願再回到印度，知道是為什麼嗎？」

「種姓。」

「對，就是種姓。」莎克蒂：「一旦見識過外頭階級自由流動的世界，印度的留學生就很難願意返回這個死水一灘、暮氣沉沉的古老社會；而分屬於不同種姓的戀人，更是如此。」

「我和莎克蒂也是這樣。」穆卡錫接著道：「我是剎帝利，她卻是婆羅門。在紐約，沒人會對我們側目相視；但在印度，即使我們都屬於較高種姓，卻也都不敢肯定家裡允許我們的愛情。我們左思右想，決定還是靠自己的力量來改變印度、打破種姓所帶來的不幸，所以十年前我們畢業時，都與家裡斷了聯繫，遠離北印的故鄉，到欽奈這裡，以我在紐約學到的魔術表演維生。雖然賺的錢不怎麼多，對我們的愛情卻夠了。」

莎克蒂接著道：「一方面，我們開始組織欽奈地區的有志青年，進入貧民窟提供教育服務，而在服務的過程中，也了解到跨越種姓的友情與愛情，遠比我們想像的還要普遍；那時『強迫升級』運動與傳送環嚴重打擊了個人魔術師的生存，於是我們嘗試把原先的魔術表演場改成小型聚會場所，提供不同種姓的戀人們一個隱密的地方相處，現在除了欽奈，我們也在孟買、德里、班加羅爾等地建起了分枝。」

「難怪會取名為菩提，我總算明白了。」柯煥道：「菩提樹是悉達多的代表，而他正是印度歷史上提倡打破種姓制度的人裡，最具國際知名度的一位。」

「誰是悉達多？」劉子靜問。

「就是佛陀。」

「噢，原來如此……」

「你們華人社會很多人信佛教。」莎克蒂微笑道：「菩提的意思除了是悉達多的代表以外，也有『覺悟』的意思。」

「那麼，『驛站』兩字，代表的就是專送服務囉？」

莎克蒂說：「妳猜對了，王小姐。由於我們的青年成員來自各個種姓，因此也能夠因應不同的收信對象，派遣不同種姓的送信者，將珍貴的信物親手交給本人。」

「那麼，驛站裡有人能替我們跑一趟馬德拉斯划船俱樂部嗎？」劉子靜問。

「我就是這個意思啊！不如讓莎克蒂帶著那把指針鑰匙，替你們跑一趟吧！」穆卡錫笑著道：「當然，在這之前，也請把說好的那張千元美鈔給我們。」

「千元美鈔！」莎克蒂臉上閃過狐疑的神情：「這麼好賺的錢，該不會背後有什麼危險吧？」

「唔，這個……」穆卡錫趕忙把莎克蒂拉進佔據了舞台三分之一的辦公室，過了幾分鐘莎克蒂才氣呼呼地跟著穆卡錫走了出來，朝酒吧櫃檯喚了幾聲，隨即兩個年輕人跟著她走向另一側的出入口。

劉子靜問：「怎麼回事？」

「沒問題的，交給我們處理吧，兩位不如在這裡稍等一下。他們很快就回來。」穆卡錫笑嘻嘻地拉了兩張椅子，對著柯煥道：「那麼，請將那把小鑰匙借給我們吧！」

▼

莎克蒂只花了半小時，就回到菩提驛站，身後的兩名青年旋即返回吧檯。

「這麼快？」穆卡錫問。莎克蒂以行動取代回應，直接拉開辦公室的門，示意劉子靜和柯煥兩人一起進入。等到四人紛紛坐定，這才從隨身袋子裡取出一個小木盒，放在桌面上；接著從口袋裡取出鑰匙，放在木盒前。

「我們到划船俱樂部的時候，你表弟的車還停在前門的廣場上，有個身穿黑西裝的華人在那不斷徘徊，很顯然還在監視。」她對穆卡錫道。

「看來我表弟的車短期內是拿不回來了，那麼這個木盒……」

「我們直接問櫃台，划船俱樂部是否有置物櫃服務，櫃台卻從來沒有這項服務。恰好這時露天早餐部的老先生經過，詢問我們事情的緣由，我索性掏出那把小鑰匙，豈料他一看到，就帶著我往倉庫那兒去了……他從倉庫某個大櫃子裡掏出這個小木盒交給我。」

眾人順著莎克蒂的話望向小木盒，果然看見上頭有個小小的鎖，尺寸恰好與時針鑰匙相符。

「……我還問了他，怎麼知道這件事，他晃了晃下巴，說八年前的夏天，有位來自美國的瓦連科夫先生曾在划船俱樂部長住了個把月，每天清晨都準時光臨他的露天早餐部，並且提供侍者優渥的小費，熟了之後，甚至還一度利用當時最先進的量子傳送環幫他的早餐部從法國沛綠雅鎮進口飲用水，有效地提升了用餐品質與訪客數量。有天這位瓦連科夫先生將一張千元美鈔和一個木盒託付給他，希望他幫忙保管一個小木盒，並且讓他看了鑰匙，最後告訴他：若日後有人拿著這把鑰匙前來，就把木盒交給那個人。」

「那就沒錯了！瓦連科夫，就是美籍俄裔的鄭兆玄博士的姓氏。」劉子靜研判。柯煥於是問：「那麼這個盒子裡……」

「這是妳的東西，理所當然由妳自己開。」莎克蒂對劉子靜道。

「抱歉，我還以為妳會先看過。」柯煥道：「原諒我的偏見。」

穆卡錫先插了話：「不過，在這之前……」

「謝謝！」劉子靜毫不猶豫地掏出一張千元美鈔，遞給穆卡錫，接著拿起時針鑰匙，「喀」的一聲轉開了木盒的鎖，然後將蓋子掀了開來。

「這是……」柯煥看著劉子靜從盒子裡取出一捲絹布，在桌面上攤開來，上頭繪著一幅畫：

畫面的情境位在一間賭場裡，看來像是賭客的主人翁，手邊還放著一疊籌碼，他抓起一個籌碼，朝著對面的莊家伸出食指比了個「一」的手勢，彷彿想再加注，他的雙眼則分神地望著賭桌上跳動的骰子，骰子露出個面，其中最清楚的一面顯示出數字「四」，其餘兩面則看不清楚數字。而賭客背後的牆上，則裝飾著好幾幅浮雕，由左向右分別畫著四個主題：鐐銬、青銅大砲與砲彈、橄欖枝與白鴿、一本蓋上的書本。一位戴著墨鏡、領班模樣的男子，持著手杖悄悄觀察著賭桌上的一切。

「……果然謎團的背後，是更大的謎團。」柯煥看著這幅畫喃喃嘆息著，劉子靜卻早在此刻拿出了手機，迅速將這幅畫的全景與細節都拍成檔案。

問。

「這是一幅藏寶圖嗎？」穆卡錫好奇地問。

「可以這麼說。」劉子靜眼神裡閃爍著神采，喃喃嘆道：「但圖裡藏著的不是黃金鑽石，而是更珍貴的無價之寶。」

「那又是什麼？」

「正確的未來。」劉子靜欣然嘆道。

「這樣太空泛了啦！」穆卡席抗議道，妳花上這麼大把的錢，竟然只是為了這些事情。

「莎克蒂和你創立菩提驛站，為的也不是金錢吧？」劉子靜微笑著反問，而後道：「我們做的是相同的事！」

語畢，她指著攤在桌上的畫道：「事不宜遲，找得出什麼蛛絲馬跡嗎？」

「唔……」柯煥道：「這幅畫裡的情境，以及裡頭人們的打扮，看來就像是……十九世紀初期的歐洲？」

「如果是的話，看得出什麼端倪嗎？」

柯煥靦腆地：「唔，其實我對推理類型不熟，沒看過幾本。」

「沒關係，你猜就是了，沒猜沒機會。」

「他比著食指，很可能是一個關鍵，這要說的若非是一件重要的事情，那麼指的就是『一』這個數字。」

「那麼這個骰子……？」

「骰子上面刻著『四』，這很可能也是個數字。」

「一四九二年……哥倫布登陸新大陸？」穆卡錫也加入猜想的討論：「有代表後面的兩個數字嗎？」

「唔……九的話……」柯煥數了數那疊籌碼，說道：「這疊籌碼不知道是九個還是十個，更何況，如果加上賭客手裡的，就更

難計算了；如果姑且要算九的話，那麼還得找到『二』這個數字。」

「主人翁的眼睛？」穆卡錫說。

「那還不如說背景那個人的眼鏡代表著『八』這個數字呢。」柯煥又提出不同看法：「可是這麼一來就跟一四九二沒關係了。」

「哥倫布發現新大陸的航程，是受到西班牙女王的贊助，而目前認為他初次登陸的地點接近巴哈馬群島。若要跟哥倫布扯上關係的話，這幅畫裡有什麼象徵義大利、西班牙、巴哈馬群島的地方嗎？」莎克蒂尋思著。

「背景最左邊的鐐銬，以及旁邊的大砲！」穆卡錫喊道：「當年哥倫布的船員，都是西班牙的死刑犯呢！而剩下的橄欖枝則代表了與印第安人的交涉、書本則代表了這件事情從此名留青史。」

「謎底是哥倫布的話，那麼這幅地圖裡，一定還有其他線索，告訴我們接下來要去哪裡，或者是要尋找什麼……」柯煥搖搖頭道：「但我似乎找不到其他東西了，而且……」他指著畫道：「這幅畫裡的人們的穿著，並不像是大航海時代啊！」

「那麼你有其他想法嗎？」穆卡錫問

「我不是很確定，但如果這道題目是鄭兆玄博士出的，或許我們可以從另一個方向來解讀。」柯煥指著圖裡的人物道：「反而，這些服裝有點類似十九世紀的歐洲人穿著。」

「那又跟鄭兆玄有什麼關係？」

柯煥推論：「我們都知道鄭兆玄博士的英文名字是Evgeniy Petrovich Volikov，姓氏很明顯看得出俄國風格，事實上，他也有個正統的俄國名字。」他將智慧眼睛裡呈現的畫面轉移到劉子靜的手機螢幕，上頭書寫著：「Евгений Петрович Воликов」。

然後他繼續道「其實，他的父親是俄國人，趁著冷戰之後的那段移民潮帶著他前往美國定居。而如果這幅圖描寫的確是十九世紀前半，那麼在數字上就應該可以對應到一八多少年。」

「『一』是有了，而『八』……姑且可以用你剛剛說的眼鏡來解釋。」劉子靜繼續尋思：「那麼剩下的兩位數呢？這個四……」

「啊！關鍵就在骰子！」這時穆卡錫靈光閃爍道：「你們看，這個骰子其實還有一個隱藏的數字：它露出三個面，數字是『三』，再搭配上既有的四，所以……」

「一八三四年、一八四三年，這兩年有發生什麼大事嗎？」莎克蒂尋思著，又道：「或者把三跟四相加，一八〇七年，似乎也沒有什麼印象中的歷史大事啊？」

柯煥於是又提議：「那如果是三乘以四呢？三乘四等於十二，而……」

「一八一二年！是拿破崙戰爭的那一年！」穆卡錫叫道。

「從背景看的話，也許沒錯。」柯煥興奮地指著畫：「再回到剛才的背景，鐐銬、大砲和砲彈，代表的都是『戰爭』；而右邊的橄欖枝和鴿子，很明顯就是『和平』。而俄國文豪托爾斯泰的鉅著《戰爭與和平》，講述的就是拿破崙在一八一二年入侵俄羅斯的故事！」

「背景最右邊的這本書，暗示的應該就是這本書！」劉子靜也喜出望外地贊同道：「而鄭兆玄博士有俄國血統，比起哥倫布，顯然有憑有據多了，至少，方向應該沒錯！」

「根據《時代雜誌》專訪，莫斯科也是鄭兆玄父親早年居住的地方，也許他對於那個都市存在著不一樣的感情。」

「如果下一站是莫斯科或俄國的話……」穆塔錫拿著時鐘鑰匙，不解地翻轉、端詳著：「那麼這把鑰匙，又能開啟另一個位在莫斯科或俄國的木盒嗎？不過，我似乎看不出上頭有任何相對於俄羅斯風格的符號啊！」

「一定有，只是我們還沒察覺而已。」劉子靜堅定地道：「柯煥，你再找找看……」

她才剛說完，門就傳來了喧嘩聲，而喧嘩很快就演變成了伴隨著杯盤摔碎聲的尖叫。

「怎麼回事？」劉子靜立即警覺問：「莎克蒂，你們回來的時候，有沒有被人跟蹤？」

「我……」莎克蒂正待張嘴，房門已經「碰」地被一腳踹開，出現在門後的正是之前在划船俱樂部跳水追趕的保鏢、臉上還赤紅著一塊紅色的槳印。下一秒，林靖凱的身影就出現在保鏢身後。

接著是將近一秒鐘的凝視：林靖凱、劉子靜、柯煥、穆塔錫四人不約而同地轉動眼珠打量著對方。林靖凱的雙眼看向了桌面上敞開的木盒、絹布畫，立刻指著劉子靜大喊：「她！」

穆塔錫見狀，立刻將腳邊一張空板凳踢向保鏢，弄得他重心不穩差點跌倒，並趁此時機對莎克蒂大喊：「二十九號！」

莎克蒂旋即會意，便抓著劉子靜與柯煥手腕向房間另一側的空間移動，劉子靜正伸手要想抓住地圖，卻因莎克蒂這一扯而沒搆著。

「放開我，快拿圖和鑰匙！」她猛一

個反手推開莎克蒂，再度撲向桌面，保鏢也已然躍過板凳，正逼近而來；隔著桌子另一側的穆卡錫索性奮力將桌子一踢，滑行中的桌面立刻橫亙在飛奔的保鏢身前，旋即被撞翻，桌上的木盒和絹布畫則落在保鏢那側，而時針鑰匙則不知落在房間的哪個角落。

「不行，東西不能落入他們手中，啊……」劉子靜還想上前去搶的時候，卻已眼睜睜地看著保鏢正以黑色休閒運動鞋牢牢地踩住了絹布地圖，同時橫著手擋住柯煥從旁丟過來的另一張板凳。

「王小姐，啟動手機的傳送環連線。」

這時，穆塔錫的聲音從旁傳來，只見他左手正握著手機，上頭的傳送環邊緣正微微亮起一線藍色光暈；而他的雙眼，則在房間地板四處游移著搜尋：「時針鑰匙我一定找到傳給妳，你們先走。」

說罷又對莎克蒂催促一聲：「快，二十九號！」

「唔……」劉子靜看見林靖凱這時也已經進門來，只好恨恨地瞪著林靖凱，雙手快速壓下手機上的『傳輸』快捷鍵，喊了聲：『穆塔錫』，只見她手機上的傳送環周圍也逐漸泛起藍色光暈，手機裡傳出了第一聲警示語音：「連結倒數，三！」

倒數三秒！當雙方都已按下傳輸鈕，訊息交聯已確認穩定，量子傳送介面即將在三秒後正式成形。

穆塔錫與保鏢都同時發現了時針鑰匙，就落在與雙方等距之處的地板上，保鏢立刻用腳尖一鉤，將絹布地圖向後推往身後的林靖凱，並且向身前地板整個飛撲過來。穆塔錫見狀不妙，趕忙一個側腳將時針鑰匙踢向一旁，跟著小跳躍試圖跑向已經撞到牆壁、又反彈回來的時針鑰匙，豈料他的右腿卻又被保鏢抓住而重重地摔在地上。

「二！」合成的警示語音冷冷說著，劉子靜正想跨足上前幫忙，腳下卻頓時一空，只覺身子落在一張巨大的軟墊上，身旁的莎克蒂與柯煥也幾乎同時落下。

「一！」在地板之上，穆塔錫在內心暗自倒數，身子則被保鏢拉著向後，趕忙用另一隻腳猛踹保鏢臉部，一面奮力伸手，這才搆到了時針鑰匙，林靖凱身穿白色休閒服的身影已經出現在自己身前。

距離量子傳送介面開啟，還有零點五秒，不過穆塔錫已經不顧一切，翻身仰躺著，右手抓著時針鑰匙，望向手機上的傳送環，那一瞬間，他在保鏢與林靖凱的臉上讀出了驚愕的神情。

他打算在這時就把時針鑰匙觸向傳送環！這根本是不顧一切的豪賭——雖然量子傳送介面約有一半的機率在倒數三秒完成之前就穩定形成，但也有可能尚未形成，倘若發生這樣狀況，力道小一點的話或許鑰匙還有機會反彈出來，力道大的話，也許時針鑰匙很可能就此撞上手機殼而折斷或扭曲變形，還有第三種狀況，則是折斷之後，剩下的那一截適逢量子傳送界面開啟，而被傳送到量子傳送介面的彼端。

不論如何，此刻木已成舟，只因——下一瞬間，穆塔錫已拿著時針鑰匙朝手機上的傳送環處猛力塞去！

▼

穆塔錫喘著氣，睥睨著眼前的林靖凱與保鏢，以及陸續跑進辦公室的其他保鏢，然後緩緩移開他的右手掌——只見他手機上頭一個直徑三點五公分的量子傳送介面正閃爍著青藍色光輝，冷色系的基調似乎正嘲弄著眼前一幫彪形大漢。

「唉，功虧一簣。」林靖凱望著地板上的穆塔錫，長長地嘆了口氣，然後轉過身面對保鏢，將另一隻手的絹布畫交給他：「不過，我們也還是有收穫了。」

「你們死心吧！我是什麼也不會說的。」穆塔錫緩緩起身：「要怎麼樣隨便你，我已經有退役(註)的準備了。」

「退役……哼。」林靖凱笑了：「這個字，可真是發人深省哪！好個投胎轉世的概念，印度人果真是世界上最聰明的民族，就連統治階級防止階級流動的謊言都能夠編織得這麼甘美。

「收工。」他對保鏢道。

「可是……連問也不用問嗎？」保鏢的左臉上泛著紅紅的槳印、右臉上又多了黑黑的鞋印，搭配上黑色外套，乍看之下還頗有種變種貓熊的印象。

「問了也是白問，重點在東西，反正他們跑不出欽奈，收工。」他轉過身，慢條斯理地跨過沙發、桌椅凌亂無比的酒吧，開啟了那扇對外的門。

刺眼的陽光映入，那是欽奈市 **T. naga** 的街區，市場裡，人潮正熙熙攘攘。

▼

「事情不妙！」

已經過了整整十分鐘，劉子靜停下腳

註 多數教派的印度教信徒都相信有來生的存在，肉體的消滅並不代表真正的死亡。因此用「Expire」（呼出最後一口氣）這個字來表達等同於其他文化圈裡「死亡」的現象，故在此譯為退役步望著手機上的蒼藍量子傳送介面，地下道斑駁的磚砌牆面上反射著寒光。她咬著牙輕嘆：「鑰匙應該被搶走了。」

「……妳失去的是鑰匙。」莎克蒂語氣裡帶著不可思議的平靜：「妳知道我可能失去的是什麼嗎？」

「沒有人願意被犧牲。」劉子靜放下了手機，對著黑暗中的莎克蒂道：「我聽得出來妳在壓抑，可以告訴我，什麼是『二十九號』嗎？」

「那是我們的默契。」莎克蒂的聲音這時才開始顫抖了起來：「當傳送環還沒發明的時候，穆塔錫就是以這裡作為表演場地，而二十九號，就是他每場第二十九個表演項目『娑提』（Sati）的代號，那時，他的姐妹花女助手之一將仿效史詩《摩羅衍那》（रामायण：Ramayana）神話裡，羅摩救出被魔王羅波那擄走的妻子悉妲（सीता：Sita），悉妲為了證明自己的清白，自願躍入烈焰。當舞台道具噴發出火焰的瞬間，女助手則透過剛剛那道暗門，落在軟墊上，跟著等火焰熄滅前零點五秒鐘，再從另一道暗門躍上舞台，演出第三十個項目『潔白之身』，接受觀眾的喝彩來作為整場表演的終點。」

這時，柯煥的手機突然響了起來：「是穆塔錫。」他看著與手機連線的智慧眼鏡上投射出的資訊，謹慎地道：「也可能不是。」

「接吧！」劉子靜道：「不論電話那頭是不是穆塔錫，都必須面對。」

於是柯煥接通，並切換成視訊通話，面對大家，出現在螢幕上的，的確是穆塔錫微笑的臉孔，他似乎把手機橫置在牆角，讓鏡頭能夠面對眾人。

間放鬆了。

「毗濕奴庇祐！」莎克蒂緊繃的神情瞬

「身後沒人用槍抵著你吧？」劉子靜靜靜地問：「時針鑰匙被搶走了吧？不過……你沒事就好。」

「不，它很安全。」穆塔錫在螢幕那端微笑道。

「可是，我這邊的量子傳送介面已經開啟了整整十分鐘，並沒有看見鑰匙被傳過來啊！」

「王小姐，妳要知道，親眼所見也未必為真。」螢幕裡的穆塔錫擺弄著雙手道：「其實，在三秒倒數完成之前，我就已經把鑰匙塞進了量子傳送介面。」

「這樣太危險了，時鐘鑰匙壞掉怎麼辦？」柯煥忙抗議道。

「哈，對方當時的表情跟你們一模一樣。」穆塔錫在螢幕前搓了搓手，不知何故，當他再度攤開手掌的時候，時鐘鑰匙好端端地擺放在他掌中。

「這……」

「你們都太相信科技、太相信傳送環了！」穆塔錫得意地笑了笑：「卻忘了，我畢竟是個魔術師哪！」

「竟然用這招！」劉子靜眨了眨眼睛，恍然大悟地笑了。

「傳送環，對於這個曾經毀滅了我們魔術師職業生涯的新發明，能夠在關鍵時刻，利用正統的魔術來化解你們的危機，那正是我們對傳送環最大、最滿足的復仇！」

穆塔錫開懷地笑了，手拿著時針鑰匙接近畫面，而劉子靜手機的量子傳送介面上，時針鑰匙寫著「M.」、「B.」、「C.」三個字母的尾端也冒出了頭。

「我不知道你們要做什麼，也許是一番驚天動地的大事也說不定，不過，還是祝你們順利。」

「感謝你的付出。」劉子靜淺淺一笑道：「我們要做的，對魔術師們或許是件好事。」

「雖然我還很希望多賺你們幾張千元美鈔，不過可以想見的是，我們接下來是沒辦法再替你們安排行程了。」穆塔錫道：「而莎克蒂，我想大概也有幾天沒辦法拋頭露面了。」

「那倒是小事，反而是咱們若要重建菩提驛站，可就是個大麻煩了。」莎克蒂晃了晃下巴道。

「相信這個，可以有效地減少你們兩位的煩惱。」劉子靜遞了一小疊美金紙鈔給莎克蒂。

「這是……？」

「這不是施捨，這也不是恩惠，而是在贊助能被實踐的理想。」劉子靜微笑道。

「蕭先生、王小姐的下一站是莫斯科吧？」穆塔錫這時問：「不用想也知道，現在欽奈機場一定有人二十四小時在搜尋你們的身影，說不定連海關也被賄賂了。而我和莎克蒂都無法出面，不如我找個值得信賴的朋友，今夜開車載你們到班加羅爾的機場。」

「嗯，看來也沒有其他辦法了。」

「不過，這麼一來，前提可能是需要……

……」

「我知道了，一張千元美鈔。」劉子靜似笑非笑地道。

第五章

我在北京天氣晴

「通往地獄的道路，往往由善意所舖成。」
——佛雷德里希．海耶克

▼改變世界的權力，總掌握在少數人手裡。

而我們，則曾經天真地以為可以改變這件事。

這世界被『強迫升級』的時候，我偷偷地窺探，確認了世上將近有百分之十五的電腦或智慧裝置（手機、眼鏡、手錶）螢幕上，不論是社群網站、免費空間下載頁面、影音播放網站，乃至於色情網站，全都彈出了量子傳送環的設計圖。

望著世界各地的社會大眾們的情緒，從前五分鐘的驚訝、惱怒、疑惑，經歷在社群軟體上發現：設計圖與當時正在Live直播的《決戰周日大胃王》決賽之間的關聯性，然後再從第六分鐘起，轉為著迷與讚嘆。

那一刻，我在駭客圈子裡，留下了宛如凱薩閥高盧那般崇高的名聲。

想當然爾地，這個世界的確被我們成功地『強迫升級』了！

當然，可以想見傳統企業（甚至包括傳統網路業）的強烈反彈，各國各地的議員、代表、甚至獨裁者都曾試圖立法來禁止、甚至規範量子傳送環的應用。

不過出乎意料之外的卻是，以大學生為主的年輕人們自發性地在網路上彼此串連了起來。透過進步的線上即時語音翻譯系統，當時語言已經不是操著不同母語的人們彼此之間溝通的隔閡，時光彷彿回到了巴別塔時代。

於是，史無前例地，學生與青年展現出超越傳統產業的超高效率——僅僅距離我們的宣言發佈二十四小時，全球已經有兩百四十八個獨立實驗室成功製造出了可以實用的量子傳送環原型，並且透過網路實際地在全世界交換物資。

當第一張寫著：「bonjour」的紙條透過傳送環從班加羅爾傳到巴黎，我留下了感動的眼淚，此生我第一次明確地感受到：毗濕奴（विष्णु；Visnu）就潛伏在我的身體裡、在全球青年們的雙眼裡，一起見證著世界改變的瞬間。

宣言發佈後四十八小時，這個可使用的傳送環原型增加到三千五百個；到了第七十二個小時，全球已經有一萬八千九百四十五個可以使用的量子傳送環。

驗證可用！所以全球的青年們以最快的速度統籌、分配，開始在全球各地兩千五百多個據點個別製造組成傳送環的各種零件，接著透過既有的量子傳送環開始在全球各地量產、傳播、組裝，然後投入實際應用。當然，林靖凱他們家族所屬的盤古國際集團成員『瓦連科夫科技公司』，也同時推出了與智慧手機、智慧眼鏡、智慧手錶、電腦等各種3C產品搭配的傳送環商品，同樣造成瘋狂搶購。

對我而言，量子傳送環就是迦爾吉（कल्कि；Kalki）；毗濕奴（विष्णु；Visnu）的第十個化身，它在悉達多之後翩然降臨於世，藉著量子傳送環，我們將剷除世間所有的醜惡，終結這個瀕臨崩壞的既有時空，為我們構築一個嶄新的圓滿世界！

而風起雲湧的『強迫升級』運動也就這麼如火如荼地開始了！從紐約開始，接著是倫敦、柏林、里約、莫斯科、德里、台北、巴黎、東京、首爾，這是歷史上第一次，全球群眾有能力進行一場全球同步的零時差遊行。一個墨西哥青年手中的傳送環，核心電路可能來自台灣、LED來自韓國、橡膠來自印尼、銅線來自秘魯……四十七種成份材質來自全球四十七個產地，而僅僅在七十二小時以前，這還僅是子虛烏有之事。

各國政府要員焦頭爛額地商討著該如何因應這股反抗風潮，但他們卻很訝異地察覺到，媒體（儘管已經用取消廣告作為威脅）也加入了學生們的陣營，而就在這時，瓦連科夫（鄭兆玄）博士造訪了紐約華爾街的抗議現場，發表了那場與小靜幾天前的宣示同樣名為《強迫升級宣言》的著名演講，從而號召了更多的人們

接著，扮演致命一擊的，則是電信商——電信商旗下的網路信號車就這麼開進抗議場地，受到英雄式的歡迎，提供在場青年們源源不絕的訊號，而得以繼續與全世界通聯。

而後，許多商家與行業也因為涉及自身利益而紛紛表態支持，這使得在各國政府與議會裡穿梭的那群人有了動搖。畢竟，他們的金主們也投入這場抗爭的兩端彼此拉扯，於是廣場上的抗議行動，開始轉化為議會裡的對抗。

到了『強迫升級』運動的第七天，巴黎第一個鬆動了，而後是里約、首爾、倫敦……甚至包括了一度動用警察驅離，而與群眾爆發衝突的紐約與華盛頓特區，政府與議會從善如流地撤回研議中的限制法案，對於量子傳送環的使用全面解禁。唯一的但書，則是必須附加對抗恐怖主義的條款。

群眾們歡欣鼓舞地依序散場，形成了全球最大的瞬間交通潮，那是我的輝煌、也是屬於全球青年世代的勝利！『強迫升級』成功了！

我們最創始的五人，則在運動後短暫成為媒體焦點，過了整整一個月光鮮亮麗的舞台生活，然後才隨著媒體焦點的轉移、以及傳送環的普遍應用，慢慢地從世人眼前淡出。

半年後，瓦連科夫突然邀請我們其餘四人，以及他那庸碌愛錢的副手張文貴（不過倒是塊搞政經關係的料）一起到他位於台北經緯大廈A棟的豪宅裡聚會。酒足飯飽之際，他親口宣告：將把所有的財產與公司，都正式移交給張文貴管理。

張文貴自然眉開眼笑，而在我們其他四人全都目瞪口呆、無法置信的當下，他則提到了量子傳送環：

「……我不知道，當年賈柏斯在製造出第一代iPhone，決心要改變這個世界的時候，是否思考過自己的新發明，帶給這顆星球的究竟是革新、或者是毀滅？那些不願跟隨他掀起這股新風潮的人們，是否會因此而遭受嚴酷的命運？事隔十多年後，當我們發動了『強迫升級』，我卻發現到自己也站上了這個十字路口，而不禁想起經濟學家海耶克（Friedrich August von Hayek）的名言……」

瓦連科夫一手端著紅酒，低頭望著自己掌中的量子傳送環原型：「我一直有點疑惑，萬一我們把人性看得太美好、萬一我們錯了，我們對於自己親手鑄成的罪孽，是否還有返還的餘地？」

他一面說著，親手把一個木製時鐘掛上牆壁，然後告訴我們：倘若有人認為『強迫升級』引導著人類走上另一條通往毀滅的道路，讓這個世界已經中了不可逆的毒，那麼隨時可以跟張文貴拿鑰匙，到這間豪宅裡尋找線索：「最終解決方案，『解藥的藍圖』，就藏在這間屋子裡。順著裡頭的線索，你就能夠找到毀滅傳送環的方法！」

當然，我們現在都知道『解藥的藍圖』就是他掛上去的那個時鐘，不過當年大家都很樂觀，因此沒有特別留意；至於他個人，瓦連柯夫則表示：由於傳送環為他帶來了深切的憂慮，他決定展開遠行，希望找到一個「誰都不知道的地方」從此避世隱居。

而後，我們就分道揚鑣了。那是八年前我們最後一次見面，最後一次全員到齊。

就這樣，我們『強迫升級』的最初五人，除了瓦連科夫隱居起來以外，林靖凱立下了大功，繼續在盤古國際集團的事業體裡高升、劉子靜反而是淡出演藝圈，打算拿著錢悠閒安渡一生；而我們的專利律師喬治・戴蒙（George Diamond）則設立了一個幫助窮人的法律扶助基金會。

至於作為頂尖駭客的我，美國中情局也曾經出重金想挖角，不過我還是想著先為自己生長的次大陸出點力氣，而婉拒了邀約，接受印度中央政府的邀請，前去幫忙鞏固傳送環時代的網路安全與反恐政策。

傳送環的出現不僅僅便利了大眾的生活，對於監控犯罪，其實也大有助益——任何經過量子傳送環的物品，都必須經由類比轉數位、再由數位轉回類比的過程，而這也代表著：物質的所有物理、化學特性，好比外型、質地組成、構造排列的層次，乃至於單一細胞核裡三十億對的去氧核醣核酸（DNA）序列，全都能被轉化為數據資訊。

雖然我們知道：天底下沒有兩個物體（即使是同一間工廠裡製造出的兩顆螺絲釘）的數據資訊是全然相同的，但是根據我們觀察到的數據結構，我們仍然可以得到相關概略的資訊，好比每顆番茄與每顆葡萄的數據，就有著類似的結構特徵。

而我們正可以運用這項特色，來協助警方或情治單位來辦案：各種彈藥與毒品在經過傳送環的時候，也都具備了特定數據特徵來讓我們判斷。

所以到任的第一周，我向槍砲管制局借調了印度境內曾出現過的各類子彈，每種五枚，很快就解析出它們的量子傳送數據特徵，並且製作成一張詳盡的索引列表，提供給各地的網路警察與刑警；第二周我則整理出了迷幻藥列表、第三周是炸藥與管制藥品類，第四周則主要從事農產品的項目。

我得意於自己的高效率，也深為自己對國家的貢獻而自豪；甚至在第二個月，我還主動寫了一支程式（當然是非法的），讓各地的網路警察只要安裝到電腦裡、連上線，就可以即時監控周遭網路上，是否有人正使用傳送環來傳遞不法的物件。

照理講，印度全國刑案的偵破率與防範率應該會就此高升，而成為國際新聞，各國也會爭相採取這套系統，建立一個更安全的世界。

然而，在我就任的第一百天，我利用官方權限（其實沒官方權限我也依舊看得到）瀏覽了全印各地的槍砲彈藥破獲、以及毒品破獲案件數量，卻赫然發現，這個數字比起我到職前三個月，幾乎沒有任何改變！

「這太不可思議了吧！」我向警察總長抗議，但他只是虛應故事了一番：淨說些什麼警察太忙、領域太大之類的理由。

「怎麼可能？我寫的程式不僅僅是能分析出種類，同時連數量、時間、甚至就連IP和實際位置都能提供，根本就不需要大規模的巡邏成本啊！只要直接到現場抓人即可，還是現行犯呢！」我不解地抗議。

總之，與總長的抗議沒有獲得明確的回應，倒是有個分局的小隊長看我怒氣沖沖地走出來，便帶著我進入他們的數據中心。只見螢幕上到處都是各種彈藥、毒品的傳遞訊號，我的程式絕對沒問題！

「抓人從來不是問題，在傳送環發明之前，我們也掌握了五、六成的資訊。問題是，如果把他們都抓光了，我們就沒業績了。」那局長拍了拍我的肩膀，道：「最好還是像恆河的水，需要的時候再取一點，這樣才能取之不盡、用之不竭。」

那時我才知道警方用我的發明做了什麼事：確認地點、上門逮人、然後勒索或被行賄。

難怪他們都不是素食者。

於是我遞出辭呈，搭上前往北美洲的班機。在中情局，它們給了更富挑戰性的工作，也就是藉著分析傳送環的量子數據，來破獲恐怖份子；而這的確不是件簡單的事情，尤其當恐怖份子瞭解西方國家在電信科技方面的領先幅度之時，他們便將傳送信息的手段更改回十九世紀以前，以手傳、信件，乃至口語傳令的方式進行。

第一層的前線，正如我們所想到的，就是開發出所謂的「智慧斷網」系統；中情局很開心地接收了我在印度寫的那支非法程式（同時也就美國的資料大大地擴充了資料庫），並且與所有網路商簽署了合約：一但利用這支程式發現到疑似正利用傳送環傳輸炸藥、毒氣、病毒、細菌等武器的時候，會立刻切斷該區域的網路訊號；每個區域的含蓋範圍約為九萬平方呎。

這項手法偶爾也會造成無辜民眾的傷害，最明顯的例子，就是七年前，威斯康辛州的朱利安・瓊斯向西雅圖的瑪莉・海瑟遠端求婚時，朱利安家附近的網路商剛好偵測到爆炸氣體的訊號而切斷網路，雖然因此預防了一起恐怖攻擊，然而瑪莉還沒戴上婚戒的無名指卻突然間留在了威斯康辛州朱利安的桌面上。這個事件過後，「透過傳送環遠距離求婚」這個新版本才剛添加的章節，就又從下個版本的《浪漫求婚大全》裡被刪除了。

儘管有這樣的插曲，美國對抗恐怖分子的防禦第一線，勉強還算是成功的。

不過恐怖分子也很快就跟著我們『強迫升級』——他們的數據專家很快也發現到，雖然從解析的數據上可以看得出是使用哪種紙，但以目前人類的能力，卻還沒辦法把上面的筆跡內容還原出來；結果就是，恐怖分子開始堂而皇站在商場等有免費無線網路訊號的地方，把手寫信件塞進傳送環，送抵另一端下達指令，而這種方法，只比手機慢了一點點。

不過後來這個問題也迎刃而解：我們就把監控範圍集中在那種短期間內傳遞大量紙片的數據資料裡，果真破獲了一起策劃中的恐怖攻擊行動。

而後，恐怖份子立刻又改變了策略：他們將訊息濃縮成一張紙條可以寫完的程度，盡量減少頻繁傳送；果然又有一段期間，成功避開了我們的耳目。

只可惜，我們還是能從上一次破獲的紙片中，查出了他們使用的是哪一種筆與墨水材質，將它加入資料庫。又經過兩年多的跟監之後，我們成功地追溯到當代恐怖份子之首『沙丘使者』的行蹤，甚至連他的住處與生活作息都逐漸清晰。

然後事情卻也就這麼停了，我則這麼閒置三年，被派往從事其他閒職。

直到下一次大選的選前三周，民調一路落後的總統這才派遣了海豹部隊，對『沙丘使者』下達了斬首令，而在選舉中逆轉，最後以三張選舉人票之差，驚險連任。

而『沙丘使者』遭到斬首之後，近東地方群雄崛起，『谷刂蘭丁之刃』、『薩拉丁血盟』等組織先後成立，

然後我才知道，原來量子傳送環既不是毗濕奴也不是迦爾吉。傳送環就只是傳送環。

最可悲的是，我以為我能，但我卻無法改變這個世界；不僅如此，我還成為了為這世界平添動亂的幫兇。

那時，我開始了解到瓦連科夫當年的遠慮，但卻也感到自己無能為力，唯一能做的，就是學習劉子靜辭去所有工作，返回我的故鄉欽奈，靠著先前賺的那一大筆收入醉生夢死。

紙醉金迷的生活很容易讓人忘卻時間，卻無法讓人忘卻傷痛，受了傷的我就這麼持續逃避、逃避、逃避。而一個駭客如果決定要躲起來，那是誰也找不到的。

時間轉瞬就來到『強迫升級』後的第八年。今年夏季，我的手機上才多了一則留言，是劉子靜所傳過來的。她在簡訊上說，她認為這個世界已經走上了錯誤的道路，因此希望能夠尋找出『解藥』，來將世界導回正軌。

而同時，一股新的浪潮，也約莫從這個時刻開始，逐漸蓄積能量。

事件的開始，或許並不是很刻意的、也

不是有組織或方向性的。六月上旬，美國眾議員瓦爾瑪・辛巴克（Valmart Sinbucks）提出一項稱為《美國國民量子數據資料庫法案》，以老招牌的「反恐」為目的，試圖批准情治機關監控全美使用量子傳送環的狀況，並且將收集到的數據一一建檔。

這項法案的記述前提則是：由於每個個人的數據都具備某些個別特徵（即使同卵雙胞胎亦同），因此只要曾將手指、毛髮，或身體其他部位伸入運作中的傳送環，那麼就一定會留下量子數據資料，而這些資料甚至擁有比DNA還高的準確度（DNA無法區辨同卵胞胎），而形同一張張網路身分證。

對資本主義有點了解的人都知道：法案發起人雖然嚷著：「為了反恐監視人民是必須的」，結果實際上，卻是把大部分人使用傳送環的資訊，包括時間、偏好、傳送物件等等數十項資訊全部列入資料庫裡，成為大數據（Big data）的一部份，而那些政商關係良好的通路商、批發商等等，就能藉著分析這筆資料，更精準地寄發客製化的購物宣傳單。

以對抗恐怖分子為名目的法案，卻成了新自由主義的印鈔機。

另一方面，法條的制定者顯然也對八年前『強迫升級』當下，全球青年快速串連的能力印象深刻，當時各國當局幾乎無法有效掌握活動籌畫者的動向與訊息的傳遞途徑；就某些方面來說，這份法案的目的裡，也很可能包括了取得法源來有效監控特定目標。

由共和黨把持的美國眾議院很快就通過了這項法案，最後在民主黨佔多數的參議院被擋了下來，但卻在網路上引發軒然大波。

而略晚一點的六月下旬，英國的保守

黨也提出了類似的法案，稱為《網際秩序規範》，同樣在爭議聲中落幕，不同的是，這回保守黨獲得了勝利，柴契爾夫人過世當天放煙火的那伙群眾，則再度陷入了愁雲慘霧。

接著是七月的俄羅斯、德國、法國、奧地利、日本、韓國，而後是八月起的一大票國家，這些國家也紛紛因為各自的緣由，例如治安、經濟、反恐等因素，而試圖制定了對國民實施量子數據監測的法案，也紛紛在國內引起民眾的抗爭。

時間進入了九月，這股紊亂的騷動持續在各國延燒的同時，又有網友在聯合國準備召開的的新議程裡，赫然發現到由美、英、俄、德、中、韓等十八國所提出的《人類量子數據資料庫法案》。比對內文後，卻赫然察覺到這份草案，正是以六月在美國國會山莊被攔截的《美國國民量子數據資料庫法案》為藍本，加上各國相似法案的條文綜合而成的綜合版，並且附註了要成立與世界衛生組織（World Health Organization；WHO）同等位階、具備協調與統整能力的實體組織「世界數據總署」（World Data Programme）來負責協調相關事宜。而其背後的目的，則昭然若揭——一旦在聯合國正式通過《人類量子數據資料庫法案》並成立世界數據總署，那麼日後各國自然有權引用這樣的法條，名正言順地為國內法護航，並且隨時與世界數據總署交換資訊。

凡是駭客都知道：各國的政府全都在暗中監控國內、外的網路活動，但那多半都是情報組織私下進行的違法偵查，在表面的世界並未被承認，即使情報組織掌握了資訊進行活動，也多半遮遮掩掩地；而這則法案，卻很可能讓所有的監控全都合法化地浮上檯面。從此以後，以政府機器對付個人，也可以同樣光明正大、毫不修飾。

此事件一經揭發，在短短半小時內就傳遍全球，舉世嘩然，不僅是那些正與政府或議會激烈交鋒的國家民眾，就連早已塵埃落定的美、英等國，原本逐漸沉寂的民眾、心底的怒火也紛紛再度復燃！

民眾全都上街了，他們並未有組織地動員，而是自發性地聚集到了各國政治中樞，在那裡舉起自製的標語抗議，也快速地在現場決定出第一批一百五十名決策代表，在全世界各地隨時聯繫、回報當地狀況，再做出即時表決的對應。正如同八年前的『強迫升級』運動那般，年輕人們再度自行組成一個超越血統、民族、文化、與仇恨的共同體，開始有計畫地以網路直播推展他們的看法，而其中最核心的一條，即是《人類量子數據資料庫法案》違反了一九四八年聯合國所公布的《世界人權宣言》（註）！

那時，我剛好在孟買朋友開的酒吧裡，因著宿醉從劇烈的頭痛裡醒來，紐約現場的那一幕投影在牆面上，瞬間震撼了我的知覺。瞬間就讓我從多年的長醉裡清醒過來！

當我準備動手瞭解一些消息，卻發現社群網站上已滿滿都是藏身各地的駭客同行們挖掘出的機密：事件的真相也很快地在兩周內釐清——原來，各國政府、議會、乃至聯合國代表全都只是打手，真正藏身幕後操弄這些魁儡的，是那些在太平洋上小島立案的跨國巨型財團們。

註　即聯合國大會第 217 號決議，(A/RES/217)，完整文件請見 http://www.un.org/zh/documents/udhr/

也許政客還必須要回應選民的訴求，但是財團不需要！因此，儘管抗議聲浪不斷，《人類量子數據資料庫法案》還是在跨國財團的積極動員下，被排進聯合國大會十一月的議程。

青年們於是展開了更激進的行動，並且在十月三十一日的萬聖夜，號召全球的人們全都戴上南瓜頭套，走上街頭。至於戴上南瓜頭套的原因，則源自於萬聖夜的象徵：南瓜燈籠（Jack-o'-lantern）——傳說主角傑克既上不了天堂，死後連入地獄也無門，只得提著南瓜燈籠不斷在夜間遊蕩；而其形象（雖然我認為有誤用之嫌），正巧符合了遭到跨國財閥不斷剝削的一般民眾在各方面都「觸不到天堂，卻也尚未淪落到地獄」的窘況。這就是『沸騰南瓜夜』的由來！

而這也是為什麼現在我搞得自己分身乏術的原因：一方面，我已經受劉子靜的邀請加入『解藥』行動，還在台北架設了行動基地，試圖以最直接摧毀傳送環的方式來導正世界；雖然這項行動的狀況，最近實著有點尷尬……

而另一方面，雖然我曾替情報單位搜集過非常多（非法）資訊，但這些資訊的目的，絕非是用來讓跨國財團剝削民眾！而今，我的立場已經反轉，我深切同情那些在街頭抗爭的青年們，以及他們試圖阻止法案在聯合國大會通過的決心。這件事情更迫切，可能很快就會影響到絕大部分缺乏專業技能、無法避免網路監控的群眾。

碰巧，這時我也接到了老夥伴林靖凱的電話，做為眾多跨國財團之一的成員，他透露《人類量子數據資料庫法案》也在跨國財團之間引發對抗，並不是所有財團都支持這項法案，他所屬的盤古國際集團作為反對方，想委請我幫他（與背後的集團）一個小忙。

儘管我是頂尖駭客，我仍然是個血肉之軀的凡人，不像毗濕奴能擁有眾多化身；在時間有限的情況下，我必須做出符合所有人最大利益的決定。

因而，我將台北『解藥』臨時基地裡那六台從日本朋友那裡商借來的、披著人皮而頭戴南瓜頭套的保鏢機器人原型設定好任務：讓他們每天固定輪流看守好張文貴的安全，並且在三天後護送張文貴到指定地點，再撥出保密電話給林靖凱來接人。

完成設定後，我立刻趕往機場，搭機前往香港。

除了那是返回欽奈的轉機點，我也必須在那裡向劉子靜面授機宜。

我是拉瑪・克里希納維米（Rama Krishnaswamy），『強迫升級』創始五人裡的頂尖駭客，此刻毗濕奴再度藉著我的眼看待世界，藉我的手指敲打鍵盤，我將要戴上南瓜頭套，投入全球青年的抗議活動！

▼

如果你朝窗外看去，不論白天黑夜，總是能看到大大小小的飛機，就這麼停泊在外頭，辛勞的地勤人員就像一群工蟻，在週遭爬上爬下的整備著。波音七四七、空中巴士 A300、甚至超大載客量的 A380 等科技巨擘在窗外一字排開，若把辨認機尾巴（垂直尾翼）上的符號當作一個記憶遊戲，那麼對過往的旅客而言，也許這個遊戲每回都會出現令人驚奇的新題目。

而在成排的落地窗以內，則是寬敞的走

道、明亮的採光，以及櫛比鱗次的成排座椅，佔據了將近三、四百平方公尺的面積，在那之中豎立著一根桿子，上頭標示著一組大大的阿拉伯數字符號；隔著同樣寬敞的中央走道，對面是另一個候機室，而倘使你來到中央走道上，就會發現這條走道幾乎一望無際，幾乎數不清沿途上設置了多少個座位，窗外又停泊了多少架飛機。

而這，還不過只是香港赤臘角機場這個巨大「Y」字型建築的其中一只分支罷了！

三十多年前，我第一次以旅客身分踏進這座剛落成的機場時，這巨大的衝擊，在當時還是個小男孩的我心中激起了巨大漣漪。我堅信這裡就是我服務終身的地方，很幸運地，命運也選擇了我。

所以我現在打扮得像個普通旅客，坐在六十五號登機門旁的椅子上，八十分鐘後，窗外有架飛機要起飛前往巴黎，伴隨著時間的逼近，許多旅客也逐漸聚集了過來，我則選了個靠角落的位置坐下，假意把身體靠在椅背上，實則正在偷偷觀察身邊的人群。

正如同眾所皆知的，呃，即使不是眾所皆知，應該稍微有點社會常識的人也都猜的出來：香港機場的保安體系分為兩種：一種就是穿著亮麗制服、腰間配槍的駐警；至於而另一種，則是像我們這樣的便衣人員。

在熙熙攘攘的機場工作，並不是一件輕鬆的事情，還記得剛進入機場工作的第一個月，我才知道這份勤務的責任有多重大；不過，當時那些壓力，跟傳送環出現之後相比，根本不算什麼。

機場本就是個需要高度戒備的地方，過去的時代，我們的勤務多半在於追查可能暗中攜帶槍枝、刀械、液態炸藥等違禁品的人。然而，隨著量子傳送環迅速在世界上普及，所有機場也紛紛籠罩在一層濃厚的陰影底下，而事情甚至發生得比輿論討論還要快——

就在『強迫升級』運動取得決定性成功後的第三個月，聖地牙哥機場的候機室裡，一名旅客毒癮又犯了，於是到廁所透過傳送環取得了浴鹽（Bath Salt），卻因藥物造成的精神錯亂與暴力傾向，而導致候機室大亂，甚至一度在網路上傳出了「聖地牙哥機場有殭屍」的傳聞。

所幸，在機場駐警的行動下，這起暴力事件很快就被制止了，涉案人也立即以公共危險罪被送辦。然而，這個小小的事件，卻引起了社會上廣泛的討論與迴響。尤其，是那些因為國際政局而容易遭受恐怖攻擊的國家，這種討論更加熱絡：

我們都知道只要是直徑三點五公分以下的物體，都能夠藉著傳送環來運送。毒品也就算了，如果你是一個恐怖份子，直徑三點五公分以下的武器有哪些呢？任何正常的人隨便想一想，都可以想到許多的答案：不論是液態炸藥、毒氣、微型手榴彈、裝著病毒（或細菌）的噴瓶，乃至於最基本的小刀，全都能夠透過傳送環，沒有任何阻礙地運入機場。

傳送環的出現，瞬間就讓機場的安檢作業，淪為一齣徒勞無功的鬧劇。

那一瞬間，排在候機室外頭那幾百架的飛機，全都淪為了恐怖份子最有潛力的武器！

「聖地牙哥浴鹽事件」發生的當日，世界上有一百四十五個國家的當局下達一道緊急命令：禁止攜帶配備了傳送環的科技產品通過海關；不只是機場，在某些國家的鐵路、巴士站、乃至於觀光聖地的廣場，舉凡所有可能發生恐怖攻擊的地方，全都被劃入這道禁令的範圍內。

從那天起，海關安檢人員的執勤重點全都從以往的違禁品，改成依序檢查民眾的手機，一旦查獲、則強迫關機放在大件行李中拖運；不過由於案例過多，以及作業造成的損耗，也史無前例地造成全球航空業為期七天的航班大延期。

對於有幸進入候機室的旅客而言，時光則彷彿回到了二十世紀後半，沒有隨手可觸的智慧裝置，人們對智慧手機（或眼鏡、手錶等其他裝置）的戒斷症狀立刻浮現，即使機場緊急設置了大批的書報攤，卻仍然沒辦法滿足那些沒有螢幕可滑，而快要發狂的旅客們！

「我們要網路！」「我們要手機！」這樣的抗議聲此起彼落，當局卻因維安需求而不願放寬標準；而這個僵局，則無疑替手機與傳送環廠商帶來了新商機——一個月內，市面上就開始大量販售著具備「可拆卸式傳送環」的手機。

爭議暫時是消解了，不過此後我們的麻煩就開始了。不論如何，總是有人試圖把傳送環帶進機場，不論單純只是貪圖它的便利，或者真有不軌之心；所以我們這些機場維安人員，現在都戴著耳機與機場的行控中心連線。只要網路中心偵測出類似傳送環的電信訊號組，我們就必須像無頭蒼蠅似地在機場裡繞來繞去，靠著手上的電信信號分析儀，揪出那個不守法的混帳！

有個不能對外說的秘密：其實我們查獲那些非法傳送環使用者的機率，跟非洲草原上獅子成功狩獵斑馬的機率一樣（至於詳細的數字，請自己去找探索頻道）。即使是什麼樣的犯罪都看過的我，也只能在內心暗自安慰自己：這世界上多數人還是挺不賴的，否則，世界上大多數機場早就被炸過一輪了吧。

儘管如此，我們還是得努力找。

其實，做這一行還是多少有些訣竅，正如同刑警尋找逃犯一樣，大多數在機場偷偷使用傳送環的人，往往也形色鬼祟，不敢與你眼神相交會；而他們也多半會選擇在人潮不多的地方，以免遭到隔壁乘客舉發。

因此，觀察人生百態，也算是這份工作最有趣的地方，好比坐在前兩排座位上的那對青年男女：那女的即使穿著儉約，也掩藏不住姣好身材和出眾氣質，若非哪個國家的明星，大概也是模特兒，她雖端坐在椅子上，一對大眼睛卻不住警覺地關注週遭狀況；至於她身旁那個男人，則拿著筆在筆記本上振筆疾書，壓根沒注意週遭旅客的動作。足足有二十分鐘，這兩人幾乎沒交談過半句，看起來也不像情侶吵架（畢竟氣質差太多了），大概就是那種因為職務不得不同行的同事。

距離飛機起飛，還有五十分鐘，當我正想起身到下個登機門的時候，這對男女身前，卻走來了一個穿著格子襯衫的青年，胸前別著一個小小的藍色猴子徽章。從他的膚色看來，很可能是來自印度。

慢著！這人怎麼越看越眼熟？我一定在哪裡看過關於他的報導，不過他顯然不是明星，至少不是「印度阿湯哥」沙魯克罕（Shahrukh Khan）這樣外貌出眾的明星，那麼，應該就是其他領域的傑出人士了。

啊！我想起來了，是《時代雜誌》，他

就是當初發起『強迫升級』運動的五人之一，那個印度工程師……

「柯煥，你要不要闔上筆記本？」劉子靜拍了拍他的肩膀，旋即站起身，柯煥這才發現有個穿著格子襯衫的印度男子站在自己眼前。

「這位是？」他打量著對方，問道：「我們在台北見過面，對吧？雖然我沒看到你的臉。」

「哈哈，我是故意穿這身襯衫來的。」印度男子道：「你猜對了，上回在台北見面的時候，我頭上還戴著南瓜頭套。」他伸出右手，快速而有力地握了一下：「我是拉瑪．克里希納維米，雖然你已經從小靜的手機裡聽過我的聲音好幾次了，不過這應該是我們第一次以真面目見面。」

「果不出我所料。」柯煥淡淡地笑了笑：「在台北的時候，我就在想，到底誰能這麼神通廣大，竟然能清除我和張文貴沿途所有的監視器影像。而倘若對方是在八年前，在全球各大網路媒介、網頁、甚至每個人的電子信箱裡都塞一份傳送環基礎設計圖的頂尖駭客，自然就不意外了。」

「哈哈，你真是太抬舉了，其實我已經退隱好幾年，鍵盤都聞得出銹味，原本也打算靠著強迫升級時拿到的錢度過餘生。只不過啊……」拉瑪說到這裡，冷不防地拍了劉子靜的屁股一下。

「小靜這次要我幫忙，我就義不容辭地加入了，老實說，要趕上駭客同行們的進度，還真不容易呢！幸好，這對我還不算什麼難事。」

「唉呦!你這是性騷擾！」劉子靜不悅地推了拉瑪一把。

「抱歉，我代替我的右手向妳道歉。」拉瑪笑笑地說，換來劉子靜沒好氣的白眼：「正經點，我們已經在莫斯科浪費七天了，而現在，轉機的時間不多了，趕快談正事吧！」一如劉子靜所言，從班加羅爾起飛以後，他們試圖在俄羅斯找到更進一步的線索，豈料絞盡了腦汁之後，卻毫無斬獲。

拉瑪晃了晃下巴，然後從隨身的公事包裡掏出一台筆記型電腦，坐了下來：「那麼，我還是不妨就現有的資料來試試看。」

劉子靜和柯煥一左一右坐在拉瑪兩側盯著他的螢幕，只見拉瑪點開了一個網頁，畫面上陳列著各種大大小小的傳送環用品：「我們的第一步，就是要讓傳送環連上線。」

柯煥疑惑地問：「可是這裡是機場耶！」

「沒錯，我也不想因為公共危險罪被逮捕，以曾經身為全球頂尖駭客的我來說，這樣太丟臉了！」拉瑪指著畫面中大大小小的傳送環圖示道：「所以我自己寫了一支小程式，用來遙控台北那台電腦所連接的二十五個傳送環，現在，我們隨機點下其中一個。」

只見螢幕上跳出了個軟體工程師常見的單調黑色底視窗，拉瑪的指頭則在鍵盤上快速飛舞，不一會兒，這個視窗的畫面就跳出了四個長條型的橫置方框，其中三個位於左側，而右側則設置著另一個。

「這就是鄭兆玄博士所留下來的關鍵：世界上每個傳送環都暗藏著故意設計的破綻，只要我們的電腦連上網路，也啟動傳送環，就可以開啟，並且在驅動程式裡找到這個地方。」

「那麼，你也應該嘗試過破解的方法了吧？」

「那還用說，不過玄妙的是，一旦我們試圖去除這個段落，傳送環也會因此喪失功能，因此這個破綻與傳送環最核心的功能，可說是一體的兩面。」

「有四組密碼？」

「嗯，左邊三個，也許對應到的就是時鐘上的三個時針的解答。不過根據框框上方文字的說明，即使左邊這三個密碼答錯了或沒有作答，只要右邊的答案答對了，我們一樣可以達成最終效果。」

「這樣就能把世界中的毒解開嗎？」柯煥忍不住問。

「就是如此，不過似乎不是那麼容易。」拉瑪道：「先前我和小靜已經先試過了不少組合，甚至連她覺得最白癡的組合都試過了。」

「有多白痴？」

「我們在左邊的三個框窟裡分別填上『時針』、『分針』、『秒針』，右邊填上『時鐘』。想當然耳，沒有結果。」

「嗯，的確不是普通的白痴。」柯煥道：「好歹把最後一個換成『世界末日』之類的，也比較切合主題啊！」

「不管，總之，這次我們來試試看目前的結果吧！根據你們先前在我故鄉欽奈的發現，我們先來試試看。」拉瑪旋即在鍵盤上鍵入：「戰爭與和平」的英文字母，並且按下了 Enter 鍵。

打著「戰爭與和平」的方框突然間整個紅色亮起，接著恢復為原狀，上頭的字母已經被清除。「答錯了就是這樣，就算達錯了也不會突然間引爆毀滅世界的核彈，所以我們可以儘管試。」

「那麼，答對的話，又會怎樣？」

拉瑪攤著手：「因為沒有答對過，所以我也不知道。」

「那麼，不是有人專門用各種字彙生產器還是密碼生產器來試圖破解嗎？如果把世界上所有的數字都輸入，一個一個嘗試，應該總是會找到正確的答案吧！」

「既然你都想得到，鄭兆玄博士當初自然也把這點考慮進去了。」拉瑪道：「在先前的測試過程中，我已經發現到，每個選項框框，每天都只允許三次答錯的機會，之後空格就會反白鎖住，無法再輸入。」

「換句話說，一天只能猜十二組密碼？」柯煥尋思道。

「對！而解答的重置時間，是在格林威治時間的清晨七點整，只要過了這個時間，就能夠再度獲得每天的答錯額度。」

「這個時間點，有什麼特殊用意嗎？」

拉瑪轉頭望了劉子靜一眼：「這個時間點，好像就是當年小靜在《決戰周日大胃王》裡宣布『強迫升級』運動的起始時間。」

「原來如此。既然我們都猜了，今天還有多次機會，那麼不妨把目前為止所有的推測都試試看吧！」

於是他們又嘗試了俄羅斯、托爾斯泰、1812、哥倫布、1492、新大陸、西班牙、西班牙女王等將近十個名詞，卻依舊紅光閃爍，沒有分毫反應顯示他們走在正確的道路上。

「時針的線索就先到這裡吧！」劉子靜氣餒地道：「既然解不出來，就不要再浪費時間了，我們先來解時針和分針的謎團吧，也許看到其他謎團之後，我們就能反過來推敲第一張圖呢！」

「看來也只能如此了。」拉瑪不置可否地晃了晃下巴：「那麼，小靜，趁著現在，我把另一根指針也交給你們吧？」語畢打開了隨身的小包包，取出一個由絨布裹著的長形物體。

「你帶在身上？」劉子靜詫異道：「這樣不就把雞蛋全都放在同一個籃子裡？」

「不，其實我只帶了分針，秒針我還放在安全的地方。」

「那就好。」劉子靜鬆了一口氣，接過了分針。

「好。」拉瑪不置可否地晃了晃下巴，然後從手提袋裡拿出一支改造過的智慧手機，遞給劉子靜：「而正如同我先前在台北說的，接下來我會很忙，無法支援你的行動……這是更新版的『解藥』器材，可以取代妳在我故鄉欽奈使用的那支。」

柯煥望見機殼上都貼著藍色猴子標籤，一面聽拉瑪道：「而我已經將這支手機上的量子傳送環，與我在全世界十個隱密地點的工作室設定為專屬聯結；手機裡的語音軟體將會辨識妳的聲紋與語音，轉成即時的指令，驅動那十個工作室裡的小機械手臂，因此妳可以直接對這支手機下達命令；不論是要存放、提取哪幾根指針，或者接下來取得的新線索，都可以透過這支手機來進行。」

「那麼關於保密技術。」

「這跟香港那時是一樣的。」拉瑪指著手機上的兩個按鈕：「同樣地，手機與我工作室的通聯設定全都已經加密，按下藍鈕可以干擾方圓五十公尺內的無線電波，至於紅色……則是可以讓手機電池的爆炸，雖然殺傷半徑只有三十公分，但會伴隨一道強烈電磁脈衝波，效力則是方圓十公尺，當然……沒事最好不要按紅色按鈕，否則我大概也來不及再製作一支給妳。」

「好吧！也好可惜，倘若有你在，我們一路上碰到的技術問題，應該會比較小吧，只可惜你……」

「抱歉了，事情總有輕重緩急，雖然在這場行動我是站在小靜妳這邊，但是謎團也許並不能在短期內全部解出來。而相反地，有個更為迫切的事件，更需要我投注所有力量。」

「你是指《人類量子數據資料庫法案》的事件？」

「沒錯！」拉瑪對著柯煥道：「也就是你也參加過的、十月底的『沸騰南瓜夜』，即使全球有兩億三千五百萬群眾集結在各國首府抗議，各國政府仍然不為所動。根據我潛入某些政要的私人信箱所得到的消息是，他們仍計畫要在聯合國大會的這個會期結束前，通過《人類量子數據資料庫法案》。」

「要趕在聖誕節假期以前啊……」劉子靜將在印度使用的手機交還給拉瑪。

「其實更急，所以我根本沒多少時間，尤其現在已經是十一月底了。」拉瑪說：「聯合國那裡的情勢比我們想像的更為嚴峻，《人類量子數據資料庫法案》的表決就排在十二月初，還有個國家的代表希望能夠提前。」

「哦？是俄方還是中方？」柯煥問。

「其實是美方。」拉瑪攤手道：「總之，『反恐怖主義』這塊三十年的老招牌到現在一樣好用，但誰不知道那些參議員背後，不是墨海都、鳩站這些無所不包的大財閥呢？」

「好歹也名正言順，冠冕堂皇了。」柯煥嘆道。

這時拉瑪低頭看了看手錶，望向航廈另一端：「那麼，我的班機剩下十分鐘就要截止登機了，降落後再聯繫！倒是……接下來的分針和秒針你們打算先解哪個？」

「這個嘛，其實沒差，不過既然你把分針拿來了，那麼咱們就從分針開始吧！」劉子靜道：「依據各個指針一開始的指向研判，時針指向欽奈如果是個正確的地方，那麼分針所指的方向，就是……」她打開了世界地圖，再度把時鐘相片的中心對準台北，讓時針指向欽奈，只見分針恰好指著『XI』這個刻度的位置，從那裡延伸過去……

「北京？」三人不約而同地這麼唸出地名。

▼

原子筆的尖端放在筆記本上，已經不知過了多久，渦輪引擎嗡嗡的聲響始終在柯煥耳邊迴盪。終於，他輕輕地嘆了口氣，蓋上筆蓋、收起原子筆，然後將雙臂交叉在胸前，正準備閉目養神的時候，劉子靜的聲音從旁傳來。

「進度不順利嗎？」

「啊？」

「自從你在印度買了這本小筆記本起，就隨身帶著它，只要有空閒，就常看你打開來在那邊寫寫寫的，怎麼？是新作品嗎？還是對我的抱怨大全？」

「唔……老實說，我還以為妳會一聲不響地直接把筆記本抽過去看呢！」

「意思是你有被虐狂嗎？」

「我……我哪有？」柯煥反問道：「我

以為妳一發現，就會問我在寫些什麼了！」

「你是作家啊，作家寫作本來就是天經地義了，不是嗎？不過，我大概猜得到，你在寫的應該就是我們這趟『解藥』行動的回憶錄……」

「不，老實講，雖然商機無限，但我現在還沒有心情寫回憶錄；相反地，在這個非常時刻、這段非常旅途，我腦袋裡倒是蹦出了嶄新的構想。」

「所以是全新作品囉？」

「是啊，不過還在很開頭的地方，也完全沒展開。」

「哦。」劉子靜拍了拍柯煥的肩膀：「你加油！出書的時候，我會捧場買一本的。」

「所以，妳真的一點興趣都沒有啊？」柯煥尷尬地繼續問：「連內容是寫什麼都不問。」

「很抱歉，我從小就不愛念書，看到滿紙的字就覺得心煩，所以只能憑著先天優勢選擇了模特兒這個行業；而且很幸運的是，我賭對了一把。」劉子靜這時突然以迅雷不及掩耳的速度動手。

「啊！妳……」

柯煥話還沒停，劉子靜已經翻閱起筆記本：「不錯嘛～才不過短短一個多星期，你已經寫了二十幾頁。」

「這是我在服兵役時養成的習慣。」柯煥道：「說巧不巧，我是需要當兵的最後一屆，那時候的軍隊裡雖然已經管得很鬆，不過在時間上畢竟還是沒什麼自由，我不是文書兵，當然也沒機會用電腦，因此，唯一能夠寫作的方式，就是去福利社買一本二十元的成功筆記本，然後趁著閒暇的時間，把想到的劇情寫上去；等到休假的時候，再一個字一個字打到電腦裡。」

「噢。」劉子靜似笑非笑地點了點頭，道：「期待你的作品登上大螢幕，或是改編成戲劇，我一定支持。」

「又不是所有作品都適合改編的。」

「對齁，而且你寫的又是科幻小說，光用想的，要製作那些道具就不知要花多少錢了。」

「所以妳願意看嗎？」

「等你寫完再說吧！剛好有件雜事要處理。」劉子靜舉起另一支手機，遞給柯煥：「這是我平常使用的手機，沒有經過拉瑪的防護措施；開始『解藥』行動以後，就幾乎沒打開過，因為我知道林靖凱的財團有能力追蹤，所以一直沒開，剛剛在登機前，我打開了，卻收到這個……」

只見手機的信息欄裡留下一個字串：

老地方見？回「家」敲我。林靖凱

「哦？主動邀請你見面？」柯煥尋思道：「想必他已經安排好了大批的保鏢，準備等我們現身之後，一網打盡吧！」

「無所謂。」劉子靜似笑非笑地搖搖頭：「總之，只要我不回應，又有拉瑪的保護，他們應該沒那麼容易找到我們。」

▼

每座都會的天際線裡，你總能找到幾棟看來超凡絕倫的建築。它們未必高聳矗立，自身卻散發出非凡氣勢，足以給予首次觀看者極大的震撼。在陽光下，它們投射的不僅是自身的形象，也適切地形塑出這座城市的文化印象——凱旋門、帝國大廈、雪梨歌劇院、杜拜帆船飯店、台北一〇一、以及水立方……給予這些巨壁靈魂的，則是一群位於藍圖之後，被稱之為「建築師」的奇人異士。

建築師是一項必須融合多項手藝的專業。他們必須通曉地質，以選擇適當的建築工法；他們必須熟稔美學與力學，才能將冰冷的建材組合為視覺上看似不可能的視覺效果、深深烙印在人們的靈魂中。他們必須熟稔心理學與社會學，才能讓建築內在設施的配置，符合人性化的需求。

同樣地，他們也必須要熟悉電學、熱力學、系統工程學等多項技藝，才能將諸如水管、電線、網路線、空調管線等諸多線路做出最簡約而符合經濟效益的安排，而這最重要的部分，卻不能違逆符合前述在外觀、建材、結構上的設計。

常人多半從建築的外觀，就材質、造型意念上解析建築的思想，但我卻認為，一棟建築真正的靈魂，卻是體現在這種極端複雜的管線分配上——建築師的熱情或許能表現在外觀上，但他的細膩與深思熟慮，卻是落實在這些必須有條不紊的小處。自來水管、汙水管、智慧電網、網路訊號線……管線，是建築的神經與血管，是牽涉一棟建築是否能順暢運作的最基礎要素，對一棟內部管路粗製濫造的建築而言，再豪華壯闊的外表，也只不過是金玉其外。至少，我的建築師好友兼買主，是這麼告訴我的。

然而，八年前的那場科技革命，由外到內，由物質到心靈，永永遠遠地改變了建築業界！

當傳送環出現的時候，首當其衝的，就是用來黏貼在建築外牆、布置內襯的磁磚產業——寬度在三點五公分以內的小型磁磚，能省去大量的運費，於是最初的一兩年內，小型磁磚成為廠商最新銳的廉價產品，大批大批地進入首批平價建案；一時之間，以馬賽克鑲嵌風格為主的外觀席捲建築業界。

但不論是消費者或者是建築師，人總是喜新厭舊的，很快地，消費者便回頭懷念起那些面積較大的豪華磁磚、或者作為階級象徵的大理石磚。

磁磚廠商雖然理解消費者的喜好，但卻也無法承受大型磁磚的高價所帶來的銷量衝擊，為了維持營運，被逼到極限的磁磚廠開發出了絕妙的好方法——在良好的切割和設計底下，由數塊寬度在三點五公分以下的零件所組合成的標準化磁磚，擁有絲毫不輸給整塊傳統磁磚的品質。

很快地，建築的外觀又從華麗的馬賽克鑲嵌風格回歸以往，甚至還開發出了客製化的、由數千片零件所構成的超大型組合磚，尺寸動輒達到十、二十公尺，更讓建築的壁面充滿驚奇。

而伴隨著其他科技的平行發展，更多新的材料取代了傳統磁磚——例如彩色的薄膜型太陽能板、小型LED顯色塊、甚至是偵煙感測器，只要尺寸在三點五公分以下，都能成為建築表面的防線，或發電自用、或能形成巨幅廣告牆，讓每棟建築都呈現屬於自己的獨特魅力。

然而，這些外觀上的改變，只不過是『強迫升級』事件之後，產業革命浪潮的第一波罷了，建築師們對傳送環的了解越深入，就發現他們長久以來的專業認知崩壞得越嚴重——雖然在法規上，這些能夠以量子傳送環取代的東西仍然需要裝置好以備不時之需，但你也知道，偷工減料的人也不少，只要網路不出問題，就不會有人發現這件事。

最終，就成了大夥認知的現況。其中，最先被淘汰的是排水系統：馬桶直接透過傳送環銜接到公用汙水處理廠，因此不需汙水排水管，洗澡水和洗碗水的處理方針也如出一轍，接下來消失的則是水塔、水龍頭，與自動灑水系統，透過量子傳送環，現在家家戶戶都直接從自來水廠引水，而節省了絕大部分的水管系統。

因此，水管工人失業了，下水道成為一處新生的犯罪溫床。

在這之後，營造承包商發現，一棟大樓，只要裝設電線和網路線就好了，其他的管路因為傳送環的緣故，已經喪失了必要性。

下一個消失的則是中央空調產業，人們發現，與其花費大量的空間在安裝空調管線，不如直接把許多傳送環裝設在天花板上，交由專業的空調公司來管理——像是「清境國際空調公司」做的就是這樣的生意：他們負責在簽約的大樓內裝設空調專用傳送環，並且依據客戶需求，輸送出不同溫度、溼度的空氣，並且透過屋內的另一套傳送環將空氣回收，統一消毒、過濾之後，再送到各種不同的需求處進行處理，顧客甚至能夠指定在傳送環輸出的空氣裡攙入特定芳香氣味。

而在這強大的競爭力底下，冷氣產業的員工也大半失業了，極少數被網羅到空氣管理公司，操作那種幾乎與驅逐艦等同大小的超大型冷氣。

不過，我有個進入「清境國際空調公

司」就業的朋友老黃，最近憤恨不平地告訴我一個內幕：他表示，根據他受上司委託收集的資料指出，他們的競爭對手「低碳國際空調公司」的營業額，遠遠超出該公司所投資的廠房設備承載能力多達十五倍，而這代表當中必定有偷雞摸狗之事。

進一步調查之後，他發現到，原來「低碳國際空調公司」根本就是買空賣空的不肖業者，他們根本沒有投資任何過濾、殺菌等處裡空氣的設施，而是在紐西蘭南島申請了許多網路帳號，將溫熱的廢氣透過傳送環、甚至連過濾都沒有，就直接排放在該處，並且在世界各地偷偷摸摸裝設大量的傳送環，依據顧客需求，將這些具備特色的當地空氣稍事處理後，便送往客戶家裡。

這種獲利模式無異於詐欺，更讓曾經身為冷氣公司經理、現在卻只能在「低碳空調公司」擔任藍領的老黃感到無比地憤怒，與公司高層商量之後，相信他們很快就會採取該有的行動。

說了這麼多，雖然傳送環對咱們建築業界各個環節全都充滿了衝擊，害得許多人失業，不過呢！對於我這個老北京來說，有時還真感激傳送環的發明呢！

我還小的時候，也就是本世紀之初，由於氣候變遷的緣故，每年總會有猛烈的沙塵暴從西北方撲向北京，那時媒體紛紛報導北京將要沙漠化了。後來呢，政府採納了建議，在北京西面的山西等地廣植樹木，以阻風沙；大片樹林的確把沙塵暴給擋住啦，問題是，就連吹進京城的風，卻也都給擋住了，而結果，你也一定猜得著，就是整個河北工廠所排放的黑煙都盤據在北京市上空，久而久之，成了遠近馳名的霧霾。

堂堂帝都成了看不清下個街口的霧都，這可真是始料未及的影響！

由於雙親特別注重養生，所以我的青年時期幾乎是戴著口罩度過的，有一度我想著，只要我繼續待在北京生活，也許一輩子都別想摘下口罩了。我萬萬沒想到，就在結婚後的隔天，那個全球直播的大胃王電視節目上，竟然公布了量子傳送環這種新發明，緊接而來的『強迫升級』浪潮，則把全世界都推上了改革之路。

改變，最初是由民間自主發起的。一個稱為「華北空氣監測協會」的民間非營利組織首先在四軸飛行器上裝滿量子傳送環，讓它飛上天空，再拍攝短片。接著他們在網路釋放消息，讓每個北京市民的智慧眼鏡、智慧手錶，乃至智慧手機上都到處傳送著同樣的訊息：這麼做可以有效清除霧霾

然後，來自官方的一紙公文很快就改變了城市的樣貌——公文規定，全國所有的工廠與燃煤發電廠的煙囪上、以及五百萬輛汽車的排氣管，都需要裝設傳送環，將廢棄直接轉送到官方指定的處理廠進行過濾。

公文也規定，北京市政府與河北、河南、山西等各省必須聯合採買五千架滿載著傳送環的輕型無人飛機（UAV），全天候漂泊在華北的霧霾中吸取各種有毒廢氣，等到能源不足了，便逕自上升到高空截取太陽能補充能量。

這項政策僅僅實施了一周，北京的天際線就已經初露曙光，等到實施一個月的那天，可能因為節氣的關係，天空恰好又特別得藍，上頭還結著大朵棉花糖般的美麗白雲，三十歲以下的市民們全都訝異地合不攏嘴，他們全都沒看過如此美麗的北京天際

線，七十歲以上的長輩們則留下了感動的眼淚，這是他們年少時依稀的印象，本以為會帶進棺材裡了，如今卻還有幸親眼目睹。

於是，市民們自發性地舉行了大規模的慶祝活動——大白天的正午十二點，大夥紛紛翹班，就在王府井大街上隨手拿著吃的喝的，甚至買串專騙觀光客的烤蠍子下酒，共同欣賞那美好的藍天白雲。

此後，每年的這一天，『白雲節』就成了北京市民每年必然慶祝的嶄新節日，人們甚至為了這特別的一天衍生出許多特別的規矩，好比不許抽菸。

傳送環發明之後的這八年多，北京市可當真風光明媚！

多好啊，不是嗎？

只不過，傳送環的出現雖然帶給許多產業長足的改變與進步，對我這行而言，卻稱不上有什麼真正嚴格意義上的影響。而這個現象的緣由，主要有二：其一，是由於藝品、古物這行裡有超過七成的物件，大小超過三點五公分的規模，而第二個更根本的因素，則是源自於以訛傳訛的社會文化因素。

其實，最早傳送環問世的時候，我們這一行也有部分俱備前瞻眼光者，例如利物浦的克倫威爾博士，開始拓展所謂的「傳送環」交易，亦即讓交易雙方都從可信任的 IP 登入，直接透過傳送環傳遞物件進行鑑定／賞玩、乃至於購買的商業模式。這麼一來，即使交易雙方位於地球兩端，也都能夠及時地透過量子傳送環實際接觸到真品，而能決定其價值。這麼作不僅更有效率，也相對地減少了運輸過程中損壞的成本，對於我們這些小型藝品商而言，當然是一項利多。

新興的傳送環交易模式很快就活絡了起

來，交易量跟著隨之上升，這顯然牴觸到業界另一批有力人士的利益，也因而，很快地，坊間便出現類似的傳聞：

「透過傳送環交易的藝品，由於曾經經過分解與重組的過程，將會喪失其珍貴性與獨特性。」

我們這一行裡，客戶決定一個物件的價值，往往取決於它的年代、材質、手藝，以及是否出自名人手筆，也因而，這項傳言大大地打擊了藝品拍賣業方興未艾的傳送環交易模式，讓好不容易成熟的小型藝品即時市場迅速萎縮。

面對這個狀況，傳送環交易模式的擁護方立刻進行公開的實驗闢謠，這項實驗選在七年前的八月三十一日，格林威治時間上午十點半在全球觀眾面前進行直播。

這項實驗由克倫威爾博士親自主持，選定的材料則是來自清朝某帝后陪葬的夜明珠——現在我們都知道，夜明珠之所以會在夜間發光，是因為螢石中含有放射性的鈾系、釷系、錒系等元素種核所致；當這些元素隨機進行α或β衰變而釋放出的質子或電子，再撞擊到礦石，便會激發出肉眼可見的螢光。

克倫威爾博士的實驗很簡單，就是將一顆小型的夜明珠先以質譜儀分析其內元素與放射性同位素的組成，明列出所有百分比，接著讓這顆夜明珠穿越傳送環，來到實驗室另一側，再度以質譜儀來檢測這顆夜明珠的元素與放射性同位素組成，以及一般的質量、密度等資料。

而實驗的結果，一如克倫威爾博士事前振振有詞的宣示：的確對於夜明珠的質地和特性，也就是所謂的獨特性，沒有任何的損耗，百分之百相同。

這場實驗獲得了在場所有鑑定專家的認可，他們當場簽署了同意書，這則爭端可說在科學上毫無異議地被解決了。

然而，大出克倫威爾博士意料之外的，卻是消費者的反應：古董業的傳送環交易量一落千丈，再也沒有恢復到全盛期的量，也因為這個緣故，後來這個模式徹底地撤出了市場。

這是消費者的選擇，事實證明了：即使在科學昌明的現代，非理性的謠言仍然對群眾擁有具大的動搖能力，正如同在每回新型流感疫情爆發之時，總會有謠言指出施打疫苗會致死，而在民眾之中誘發恐慌的現象一般。直到今天，這依舊不是個理性的世界，謠言、迷信，和威脅恫嚇，依舊是操控民眾和輿論最有效的方式。

也因此，我們藝品業界依舊延續著『強迫升級』之前的步調，優雅地召開實體鑒賞會，買家委託專業代理人在世界各地川流不息地參加盛會。

雖然傳送環交易消失了有點可惜，不過，只要能賺錢，對我來說其實沒有太大的差異。

啊！你一定想知道，為什麼我今天會突然想起這件事情吧？

那是因為，在今天的拍賣清單裡，有個物件是我的助理從巴黎的貴族那裡剛剛取得代理權的物件，就跟傳送環與強迫升級的那些名人有所關聯……

▼

「總算能見光了。」入住飯店客房後，劉子靜取出了拉瑪在機場交給他的分針，遞給柯煥。

「這是……髮簪？」

「我也這麼覺得。」劉子靜頷首。

「那麼，先搜尋看看有沒有類似的物件吧！」柯煥拿著手機的鏡頭，對著分針按下快門，然後將這張照片丟到搜尋引擎裡去比對。

「雖然我覺得不會這麼快就解出來，不過……咦？這是？」

他將螢幕轉向劉子靜：「這裡有張圖片，有個少婦正拿著髮簪，看起來的模樣，除了套住時鐘的套環以外，相似度很高哪！雖然照片的品質沒那麼清晰。」

「我看。」劉子靜立刻搶過手機，端詳道：「雖然照片裡的髮簪與我們手邊的分針色澤不太一樣，不過感覺上這應該是照相時過度曝光所造成的差異。」

柯煥則開啟了另一台筆記型電腦，靠著劉子靜手中的手機，將目前開啟的搜尋引擎資訊導引到筆記型電腦上，接著立即點進網頁。

「專訪邯鄲鮮奶專送公司總裁，李寧寧女士……」他雙眼快速掃過螢幕，斷斷續續地唸出網頁上的資訊：「她手裡的髮簪，是源自於宣統三年出宮的清末宮女，後來成為了她的嫁妝，與後代的嫁妝……什麼？」

「怎麼啦？」

「不會這麼容易就找到了吧？」柯煥頓時感覺有點難以置信：「這網頁上說，李寧寧後來為了籌措監測華北空氣品質的費用，在『強迫升級』之前，把這根髮簪賣給了鄭兆玄博士？」

「這……現在幾點？」劉子靜打開了自己的手機螢幕：「下午兩點半，嗯，快查出邯鄲鮮奶專送的總公司位址是不是在北京？若是的話，我們今天就去拜訪！」

▼

窗明几淨的辦公室，位於望京區一棟造型炫麗的二十六樓白色大廈頂樓，從這兒遠眺出去，北京市的全貌雖不盡然盡入眼底，卻也有了十之七、八。

這時，潔白辦公桌後的秘書小姐接起了電話，只過了兩秒鐘，便從座位站起身，打開了房門，微笑著說道：「蕭先生、王女士，這邊請。」

柯煥與劉子靜進入總裁辦公室之後，只見一位身穿襯衫、模樣幹練的女士正離開自己的辦公桌，走向這邊的沙發，並攤開雙手指向一旁的沙發：「兩位好。」

「李總裁。」劉子靜握了李寧寧的手，然後道：「冒昧拜訪，麻煩您見諒。這位是我的助理。」

「恩，我聽秘書說，兩位是時代雜誌駐北京的特派員，因為網路上的一篇報導，而想採訪我？不知道兩位想了解我們邯鄲鮮奶專送的哪個特色？」

「李總裁，不瞞妳說，其實，我們想詢問的，是更早以前的事情。」

「哦，是華北空氣監測協會的事情囉？」李寧寧的眼神裡閃爍著異樣的光采。

「不算全然相關。」劉子靜從隨身包包裡掏出了分針，遞給李寧寧：「這根髮簪，以前是妳的嫁妝？」

「噢。」李寧寧若有所思地眨了眨眼，接過了分針，喃喃嘆道：「果然變成了時鐘的指針啊！」

「哦？李總裁這麼說，肯定是認識鄭兆

玄博士？」

李寧寧深吸了口氣，然後從沙發上站起身來：「我原本以為，大概不會有這麼一天了。照理講，當我看到了這根髮簪製成的指針，應該要拿出一個小木盒。」

「對啊，難道不是嗎？」

李寧寧沉默半晌，然後拿起桌上自己與女兒的合照看了一眼，又嘆了口氣道：「可惜的是，為了更長遠的理想，我很早以前，就把那個小木盒拍賣出去了。」

「什麼？」

▼

「每個改變時代的人，身上都散發著一股特殊的氣質。」

我們總能夠在廣告書刊之中找到類似的陳述。過去，我是不信的。我總認為那些都是偽精英雜誌的記者們，為了迎合愛慕虛榮的庸俗讀者們，而刻意寫出這麼市儈感的語句。

其後，十八歲那年，我見證了世界改變的瞬間：那個充滿神經質的狂人帶著百人團隊研發的智慧手機席捲了世界，當時，我很不服氣，何以這樣品格低劣的人，也能被稱為改變世界的人？

接著，當我懵懵懂懂地結束青年後期的時候，另一個人再度改變了世界，將人們『強迫升級』到了一個新的境界。從此之後，網路不再虛幻，身處世界兩地的人，也能以更實際的方式彼此交流。

而何其有幸，因緣際會下，我認識那第二位改變世界的男人，一位溫文儒雅的中年。

那是八年多前的事，那時，我才剛完

婚，懷上小萌三個月，北京的霧霾依舊鋪天蓋地影響我們的生活。以前我從來不曾擔憂PM2.5，但懷上小萌的那一刻起，整整兩百六十四天的時間裡，口罩成了我最堅定的夥伴。

在二十八歲懷孕以前，我不知道什麼叫做「怕」，這世界除了人民幣、美金、歐元，還有金條以外，沒有其他值得珍視的東西。那時的我，是完全沒有弱點的。但當我撫摸著肚子，感受到那小小的軀體在我體內胎動的時候，我變得對一切事物都變得格外挑剔、格外敏感。

我深切擔憂，不能夠容許燒煤和煉鋼造成的毒氣，在小萌還不曾實際呼吸第一口空氣的時候，就透過我的肺部進入我的血管，再透過胎盤進入小萌的體內。

我也深深地恐懼，小萌出生之時看到的第一眼天空，不是藍天白雲，而只是無盡的陰霾灰霧。

作為一個準媽媽，這是我的心情；我深信也將是全天下即將為人父母者共同的心情。

所以我毅然辭去了高階行銷經理的工作，投身環境保護的志業，加入了華北空氣監測協會。作為自詡的專業行銷人才，從那時起我才知道：真正困難的並不是把商品賣給消費者，而是把「共同環境，休戚與共」的保育概念推廣到這個寸土寸金的人們心中。

要讓一群生來就被教導競爭，也在嚴酷競爭下脫穎而出的都市菁英，學會接納互助共生、利己利他的概念，那才是真正困難的事情。我一天能在淘寶網上賣出五十萬人民幣的新品，但在街邊花上了整個下午的口舌，恐怕也勸募不到一個人願意捐款協助我們去遊說各級組織，哪怕只需要五塊人民幣。

為了改善環境，我們始終缺乏資金。

但為了肚子裡的小萌，為了她的健康與未來，我們不能就此放棄。

保育事業永遠是虧錢的。為了持續宣傳，讓更多人自發地加入我們的陣容，我們不得已舉辦了一場拍賣會，華北空氣監測協會的成員們各自將家當拿出來販售，以籌募未來一年的營運經費。我則咬著牙，將當時的嫁妝——二十多年前是我母親的嫁妝、四十多年前則是我祖母的嫁妝——謠傳是清末民初軍閥割據時代，從紫禁城裡出宮的宮女們所配戴的一只細簪，拿出來拍賣。

我本來想將它也當作小萌的嫁妝，不過她能平安、健康地長大，才是最重要的。我在網路上查詢了些資訊，據說這類的髮簪大概可值三千塊人民幣，但我知道我們這類保育團體舉辦的慈善會，並無法吸引到那些忙著賺錢的大爺，於是一咬牙，在標籤上寫下了「1,500」這個數字——好歹，我們從事保育的這群人裡，總有人出得起這麼點私房錢，或許明年募款的時候，夥伴們還會再把它拿出來，賣給另一個夥伴，名為募款、實為捐款，這或許就是保育事業的資金來源。

後來，有個上唇蓄著鬍鬚的白人中年來到了拍賣會場。他端詳著這根髮簪，沉默良久不發一語。我趕忙用憋腳的英文試圖向他說明：這是為了改善北京的空氣品質而募集資金，豈料，下一片刻，他卻開口說起了中文：

「謝謝妳願意為了多數人的健康挺身而出。也許，透過我的新發明，能夠改善整個華北的空氣品質。」然後，他從襯衫的口袋裡掏出一枝鋼筆，在我寫的標籤後面逕自加上了兩個零，再慎重地將這張標籤交給結帳櫃檯。

「再過一兩個月，這個世界將會有天翻地覆的改變。」望著我們驚喜的笑容，中年繼續道：「這筆捐款，請當作運用那個新科技的起始款項，只要你們開始第一步，一定會有人效法。」

又過了兩個月，來自台北的《決戰週日大胃王》節目總冠軍出爐，緊接在那個令人意外的頒獎典禮之後，我看見了這位中年的臉孔浮現在全球的螢光幕上，宣布著『強迫升級』運動的開始，起初只覺得有些面熟，直到看見他在影片裡掏出襯衫口袋裡的那支鋼筆，才回想起他曾經對我們協會的捐獻。

鄭兆玄博士的新發明確實管用，所以我們協會用這筆錢，購買了十架四軸飛行器，在上頭裝滿了傳送環，再把它升到高空裡，透過傳送環將空氣傳送到山東的空氣濾清器公司裡。當我們將四軸飛行器沒入霧霾的視頻、搭配上空氣濾清器公司的濾網（上頭滿是塵埃）影片，放在網路上播放的時候；洪水般的捐款湧入了我們協會的帳戶。

接著，迫於民意壓力，政府很快訂下一紙公文：從此北京市上空永遠有著幾十架滿佈著傳送環的官方無人飛機在上頭吸取霧霾、華北所有工廠的煙囪也全都轉為數千個傳送環，將廢氣全都直接傳送進入廢氣處理廠。

然後，我就躺進醫院，開始卸貨了。當我抱著小萌坐完月子的時候，華北空氣監測協會許多事情正如火如荼地展開來，我也寫了感謝函，寄給位在台北的瓦連科夫科技公司總部，那時我心想鄭兆玄博士如此繁忙，恐怕是不會回信了，但至少要聊表心意，感激他為這座城市、為了我肚子裡的小萌做的善行。

出乎預期地，鄭兆玄博士很快就寄了一個包裹回來，裡頭附上一個小木盒、一封親筆信，以及一張照片。

根據親筆信，鄭兆玄博士表示：他其實不確定『強迫升級』運動究竟能為這個世界帶來多少好的改變？照片裡是我的髮簪嫁妝，這時已經被改造成一根時鐘的指針。博士在信裡希望我妥善地保管小木盒，直到有一天，有人拿這著髮簪指針來找我的時候，便將小木盒交給那個人。

雖然我很感謝鄭兆玄博士的善意，但是收到信之後，我發現到要讓小萌（以及這塊土地上的所有嬰孩）平安健康地成長，需要的不僅僅是清新的空氣而已。

我需要更多錢來改變這個現況！

所以我將鄭兆玄博士寄給我的小木盒拍賣出去，憑藉著他的名號，這小小的木盒竟然拍賣得到了五萬歐元——這真是令人始料未及的數字！

我懷著震驚的情緒，將小木盒交給拍賣經紀人，然後發抖著手接過了那張巨額的支票，走向我們協會合作多年的會計師事務所。

「我要開公司。」我遞出了支票。

「什麼？」向來與我們空汙協會合作愉快的計帳士大姐接過了支票，難以置信地問道：「妳……妳要開什麼公司？」

「鮮奶公司，透過量子傳送環來進出貨的。」

「什麼？」計帳士大姐一時之間還是難

以理解。

自從三聚氰胺事件爆發之後，婦科醫院就成了西方國家奶粉商肆虐的戰場。無時無刻，每天都有業務人員拿著標榜著健康、營養的奶粉試用包，贈送給剛生下孩子的母親。這些試用包的分量恰如其分，當母親因為缺乏餵奶刺激而停乳的時候，試用包也恰好耗盡；無法泌乳的母親只好繼續購買奶粉，然而，市面上卻是連一罐進口奶粉也難求，而即使買到了奶粉，由於不注重環境保育，使用受汙染的水源沖泡奶粉來餵養嬰兒，更大大地危害了這些新生命的健康……

一想到奶粉商為了賺走人們手中的幾分錢，毫不猶豫地執行這些死亡騙局，我就憤怒不已，且下定決心！

在計帳士大姐面前，我斬釘截鐵地握拳：「透過傳送環，我要讓這塊土地上的每個孩子，都能夠喝到新鮮的鮮奶，不再需要搭著飛機到世界各地的超商去搶購奶粉！然後再用賺來的錢，進一步推廣母乳的哺育觀念！」

這，就是我們邯鄲鮮奶專送公司的開端，雖然有點兒對不起鄭兆玄博士，沒能將他當時託付的小木盒保存下來。但是我相信他可以理解我的動機，也自認邯鄲鮮奶專送公司的成立，某些程度上全然繼承了他想改變世界的善意理念。

我是一個母親，這是我能夠為這世界做的事！

▼

「怎麼樣？找到了沒？」劉子靜進入房間的同時，也打開了電視，無聊地轉著頻道。

「唉！」柯煥忍不住重重地又嘆了口

氣，繼續看著筆電螢幕唸著：「李寧寧當初把小木盒交給了法國籍的拍賣商尚恩・柯蒂詠，以五萬美金拍賣給了位於里昂的德・夏多布里昂（de Chateaubriand）子爵、之後兩年間又先後轉手給德國的盧克納爾（Luckner）家族、瑞典的努登舍爾德（Nordenskjöld）家族、瑞士的拉瓦特（Lavater）家族，拉瓦特家族卻又在兩年前破產，名下財產全部被瑞士信貸銀行銀行給法拍……據說那次法拍是不計名的，拍出的品項也沒有明確記錄，因此我們其實並不知道，那個小木盒究竟還在銀行手裡，或者早就進入了私人收藏家的口袋裡……」

「不用找了，柯煥。」劉子靜這時把遙控器扔在彈簧床上，氣若游絲地指著電視螢幕。

「怎麼啦？」

柯煥抬起頭，恰好看見電視頻道正在這裡剛好有最新一場藝品拍賣會的競標現場，拍賣師剛敲下了槌子，螢幕右下角浮現著：「VOLIKOV'S BOX　鄭兆玄博士典藏木盒」字樣、左下角則閃爍著金光閃閃的「1,800,000 RMB」字樣，而他所孰悉的青年男子——林靖凱，則從右側踏上舞台，與拍賣師握手，順手接過了一只小木盒。

「我的老天！鄭兆玄博士的小木盒！」劉子靜懊惱地道：「為什麼偏偏會出現在他手裡？」

接著，林靖凱對畫面揮揮手，說道：「請讓我留個訊息給我的老朋友，如果你想一起分享這盒子裡的秘密，那麼請先回『家』，我在『一切開始的地方』等你們！」

第六章

一切開始的夜晚

蘋果公司開除我，是我人生中最好的經驗。從頭開始的輕鬆釋放了成功的沉重，讓我進入了這輩子最有創意的時代。

——史蒂夫·賈伯斯

▼

桃園機場第二航廈，窗外飄著北台灣典型的冬日細雨，刮著攝氏十度的冬季寒風，十二月的氣候向來如此。

柯煥深吸一口氣之後，把手裡的假護照交給了移民官，然後靜靜地對著臉孔辨識器材。半個月前，他第一次以「蕭遠新」身分離境香港的時候，心臟還幾乎要蹦出胸腔，後來又陸續經過了印度與俄羅斯海關的洗禮後，這回總算稍微沉著了點，但畢竟是故鄉，內心仍然難免有點心悸般的空虛感。

移民官在上頭蓋了章，愉快地對他道：「歡迎回來。」可見這批假護照模仿得幾可亂真。

通過海關以後，他左右張望了好一會兒，始終沒見著劉子靜的影子，走向領取行李的輪盤，才發現劉子靜早就在那裡等待了。劉子靜手上拿著一份報紙，遞給柯煥：「直接看報紙吧，不需要用智慧眼鏡查了。」

柯煥接過一看，只見報紙第三版的左下角有個小小標題：「瓦連科夫科技公司總裁張文貴平安獲釋」。下方的段落，則紀載著張文貴目前已在盤古國際集團的專員協助下前往醫院訂製了一根自體幹細胞培養的無名指，目前已返家休息，對於過去這段期間的境遇，他則低調地表示不願多談。」

「張文貴……」柯煥疑惑問：「妳拿這給我看幹嘛？」

「我只想讓你安心，看樣子林靖凱有兌現承諾，讓張文貴封了口，你應該不用擔心自己會被當作嫌疑犯了。」

「『暫時』可以安心了……只要他不翻供的話。」柯煥問：「所以，你跟林靖凱到底約在哪兒？『一切開始的地方』，未免也太故弄玄虛了吧！」

「你等等就知道，我想，你應該不陌生才是。」劉子靜神祕地笑了笑，然後招來了一輛自動駕駛計程車。

▼

晚間六點的公館，夏日黃昏時，招牌陸續亮起，也為這個人來人往的街口增添了一種華燈初上的氣氛。

只可惜，我並沒有欣賞這種景致的心情，這個禮拜三的傍晚時段對我而言……唉，又是忙碌的四個鐘頭！

陸續靠上來的顧客們在路邊排成一列隊伍，每當一個人從櫃檯離去，幾秒鐘之內隊伍的最後方必定不知何時又遞補上一人。這就是在知名鬧區打工的缺點，由於是鬧區，缺乏的永遠不是人潮與錢潮，反而是一種屬於恣意與悠閒的情調。

在割包、大腸包小腸等知名小吃店的包圍下，我們這間位於路口的飲料攤也託他們所吸引的人潮之福，在晚間八點半以前，工讀生們可說是完全沒有忙裡偷閒的機會。一次一杯、一次兩杯……乃至一次十杯，永遠有處理不完的訂單，我們這些工讀生就這麼分據店內各處，雙手從來沒有空閒的時刻。

「我要中杯珍奶，微糖、少冰。」外頭一位年輕女生這麼喊道，打從她在排隊的時候就已經吸引了我的目光，她身穿一襲細肩帶上衣搭配牛仔短褲，露出白嫩嫩、秀色可餐的雙腿，正是這個年代女大學生最標準的打扮，不過，由於現代人營養良好，我也不敢肯定她跟當年的我一樣就讀對面的台大，或者其實是個跟男朋友一起來的高中生，甚或是國中生。

真羨慕她身旁的男友，他在正妹的陪伴下逛街享樂，而我卻在這裡出賣勞力……有那麼一秒鐘，儘管心裡曾經湧現過這些嘀咕，不過櫃台那裡傳來的聲音很快便驅散了我的思緒。

「好的，一杯中杯珍奶，微糖、少冰，八十五元。」櫃檯的小美一面複誦，一面轉過頭來望著我們，排在最前頭的我聳聳肩，開始著手準備。

「小姐，煩請提供您的傳送環序號並付款。」小美按下櫃台螢幕上的一個數位按鍵，然後對正妹顧客說道。

「好的！」於是正妹從包包裡拿出一個五百毫升隨身瓶，瓶蓋部分環繞著一圈特殊的條紋，接著她又取出了手機，在櫃台邊一個感應裝置旁邊晃了晃，這時感應裝置發出「嗶——」一長聲，感應器旁的螢幕於是顯示出：「扣款 85 元，序號 0922-085-085」字樣。

「煩請確認扣款，謝謝。」順著小美的指引，正妹眨著長睫毛的大眼睛盯著螢幕一兩秒，這時她的手機螢幕，以及隨身瓶蓋上的那圈條紋也都閃爍起光芒。

「沒問題。」正妹這麼回覆的同時，我們這些站在內場的工讀生也已經準備就緒——壁面上由左向右陳列著一列六、七個金屬圓桶，金屬桶約都設置在兩公尺高的地方，每個桶子下方都有一個顯示著按鈕的觸控螢幕。

從最左方數來第二個金屬桶貼著「糖水」標示，下方的螢幕則設置著「全糖」、「半糖」、「微糖」三個按鈕。我按下了「微糖」按鈕，桶子底端銜接著的傳送環於是閃爍了一下。只聽見微微的馬達聲響，此刻桶內的糖水立刻透過傳送環傳送到正妹手裡的那個保溫杯內。

緊接著，我向右橫跨了一步，來到標示著「配料」的桶子前，從羅列著「咖啡凍」、「椰果」、「珍珠」、「粉條」、「奶酪」、「布丁」等十多項按鈕之中點選了「珍珠」；於是，桶子頂端的傳送環微微閃爍，約莫同一時間，桶子下端的傳送環也跟著亮起；就在這眨眼間，珍珠粉圓已經從一百五十公里遠的批發商那裡藉由傳送環落入中空桶身，在極短距離的自由墜落之後，再度藉由傳送環送抵正妹手裡的保溫杯。

接著我的手在螢幕上向左滑動，切換至另一個頁面，點選了「少冰」按鈕，圓筒上下端的傳送環再度亮起，正妹手中的隨身瓶旋即發出冰塊落入容器的悶響。

「好了。」我對著身旁的小琪點點頭。

頭上戴著蝴蝶結、身穿女僕裝的小琪聳聳肩膀，她位於標示著「飲品」的桶子下方，手指在螢幕上拖曳，每滑動一次，螢幕上就更替三十個按鈕，他立刻找到了位於這一頁顯眼位置上的「奶茶」按鈕。

同樣地，飲料桶上、下兩端的傳送環幾乎同時亮起，開始從台中把奶茶轉移到桶身中，再灌注到正妹手裡的隨身瓶裡。不過這個桶子接近底部傳送環的地方，斜著伸出一根中空的小金屬管，旁邊接著一個小桶子。這時突然向桶內縮去，並且發出「嗤嗤」的噴氣聲——原來這根金屬管從桶身外部一直延伸到內部，藉由簡易的機械裝置與底部的傳送環產生連動，每當傳送環開啟時，金屬管便跟著一起探入量子傳送介面內，以排出原先位於隨身瓶內的空氣，減少空氣阻力，使得灌注飲品的程序能夠在零點五秒內順暢完成。在某些意外狀況、例如消費者因為健忘或者故意在瓶身內裝置其他液體時，也能快速排除這些問題，以免造成機械的問題。

接著，小琪沒有向右跨步，而是慵懶地側著身子，點選了右邊牆壁上的一個數位按鈕。櫃檯的小美旋即從身前的螢幕收到訊號，對著正妹說道：

「小姐，您的珍奶已經完成了。」小美指著櫃檯一側的兩個透明筒道：「吸管請隨意。」兩個透明桶裡分別放著一般規格的吸管，以及珍奶用的粗吸管。

「噢！」正妹於是動手搖了搖隨身瓶幾回，確保糖水與珍珠奶茶均勻混合，然後從隨身瓶頂端的伸縮裝置，將傳送環環向上拉高了約莫八公分，然後將整個隨身瓶靠向裝著粗吸管的圓筒晃了晃，圓筒底部與隨身瓶上的傳送環同時發亮，但隨身瓶身並未有任何改變。

「咦？」正妹訝異地望著自己手中的隨身瓶。

「噢！小姐抱歉，吸管卡住了。」小美趕忙朗聲陪笑，一面大力地拍打裝著粗吸管的圓筒：「請再試一次。」

正妹再度感應，這次，傳送環環中果然筆直落下了一根粗吸管。

「好了，我們再去買些燒烤，就差不多到了電影開場時刻了！」她將量子傳送環推回原先瓶口的位置，立刻將吸管湊近嘴邊，吸了一口之後，便挽著男友的手走向人潮。

短短不到二十秒鐘內，我們賣出了一杯飲料。下一位顧客迎面而來，是個二十多歲的男生。

「一杯中杯梅子菊花普洱茶。」

「好的，中杯梅子菊普，甜度和冰塊正

常嗎？」

那男客點點頭，然後結結巴巴地道：

「那個……我沒帶隨身杯，所以……」

「先生，您要購買隨身瓶嗎？或者是簡易杯？」小美不等男客說完便立刻問道。

男客靦腆地道：「簡易杯。」

「先生，我們店裡反映政府的低碳政策，簡易杯每個需要收取十五塊錢的碳稅，加上成本總共要多三十五塊錢，可以嗎？」

「唔……」男客略顯遲疑地沉默了兩秒鐘，才勉強點點頭。

「好的，那麼總共是一百一十塊錢，麻煩提供序號並付款，然後讓傳送環保持水平。」小美右轉過頭來對我使了個眼色，於是我立刻向左連跨兩步，來到最左邊的圓筒底下。這時男客已經拿出手機，在感應器旁完成了付款程序，接著他將手扣在手機上，拉出了手機裡的收納式傳送環，保持環面水平。

確認完成準備後，我按下了螢幕上的「中杯」按鍵，緊接著圓筒下方的傳送環立刻發出光亮；我轉過頭，只見男客手裡的傳送環也發出感應光，緊接著，只聽得上方的圓筒傳來大量的氣體噴射聲，男客手裡的傳送環就像給小朋友吹泡泡那樣，突然向下拉伸出了一個長條狀物體，在接觸到空氣的零點五秒內，這種高分子聚合物就已經完成固化程序，成了一個直徑三點五公分的試管狀容器。

而之後的程序一如往常，我們依據操作各個圓筒，陸續將全份糖水、梅子、冰塊、菊花普洱茶加入這個試管狀的簡易杯裡。

「先生，您的飲料已經完成了。」小美指著簡易杯裡的深橘色液體如是說。

「嗯，謝謝。」男客一隻手握住簡易杯，一隻手握著頂端的傳送環，稍稍用力一扭，便將簡易杯從傳送環上取下，然後直接湊到嘴邊，喝了一小口之後，轉身離去。

「下一位。」小美再度對下一位顧客道：「小姐要點什麼？」

從現在一直到晚上十點整打烊為止，我們這間小小的飲料鋪，即在三名工讀生不斷操作配備著傳送環圓筒的狀況下保持運作，我們最主要的工作，就是按鈕、按鈕、再按鈕，不需要親手調配糖水、不需要補充飲品和冰塊，不需要用小湯匙撈取珍珠粉圓、也不再需要封口機……一杯飲料的全都藉著機械和傳送環半自動化完成，快速、安全、衛生、環保（除了那個購買簡易杯的男客）。

傳送環的出現，永遠改變了零售飲料攤的經營型態，我們小時候那種擺設著冰箱、大小飲料桶、製冰機與封口機的傳統店面已不復見。

藉著傳送環的即時傳輸，從產地到消費端的運輸路程大幅度地削減，甚至可說趨近於零，不僅有效地降低了這個行業的碳足跡，藉著嶄新的營運模式原本式微的隨身瓶、水壺等傳統容器也回到了人們生活中。

只要一通電話，不論位在世界的哪個角落，我們的飲料鋪都能在半分鐘以內將口感絕佳的飲品送到顧客手上的隨身瓶內。而事實上，許多知名的飲料鋪根本就沒有實體店面，他們藏身都會區的某間小空房，靠著一支電話與眾多傳送環設施，就可以營業。

這項行業的決勝點回歸到了飲品的品質，口感與味道決定了這個行業的一切。

但話說回來，倘若如此……那為何我現在還有機會站在公館的這間實體飲料鋪裡打工？

那是因為，本店的三名工讀生，我、小美、小琪三人，全都是面貌姣好、身材纖瘦的俊男美女，所以你總算明白了吧？我們販賣的從來就不是飲品，而是自己青春的肉體，這道理到哪裡都一樣——即使是在被傳送環『強迫升級』的這個年代，行銷仍是每個行業不可或缺的要素。

除了飲料鋪等行業之外，傳送環的出現，也對原先的瓶裝水、罐裝飲料市場產生了莫大的衝擊——二十四小時便利商店裡成排的冰箱僅剩下一小角，其餘的商機，都被飲料廠直營的傳送環線上店鋪給取代了，而更進一步地，我們這些飲料鋪與傳統的保特瓶、罐裝飲料製造商全都被拋入同一個新的戰場裡，彼此競爭。

既然你都聽到這裡了，那麼我再偷偷講個小秘密好了，這邊打工下班後，我還得跳上計程車到信義區的夜店，展開我的正職工作。其實我是個調酒師（Bartender），每天凌晨十二點半到清晨四點半，都在仁愛圓環「伊萊特」（Elite；菁英之意）這間夜店的吧臺服務；不過最近，我正嚴肅考慮要不要辭掉這份調酒師的工作，專心去飲料店打工，畢竟——現在飲料店數量由於走量少質精的美形路線，因此時薪已經悄悄地超過了調酒師的工作……噓～千萬別跟別人說這個秘密，飲料攤的薪水還在上漲，要是這事情傳了出去，讓那些外拍小模、職業棒球啦啦隊之類的都來搶生意，那可就不妙啦！

一想到這兒，就有點教人不勝唏噓。

其實，我工作的『伊萊特』夜店，在我還是中學生的時候，並非夜店，而是一間遠近馳名、甚至國際知名的大型書店，後來大樓整建，書店就搬到其他地方去了，承襲這層樓的夜店則沿著既有格局，保留著八分的書店風貌，甚至只把原先的店名去掉一個無關緊要的「S」字，保留轉型前的原意。

論設計、論裝潢，舊時代的那間書店都非常有小布爾喬亞風味，那兒不只是台北第一間二十四小時的書店，也是我第一次打工的地方，只不過我沒那麼文青：我不是書店櫃檯的結帳人員，而是書店附屬咖啡廳的侍者。

說來也巧，不過現在也只能懊惱，我學生時期的某個冬夜，曾有一桌客人令我印象深刻：他們談論的話題，在當時聽起來有點不可思議，令人難以置信，甚至讓我自以為聰明地誤以為他們全都吞了LSD又拉了古柯鹼，才言不及意地胡思亂想。直到半年之後，我在《時代雜誌》封面上見到他們的臉孔，這才知道，那天晚上我所見證的，就是一切開始的那個夜晚……

▼

「原來是這裡啊……」才剛跨出自動駕駛計程車，柯煥站在那幢不算高的大樓之前，仰望著這熟悉的景象，喃喃道：「難怪妳在機場會這麼說。」

「是啊，雖然物換星移，但身為一個作家，這裡一定曾經是你留連忘返的地方吧！」

「嗯。」柯煥點點頭，然後轉過頭問：「那麼，我們是約裡頭的舊址嗎？既然都已經不存在了。」

「它被改成夜店以後，你一定沒來過吧？」

「妳怎麼知道？」

「那麼也不需要多說了，直接上二樓看看吧！」劉子靜推著柯煥進入圓弧的自動門，穿過一樓大廳後向右轉，再踏上那道通往二樓的階梯。

「怎麼啦？」猛然地，柯煥在踏上二樓的地板前停下了腳步，劉子靜詫異地轉過頭來，卻看見他正張大嘴巴長長地吸了一口氣。

「我……需要做一點心理準備。」

柯煥沒有回頭，就這麼邁開腳步，走進了這間名為「伊萊特」的夜店。

「原來，它保留了原先書店的裝潢格局啊……」柯煥環視著夜店，把眼裡所見的與自己記憶一一做比對：伊萊特仍保留了不少及胸高的書櫃，作為桌與桌之間的自然隔間，不同的是，入口處原本放置新書的廣場，現在擺著一架鋼琴，幾名薩克斯風樂手搭配著鋼琴，演奏著曼妙的爵士樂。

更妙的是，那些書櫃裡依然擺放著書籍供顧客們翻閱，頭頂上的照明也不若一般夜店昏暗，而維持著書店時代明亮的氛圍，至於踏上去會發出喀喀響的木質地板，更幾乎原封不動地保留著往昔的樣貌。

原先的結帳處，現在則成為了調酒師駐紮的吧檯，至於讀者詢問處，則成為點餐的櫃台；原先的附屬餐廳，其上的桌椅擺設也沒什麼改變。

甚至就連這裡的酒客，也與其他夜店的氣質不太一樣。他們總喜歡將調酒放在及胸高度的書櫃頂端，再彎下腰、慢條斯理地在書櫃裡尋找想要的書籍。唯一不同的是顧客的打扮，但同樣低聲輕語、或嫣然輕笑，充滿知性與雅緻。

「好懷念啊！」兩人各自點了杯酒後找

了張桌子坐下來，柯煥不禁嘆道：「即使改成了夜店，仍然充滿了文青風格啊！」

劉子靜沒好氣地問：「那剛剛幹嘛嘆氣？」

「這個嘛……」柯煥望著酒吧前的小廣場，道：「還記得在香港的時候，你問我為什麼想要參加『解藥』行動嗎？當時我沒說，是覺得這個原因或許太小家子氣；但在這裡，我倒覺得這個理由……彷彿天經地義似的。」

「身為作家裡的你，在這裡發生過什麼事？」

「一開始的時候，我就如同其他作家一樣，只要書籍出版了，就會跑到這裡來巡視，看看作品有沒有被放到新書陳列區，然後也會三不五時地來這裡，期待著書架上的本數減少。如果書本賣得很快，我會非常興奮，而如果書本滯銷，則難免會懷憂喪志一陣子。不過，這些事情，大概每個寫作的人都經歷過，似乎也沒甚麼好提的。」

「一定還有你沒講的事。」劉子靜道：「否則怎麼能讓你在樓梯口喘大氣呢？」

「是啊，也許，這還是我們這個類型的作者，最容易碰到的問題呢！」

「哪種類型？與你同名的科幻小說嗎？」

「嗯。」柯煥苦笑著道：「你知道科幻小說作者最怕的是什麼嗎？」

「作品賣不出去？讀者評價不良？」眼見柯煥連番搖頭，劉子靜又連續猜了好幾個答案：「沒有出版社要出版？」

「我不知道，這裡對妳和林靖凱來說，是怎麼樣一個『一切開始的地方』。但對於曾經的我來說，這裡卻有點像是『一切終結的地方』哪！」

柯煥無意識地用牙籤攪拌著馬丁尼，望向吧檯：「妳也應該知道，那座吧檯以前是結帳櫃檯，而櫃台前那塊長方型的廣場，偶爾會因應出版社的租借，而在那裡召開座談會。」

「嗯。」

「八年前，我寫出了當年自認最滿意、最有創意的新作品，也獲得出版社賞識而簽下不錯的版稅合約，當時為了宣傳這本新書，出版社甚至不惜砸下重金，在這裡預約了座談會，也幫我邀請了知名的文壇前輩來作為與談人。」

柯煥將手中的馬丁尼一口飲盡，道：「當書本的責任編輯通知我，下周一書本就要進印刷廠的時候，我興奮地睡不著覺，於是大半夜地跑來這間書店閒逛，望著這塊小廣場，腦海裡一面思索著該怎麼在一個月後的新書座談會裡闡述自己的理念。」

「然後呢？」劉子靜問。

「那時的我躊躇滿志，也期待新書上市的一天，而同時，周遭的人紛紛談論起一個電視節目實境秀，而且越來越熱烈，媒體上的報導也越來越多；一周之後，那個節目舉行了總冠軍賽，而獲得冠軍的那位新生代女模特兒，則從長靴裡抽出隱藏的鐵絲，當著全世界觀眾的眼前，把鐵絲伸入口腔，然後把那個裝置在食道末端的小巧新發明鉤出來，當著面宣布要『改變世界』，跟著風起雲湧的運動就此展開。」

「不就是講我的故事嗎？」劉子靜道：「那又跟你的新書有什麼關係？」

「決賽翌日的禮拜一，也就是作品預定送印當日上午，我接到責任編輯的電話，她以委婉而倉皇的語氣告訴我：剛剛出版社內會議決定，會提前支付我這本新書的版稅，至於新書……她告訴我：『老闆覺得它已經被現代科技超越，而沒有市場價值了』，所以決定不予出版。」

「去！什麼出版社？敢這樣出爾反爾的？」劉子靜問道：「等等，難道你的作品……」

柯煥苦笑著點點頭：「我的作品主題是描寫一種可以藉由網路來將物體彼此傳送的概念，而由於種種客觀科技條件因素的限制，這種傳送裝置的大小，直徑最多只有五公分，因此作品的名稱就定為《五公分：傳送世界》。」

「……」

「至此，我輸得很徹底，而且某方面可說是心服口服……」柯煥慘笑著道：「不但作品裡的口徑比現實的新發明還要跟不上時代，甚至就連作品名稱，也比不過你們的《強迫升級》來得響亮。」

「這……」

「生活在二十一世紀，科幻作家最害怕的事情，不是作品賣不好、不受歡迎，而是這個星球上有人正研發著你腦海裡自以為是的新概念，甚至比你還要快快公諸於世！」

說到這裡，柯煥長嘆一口氣道：「畢竟，當四軸飛行器開始出現在天空，成為記者播報即時新聞常見的工具時，我就意識到，我們小時候所謂的『科幻』，已經逐步地成為了這整個世界的『現實』了，只是，我沒有料到它會以這種方式，讓我的作家生涯幾乎中斷。」

「原來，中斷你作家生涯的，就是我啊！真是罪過、罪過。」劉子靜放輕了音量。

「對科幻作家柯煥來說，這是毀滅性的打擊，但往好處想，也許這真的能有效地幫助世界上其他人吧！所以，萬念俱灰的我決定先放下筆，想辦法用自己的力量，藉著傳送環來改善這個世界。」柯煥道：「我決定先從自己關注的『公平貿易』方向著手，在網路上找到了第一個用傳送環販售咖啡的衣索比亞網址，幫他們在全球各地的網頁上貼上好評文……」

「大作家，原來你還有這層過去啊？難怪你也千方百計地想摧毀傳送環。」似曾相識的聲音在這時傳入柯煥耳裡，他轉過頭，這才發現到：林靖凱不知何時已然站在自己和劉子靜身後，綻開爽朗的招牌笑容！

▼

「竟然偷偷摸摸出現！」劉子靜站起身，大力地拍了林靖凱的肩，一面環視周遭，然後替林靖凱拉了一張椅子。

「小靜，這麼熱情招呼，不像我認識的妳啊！」

「廢話少說，要喝些什麼盡量點，今晚我買單。」

「哪能讓美女出錢？」林靖凱玩世不恭地道：「好歹在『強迫升級』以前，我們還是演藝經紀公司的師兄妹哪！」

劉子靜拍了拍林靖凱的背：「那倒公平。」便回到了自己的座位上。

「師兄妹？你們倆還有過這層關係哪？」柯煥望著劉子靜和林靖凱，揶揄道：「該不會，你們還傳過緋聞吧？」

「哈！那也要看這位曾經的師妹賞不賞臉啦！」林靖凱攤了攤手，深深地吸了口氣：「我約這裡，是因為這裡對於『強迫升級』的五個人來說，別具意義；想不到，這裡卻也是你的傷心地，不如這樣吧……」

林靖凱接過了侍者端來的馬丁尼杯：「這是我在集團裡做生意學到的一招：倘若談判雙方有歧見，就約間雙方都滿意的餐廳，先從不相干的事情開始聊，即使是風花雪月也沒關係，也許，當敵意降低，在談到的正經事的時候，也更能夠彼此理解而各退一步，達成協議。」

他徵詢劉子靜：「不如，就藉著這個美妙的夜晚，來回憶回憶這一切是怎麼開始的，也許，我們都能從當時的初衷裡，尋回可能的共識哪！」

「雖然我覺得沒差！不過既然你想聊，讓咱們這位科幻作家多了解點內幕也無妨，他可打算把我們的『解藥』行動，寫成一本回憶錄呢！」

「不錯不錯……這樣可不枉我當初大手筆在香港召開簽書會，你馬上就想通了！」林靖凱喝了一口馬丁尼：「你們對我的身分，應該不怎麼陌生，作為盤古國際集團培植的未來接班人，現在我的名字偶爾會出現在八卦雜誌上，跟那些身材火辣、美若天仙的女星們放在一起。不過，其實，我也曾經像那些女星一樣渴望著成為閃爍的星光……」

他頓了頓之後，若有所思地繼續道：「那時，我就在台北讀大學，就像個懵懵懂懂的青少年，幼稚地想著擺脫家族的制約。所以偷偷報名了藝人經紀公司，認為自己可以靠實力在演藝圈闖出一片天……」林靖凱喃喃嘆息著，眼神雖然望著眼前的馬丁尼杯，卻彷彿正看著若干年前的自己：「憑藉著遺傳自母親的姣好面容與高挑身材，我輕而易舉地成為了模特兒經紀公司裡的潛力新秀，除了例行的平面攝影與走秀以外，很快開始在經紀人的安排下，朝著戲劇圈發展，當然，也很快就嶄露了頭角。」

「那個時代啊，真令人懷念呢！」劉子靜微笑地點了點頭：「作為那時因為靠親戚介紹而剛入行的新人，我還覺得『這個師兄真是太厲害了！』，對你崇拜得不得了呢！」

「哈！那都是過去了，後來的事情你們也知道，由於參演的那齣偶像劇收視率還蠻好的，搞得很少看電視的我家親族們也紛紛收看，結果我用『浩宇』作為藝名出道的事情很快就紙包不住火，後來，家父直接向經紀公司施壓，我的演藝生涯就在剛起頭的時候，被這麼腰斬了……」

林靖凱繼續苦笑著道：「我拿著經濟公司的資遣證明回到家裡，向我父親攤牌，抗議他不該這樣強取豪奪地接管我的人生。結果你知道他說了什麼嗎？」

「……」柯煥沒有接口，不過他的動作和神情已經示意林靖凱繼續說下去。

「我那家財萬貫的老爸聽了，只不過是輕輕地『哼！』了一聲」，接著便用他慣用的、對集團裡部屬那樣頤指氣使的口吻，冷冷地道：『你遺傳到你母親的基因，不是讓你這麼用的！』……當下我當然非常不滿，抗議：『老媽本來就是知名演員，我繼承她的天份，有什麼不對？』結果你知道他說甚麼嗎？『你選錯了戰場。』他就這樣睥睨而冷冷地說。」

「戰場？」

林靖凱苦笑著搖搖頭，繼續說著他父親的話：「『與其去演那些譁眾取寵、為了搏取市井小民幾滴眼淚來賺廣告費的低俗戲劇，你的天份應該用在更遠大的用途上——你知道咱們盤古國際集團雖然關係良好，商業上的對手可也從來不曾短少過，如果真的那麼執著要成為一個演員、對自己的才華那麼有自信，就用你的演技在真實的商業戰場上騙倒那些人來讓我看看！』」

「……要說沒道裡，其實聽起來也好像頗有道裡。不過，的確像是大集團總裁會說的話，果真霸氣十足。」

「所以啦～」林靖凱攤開手掌道：「都被這麼說了，我也只能在集團裡這樣鬼混啦！」

「而那個時候，『浩宇師兄』要告別圈子的消息剛剛在經紀公司內傳開，大家才知道他的真實身分，於是我在送別會上留下了他的聯繫方式，就這麼在工作之餘有一搭、沒一搭地聯繫了半年，下一次見面，已經是一年半以後的事情了……」劉子靜繼續訴說著後續的過往。

▼

藝名「浩宇」的林靖凱就這麼從螢光幕上消失，恢復盤古國際集團接班梯隊候選人的身分，在台北、北京、上海、東京、首爾、曼谷、廣州之間忙碌川行。有回林靖凱恰好返回台北兩周，便找一天約了演員時代的幾位好友上KTV夜唱小聚，幾位在演藝界奔波的師兄、師姐們先行離去，劉子靜也向他告別，然後朝著仁愛路圓環的方向走去。

「不搭計程車嗎？」

「要，不過得等會兒。」劉子靜笑了笑：「我要先去個地方。」

「去哪？」

「去我的『夜間圖書館』。」

「妳看書啊？該不會也搞文青這套吧妳？」

「哈！我可是完完全全的假文青。」這句話倒是引起了林靖凱的興致，於是索性陪她從忠孝東路方向，沿著敦化南路走向仁愛路。

凌晨一點四十五分，他們穿過一攤攤席地叫賣的創意飾品攤，踏上半圓形的階梯平台、通過愜意的內廳，攀上通往二樓的階梯。

夜已深，位於二樓的書店旁，依舊飄散著淡淡的咖啡香。鞋底踩在木製地板上發出些微的吱嘎聲此起彼落，除了穿巡期間的探訪者，多的是席地而坐、在木階梯上捧著書凝神閱讀的讀者們。

夜復一夜，不分性別、不論年齡，在這綺麗而曼妙的都會，總有幾百個失眠的靈魂，在這間書店裡渴求著沁潤心靈的甘露。

劉子靜告訴林靖凱：謠傳，也有許多寂寞的單身男女，選擇在此尋找不期而遇的情愫星火。

「所以，妳還真的不看書啊？」移師到書店附屬的咖啡廳之後，林靖凱這麼問：「看妳逛了整圈，卻始終沒拿一本書正眼瞧過。」

「嗯，反正我從小就看不了幾個字，要我唸一頁書可真是折騰死我啦！相比之下，在這裡觀察人，比看書有趣多了呢！如果你在這裡觀察一整晚，也能看盡人生百態哦！」

「幹嘛這麼認真，要看人生百態，回家看視訊頻道不就好了，隨隨便便都有幾百萬個視訊，還怕妳看不夠嗎？」

「看真人總是不一樣啊！」劉子靜道：「網路上的視訊，除了新聞之外，不論如何總會帶點刻意或表演的成份。如果想朝演員發展的話，我覺得還是要觀察真人；畢竟，網路還是虛幻的哪！」

「小姐，妳說的對，但是這句話，只到今晚為止！」這時，臨座傳來的沉穩男生就這麼硬生生介入對話，兩人順勢望去，只看見自己身後的那張桌子上，一位面色紅潤、上唇蓄著八字灰鬍鬚的中年白人，正用略帶口音的中文說道：「我可以保證，網路在這兩年以內，將會以『真實』作為新面貌，重新定義人們的生活！」

除了中年男子之外，同桌的還有一位光頭黑人身穿筆挺西裝，以及一位穿著格子襯衫，看來像是印度裔的青年，也都轉頭對兩人微笑。

「這位先生，你……是認真的嗎？」林靖凱不禁懷疑道：「網路的確改變過這個世界，不過那已經是我們出生那幾年的事情了，依你的年齡，或許曾經見證過這件事情，但對我們來說，我們從小就生長在有網路的環境，對我們而言，這個世界從來就是這樣。網路就是網路，不曾改變過我們什麼。」

「年輕人，你說的我懂。」中年男子道：「一九九〇年代堪稱互聯網萌芽的時代，的確對世界產生了天翻地覆的變化，至少，作為一個十六歲以前不曾碰過個人電腦的少年，我那時的確深深感受到這個世界頭幾年的劇烈轉變。」中年男子繼續道：「不過我要說的是，網路，還會再改變這個世界一次。」

林靖凱皺起眉頭：「都已經進入 6G 時代了，除了快、更快、超快以外，還有什麼能夠改變我們的生活呢？」

「也許還多著呢！」中年男子道：「接

下來，改變的將是『網路』本身的概念，以及我們的生活方式。」他指著自己同桌的兩人道：「這兩位是我的夥伴，我的專利律師，以及我們聘用的高級工程師，我們今天所討論的東西，將會永遠、徹底地改變這個世界。」

「看來，你們似乎在舉行慶功宴？」劉子靜注意到三人桌上的酒杯，以及切了一半的蛋糕。

「沒錯。」中年男子興奮地道：「今天，我們在二十九個先進國家的專利全部通過了，從現在開始，整個網路都將截然不同！」

中年男子意猶未盡地繼續道：「在今天以前，網路就是一封封很快速的信、很即時的影像，但不論如何，它呈現的都只是唯有我們的大腦才能理解的『虛擬』的資訊；而從現在開始，網路將成為人們生活的真實，而這個世界的運作方式，也將會截然不同……當然，對於這個世界上許多的不公義，我們也能夠運用網路，從此改變這樣的狀況，讓世界變得更均衡、更美好！」

「我怎麼越聽越模糊？先生，你能說得詳細些嗎？」

林靖凱這麼說，於是中年男子掏出了自己的名片。名片是雙面的，一面寫著中文字，另一面則並列著『Evgeniy Petrovich Volikov／Евгений Петрович Воликов』英文與俄文兩組名字。

「很高興認識你們，我是普林斯頓高等研究所（Institute for Advanced Study）的瓦連科夫，中文名字則是鄭兆玄。」

緊接著，這位取了個中文名字的俄裔美國人開始滔滔不絕地介紹自己的新發明與構想。乍聽到這個概念的時候，林靖凱與劉子靜都啞然失笑了——中年男人的點子是那麼地不可思議！幾乎不可思議到了接近瘋狂的地步！

怎麼可能透過網路製造出這樣的效果？倘若真是如此的話，那麼，這個世界的確將面臨有史以來最劇烈的變化，相較之下，前幾次的改革：互聯網、手機普及、智慧型裝置面世等等全都顯得無關緊要。

中年男子口裡的「改變」，的的確確將會為世界帶來難以想像的劇烈衝擊，那是前所未見的、難以想像的，卻又聽來有些荒誕。

「……由於專利已經申請完畢，接下來只要找到金主，很快地，我們就要全面改變這個世界，讓這個行星再一次地『升級』！」中年信誓旦旦地說著，臉上的神情全然沒有懷疑。

「聽起來，你正在尋找金主？」林靖凱問。

「沒錯，我們的方法一定可行，只差有人願意相信這個聽來荒誕不羈的概念。而依據歷史的定律，遲早會有人將信將疑地掏出一小筆錢來，然後獲得難以預料到的豐厚收益。」

「那麼，我很好奇，既然你在普林斯頓高等研究院任職，根本不缺研究經費、也不缺企業贊助，為何會來到這個小島來尋找合作伙伴？」

「如果我說，我只是在酒吧裡射飛鏢的時候，剛好射到了台北這座城市，你相信嗎？」鄭兆玄眨著眼，自信滿滿地道：「其實到哪裡，我和喬治都能募到遠比預期還多上十倍的資金。不巧，我的初戀情人來自這個島嶼，她對於這座蕞爾小島最擔憂的地方，就是手裡掌握著資源的工商業界大老，眼光都只停留在上個世紀的代工時代，而缺乏在新世紀與世界競爭的眼光。根據她臨終前的央求：希望我能夠替這座以代工為主的小島，帶來一個原生的創新科技產業。所以，我不遠千里來這裡走一遭，就是希望能找到具備眼光、願意投資的本地金主，破除這個島嶼遭受的詛咒。」

「只能說愛情真偉大了！不過鄭博士，你能證明它的功能嗎？就當著我的眼前。」林靖凱從懷裡掏出一本支票：「如果你能當我的面證明，我就全額贊助你，並且讓你分紅整體利潤的百分之三十。」

鄭兆玄於是從懷裡掏出兩個原型來，低調地放置在桌面上，然後把其中一個推到林靖凱面前：「現在你拿著這個裝置，還有一個空杯子到男廁去，找間門上鎖；我則到三樓的廁所去。」然後他自己拿起另一個裝著咖啡的杯子和傳送環：過三分鐘，當你看見這個裝置發出光芒的時候，把它放到杯子上方。」

五分鐘後，鄭兆玄好整以暇地走回桌邊，把咖啡杯倒過來晃了晃、展示裡頭全然清空，而林靖凱則還不發一語地瞪著自己眼前的那個透明玻璃杯——現在裡頭盛滿咖啡了。他考慮了幾秒，然後起身緊緊握著鄭兆玄的手。

「鄭博士，你的發明真的會改變這個世界！」他喃喃地道：「不過，靠傳統手段實在不夠迅速，我也不能確保我最大的利潤，不如這樣吧……」林靖凱轉頭看了看身旁的劉子靜：

「我想到個好點子，不如，就以我這位演藝圈的模特兒師妹為主角，設計一場令眾人驚呼不已的行銷活動。只要一擊，就此改變這個世界！」林靖凱清了清喉嚨：

「至於行動代號，不妨就稱為：『強迫升級』！」

▼

「好懷念哪！當年組織『強迫升級』的過程。」林靖凱若有所思地嘆道：「五個偶遇的人，懷抱著熱忱一意孤行，後來果然改變了這個世界，倘若這個時代還有什麼能用『浪漫』兩字來形容的話，我們當時的行動，應該就是當代最浪漫的事情了吧！」

「可惜的是，除了浪漫之外，強迫升級帶給這個世界的，也就是更多的謊言與痛苦。」劉子靜冷冷地道：「林靖凱，你找我們來這個地方，總不只是想緬懷當年情景吧？」

「當然囉，而我今天既然沒有帶任何保鏢進這間夜店，應該也就算很有誠意了吧！」語畢，林靖凱從手提袋裡取出一個小木盒：「這應該與你們手上的其中一根指針相對應，裡頭或許也藏著跟上次相同的一張畫。」

「這可奇了，你不是千方百計地想阻止我們替這個世界解毒嗎？」

「什麼意思？」

「林先生，老實說，我被你搞得有點糊塗了。」柯煥突然開口了：「你的目的究竟是什麼？倘使你只是想阻止我們破壞傳送環，那麼又何必專程把我們約出來？直接把這個小木盒破壞掉的話，我身邊這位大小姐豈不是一點成功的機會都沒有？」

「那～怎麼可以呢？」林靖凱道：「雖然身為盤古國際集團的一部分，但我畢竟不是短視近利之輩。雖然我與小靜看法不同，並不認為現在的世界因為傳送環而變得更惡劣，但把眼光放遠的話，卻也難保這項科技不會有失衡的一天。」

「意思是你要擔任『解藥的保管人』就是了？」

「哈哈哈！我從來不敢把自己想得那麼偉大。說起來，目的也是很務實的，也是為了本集團著想，做為一種避險的措施罷了！」林靖凱道：「不過，真要說心底話，我也對這小木盒裡藏的東西感到好奇啊！」

「林靖凱，你到底想做什麼？」劉子靜再度似笑非笑地道：「如果你還是跟先前一樣，只想勸阻我們的行動，那你可就打錯如意算盤了。」

「拜託，小靜，我都展現十足誠意了，打從妳進到這間酒吧以來，我都只讓保鏢們在外頭巡邏；想想在『強迫升級』之前我們的友誼，我只是希望安全地請妳將剩下的兩根指針交給我，必要時，我們集團也能支付相當於當年妳拿到的酬勞……」

「哈哈，浩宇師兄，你的提議很大方，倘若我是個見錢眼開的人，一定馬上成交。」劉子靜笑著拍了拍林靖凱的背後一把：「只可惜，你為了展現誠意而撤掉保鏢，卻不是個聰明的決定啊！」

「妳在說什麼笑啊？」那瞬間，林靖凱愉悅的表情微微地僵住——只因他感覺到在檯面底下，有個冰冷堅硬的東西正抵住他的膝蓋，旋即又離去。

「小……小靜，妳可真是個不折不扣的行動派哪！」他臉上的笑容仍未全然消失，但很明顯地看得出來不過是個偽裝：「那是我想像中的東西吧？」

「當然囉，為了讓你明白狀況，當然得

先跟你的膝蓋打聲招呼。至於現在這把槍指向哪兒，其實你不用太過在意，反正你是逃不掉了。」

「妳沒考慮過光天化日下開槍引起騷動的結果嗎？」林靖凱逞強地道：「如果我掀開桌子，也許就能夠避開要害，接著你們全都會遭到通緝。至少妳一開槍，手上就會有火藥殘留，用試劑一驗就逃不掉了。」

「那你可就把我們想得太簡單了。」

劉子靜這時將手放上桌面。原來她手裡握著的，是一個看來像是個香水瓶，當她優雅地打開蓋子時，林靖凱注意到蓋子底下有個不慎起眼的機關。

「看到這個隱藏的按鈕了嗎？」劉子靜微笑著道：「當我按下去的時候，在某處的一把點小口徑手槍便會擊發，同時透過傳送環瞬間從背後貫穿你的心臟。」

這時，林靖凱才不安地伸手探向自己的背心。

「哎呀！剛剛見面時的熱情擁抱，果然是……」林靖凱試圖維持臉上的微笑：「然後妳戴著薄紗手套，是為了避免在我背後的傳送環留下指紋……妳可真狠哪！為達目的，不擇手段。」

「我必須先以這個世界為主，至於世人要怎麼評價我，那是之後的事情了。」劉子靜似笑非笑地道：「現在，把木盒推到我們這邊。」

柯煥與劉子靜對望一眼後，便壓下了手機上的傳送環鈕，從中取出了髮簪分針。

「你們確定要這麼做？」林靖凱望著兩人，搖著頭道：「萬一個木盒裡面是炸彈？」

「那我們就同歸於盡吧！」劉子靜道：「況且，依你的個性，一定不會這麼做。」

「啊，不到一秒鐘就被拆穿了。」林靖凱自我解嘲道：「我真是太不會說謊了。」

這時柯煥已將髮簪分針插入了小木盒邊上的卡榫，輕輕地轉動，緊接著「咔」的一聲，木盒就此解了鎖。

打開之後，裡頭同樣放著一張摺疊整齊的絹布，柯煥默不作聲地拿起了絹布，捲成一個細捲，然後押下手機上的傳送環開關。「拉瑪。」就這麼將第二卷絹布傳送到遠方。

「盒子就留給你作紀念吧！」劉子靜將盒子放回林靖凱跟前：「很可惜你沒有把第一卷畫也帶過來炫耀，否則我們會更加感激你的誠意。」

「林先生，合作愉快，就讓我們先敬一杯。」柯煥不忘拿起桌邊的馬丁尼，一口飲盡。

「柯大作家，回憶錄可別把我寫得太難看啊！」林靖凱苦笑著舉起桌上的馬丁尼杯，也一飲而盡。

「可以自由行動的時候，我會告訴你，在這之前，告訴你的保鏢不要輕舉妄動。」劉子靜留下這句話，然後優雅地轉身離開：「感謝你，浩宇師兄。」

▼

「快！快！加速！再加速啊！」聽見這位小妞的喝令，我心底真是忍不住喝采！

話說這時代啊～所謂的「守法公民」是多了，有些客人，你要超速一下，還真的就他媽的直接手機連線到市政府檢舉你，除了扣點數以外，還得連續八個禮拜去監理站聽講習，那些照本宣科的政令宣導讓人昏昏欲睡也就算了，重點是每周就少了半天跑車的時間，以時間算起來，我的損失就將近少了十二分之一啊！

然後我就因為這樣，被家裡的那黃臉婆子碎碎唸了將近半年的時間，又不能不搭理——否則更危險的離婚威脅馬上接著變成吵架主題……嗯，總之，那半年真是叫人生不如死。

也因為這樣，自從五年前被記點一次之後，我在跑車的時候，再也沒有超速行駛了——當然，在客人要求的狀況下就例外了。

所以，聽到這漂亮的小妞這麼登高一呼，我樂得直踩油門，座下這輛老豐田旋即以時速七十公里的時速在敦化南路上奔馳，轉瞬間就呼嘯而過忠孝東路、市民大道、八德路等路口，在敦化南路上一路狂飆……當然，有測速照相機的地方例外。

很快地，老豐田已經來到了敦化南路底。

「兩位要到哪裡？」我從後照鏡瞥見後座另一側的男子，看來不過就是個乖乖牌的宅男，跟我大學時代社團裡那些理工科的同學差不多。不同的是，這種穿格子襯衫的男生會上夜店的並不多，把得到正妹的更是稀少，而後座這傢伙竟然辦到了。

「右轉，往內湖！」說話的小妞頗有明星氣質，而且氣質顯然不屬於那種尋找富家公子貼上去的類型。總之，能夠載到這樣的客人，可說是我今天最愉快的事情了。

作為一個舊時代的倖存者，在這座慵懶的文化都市裡，能夠開計程車，是幸運而幸福的。

縱使，這份幸運，是經歷了激烈的競爭之後，逼走了百分之六十五的老同行而換來的。

有句老話是這麼說的：「一將功成萬骨

枯。」差不多就是這個意思吧，話說「運將」也是將，沒有那些老同行的犧牲，現在我的日子不會過得這麼舒適。

我這輛老豐田與其它的計程車一樣，依據這座城市的計程車法規塗成亮黃色（也就是市民們口裡暱稱的「小黃」），不知不覺已經跟著我第十年了。當年剛上市的時候，它可說是應用了當代石墨烯電池科技的油電混合動力車，堪稱是最有效率、最節能減碳的選擇，身為環境保育份子的我，會這麼選擇也是理所當然的事情。

當時我評估，雖然油電混合動力車的售價比一般汽油車還高出一半，但由於它不僅節省燃料費用，還能夠降低三分之一的加油次數，這省下排隊的時間又能讓我多載幾趟客人，理想的話，最快三年內就可以打平，對當時的我來說，可說是最佳投資選擇。

然而，強迫升級運動讓我的如意算盤首先翻掉了一半，自那時開始，汽車廠商全都以最快速度在他們現有的油箱蓋上加裝了傳送環——同時各大燃油廠商也全都推出了線上販售燃油的 APP，從此以後，為愛車加油只需要拿起手機線上支付，緊接著油品商就從遠處將汽油直接透過傳送環灌注到油箱裡，方便、省時，全然省去了去加油站的時間。

不僅如此，新推出的電動車、瓦斯車、氫氣車，也迅速運用這項科技，讓所有燃料（或動力來源的補充）全都可透過量子傳送環與線上支付進行。

而在新一代的汽車設計上，雖然依舊保留了傳統的油箱蓋設計，但這多半只是為了預防在網路訊號不通時，作為備案。

形勢瞬間逆轉：由於前述原因，進加油

站的車輛大幅減少，五年過去了，台北市區的加油站數量，僅僅剩下原先的十分之一，而這也意味著，每當我需要加油的時候，需要花更多的時間開往少數那幾個加油站，我這台只配備了傳統油箱蓋的油電動力車，頓時淪為了不討好的賠錢貨。

你問有沒有補救的辦法？當然有，車商貼心地推出了改裝油箱蓋的服務，由於考量到壓力平衡與安全等因素，因此改裝費用高達新台幣三萬元——唉，又是筆意料之外的支出。

更慘的是，面對客觀現實，我還真的沒有選擇，只能選擇咬著牙再進行了改裝。

好不容易這個問題解決了，時代的磨難卻還沒有終止，而且看似遙遙無期——由於歐盟新一代的加利略（Galileo）、俄羅斯的GLONASS，以及中國的北斗衛星定位系統，都比傳統的全球衛星定位系統（GPS）能夠更精準地處理更大量的位置資訊，也都具備兼容性，再加上法規的進步……全都怪那該死的電腦科技！汽車的自動化駕駛時代已然全面來臨。

以行車電腦搭配網路的自動駕駛優點可說不勝枚舉：在乘客容量上，由於駕駛艙空了出來，因此每輛小轎車的乘客數量全面上升到四人。在路線選擇上，搭配了網路的資訊，能讓車輛選擇更便捷、避開尖峰的路徑來抵達目標。而更重要的，由於電腦不會超速、不會闖紅燈、不會違反交通規則，因此在安全性上也大幅地提升。

因應市場的需求，不論是自用的小客車或休旅車、大眾使用的公車、或者是運輸業的貨車，由電腦駕駛的車輛瞬間成為了市場熱銷的主流。

而我，汽車過去最親密的盟友與夥伴：司機，則在頃刻間成為了欲除之而後快的累贅——不論是連鎖計程車業者、公車業者、貨運商，全都不約而同地大幅裁員。

在交通產業上，以電腦取代人腦的時代正式來臨。

對我們這些專業勞工來說，面臨的就是淘汰率高達百分之八十的資遣潮。像我這樣的自營計程車業者雖然躲過一截，卻同樣必須與標榜著「高安全性」的自動化汽車競爭。

如果你們一行有四個人，你會選擇自動化駕駛計程車。

如果你注意安全，你會選擇自動化駕駛計程車。

自動化駕駛蔚為風尚，大眾歡欣鼓舞地迎來這個時代，卻沒見到背後幾十萬名司機的失業，尤其許多已經邁入中年的司機，已經缺乏了轉職的可能性，這影響的不只是他們本身，而是數十萬個家庭。

所以各行業的司機們串連起來前往交通部抗議，在訴求未果之後，把心一橫，約定在同一時間將車輛全都開上各處的高速公路；然後把引擎熄火、拔掉鑰匙，相約走上幾公里下交流道，找一間最近的便利商店坐著聊天。

全台各地的高速公路、高架橋、快速道路全面堵塞。只要幾輛車同步併排停下，就能夠完全癱瘓一條幹道。

第一天，群眾與用路人就全面崩潰了。

絕大多數公民紛紛大聲咒罵，甚至有人提出了用大卡車「輾過去」的言論。雖然國道警察也出動了，卻也束手無策——只因除了警察本身之外，警車與拖吊車都被遠遠塞在交流道上，根本抵達不了現場。

第二天起，輿論上的論戰更加激烈，不過我們司機這方可不會因為大眾不滿就退讓——反正我們早就習慣被歧視了，頂多被罵個幾百句，又不會痛。

於是全台灣各地的大型貨物與人員運輸全面凍結，每日造成的經濟損失難以估計，史稱「冠狀動脈大堵塞」。

到第五天的時候，各地的物流已經出現問題，傳統的火車與高鐵則成為了最熱門的、也是唯二的快速運輸選擇。

也在這一天，憤怒的群眾跑上了高速公路，從油箱裡用虹吸管汲出汽油，將司機們的車燒掉，情勢變得一發不可收拾。

到了第六天，火車與高鐵的司機們無預警地宣布響應「冠狀動脈大堵塞」，把火車停留在鐵軌上，套句當時某報刊的頭條標題，嚴重性被全面提升為「心肌梗塞」！

接著是用路群眾的全面崩潰，以及在這個時候因為服務處電話被打爆而逼不得已被推上前線的縣市議員、立委們；向來能躲則躲的他們現在退無可退，只能夠在喪失（各大運輸業者）金援與下回選舉落選裡作一個選擇——

正所謂：「兩害相權取其輕！」

最後，那些滿口只有自己用路權力、強力要求「輾過去」的乘客們和用路人，就這麼不爭氣地屈服了。

台灣第一次的全面性罷工（罷路），就在這群人兩敗俱傷式的反擊下成功了！在代議士的協調下，以緊急修法的方式，將運輸業勞工的就職權益寫入法條——限制所有運輸產業採購自動化駕駛的車輛比率不得高於百分之五十。

這是最後的折衷結果，資方勉強能接

受，而勞方也是：根據心理學統計，絕大多數人多半認為自己屬於前百分之五十。

法條也對價格作出限制：人力駕駛車輛的費用維持原先費率，而自動化駕駛車輛，則將增加百分之二十的費用。

這麼做的目的無非是為了保障人力駕駛的工作權，同時也讓交通業者能夠勉強應付投資失利的狀況。

幾年過去了，時間與市場機制讓人力駕駛的比率下降到百分之二十，並就此維持在這個水準。

我許多老同行就這麼無故消失了，渺無音訊。

雖不知他們過得如何，可以確定的倒是：龍江路、長春路交叉口附近那間以往總是開到凌晨兩三點、作為計程車司機們理想補給基地的港式燒臘，現在只開到晚間九點。

而殘存下來的我們，則繼續艱困地活著，而唯一能讓我們開心的，就是客人要求我們「加速」、催促著「快點，我趕時間」的片刻。

那讓我們不禁懷念起當年可以把油門踩到底，從台大門口一路以逼近一百公里時速狂奔到忠孝東路、新生南路交叉口的時光。

那也許不過是雄性激素與腦內啡造成的生理反應，但在我們眼裡，那反映著過去輝煌的光輝！

我們不是賽車手，但踩著油門，在車陣中快速奔馳（尤其是超越那些絕對不會違法、又為了乘客安全必定禮讓你的自動化車輛）的片刻，是我們職業生涯裡最開懷的瞬間。

所以我一路開到了基隆，小妞不囉嗦

地丟下幾張千元紙鈔，拉著男伴就這麼下車了。在我迴轉的同時，我從後視鏡裡看見他們又招了另一輛人力駕駛的計程車，開往另一個方向。

▼

再接連變裝數次、又不斷換乘交通工具在台北市各區移動後，兩人就以休息名義，進入文山區知名的汽車旅館的房間裡。

才剛進門，劉子靜就迫不及待地取出小木盒，並且從拉瑪處取回了髮簪分針，在將簪頭的裝飾嵌入小木盒的鎖表面以後，再扭轉半圈，小木盒便應聲打了開來。

打開之後，同樣是一捲絹布，上頭也同樣出現一幅畫：情景像是在木質帆船的甲板上，畫面右側繪著一隻渾身長毛的黑猩猩，頭部卻被置換為童山濯濯、卻蓄著大把鬍鬚的老年男子。

這半人半猩的怪物前方還有五條狗，也都面朝左方，其中位在後方的兩條，高捲著尾巴，神態自若，牠們的頸圈上分別標示著「α」與「β」兩塊牌子，卻沒有繫著韁繩；而位在前方的三條狗，尾巴若非平舉，就是垂下來夾在雙腿之間，牠們的頸圈都分別標示著「γ」、「δ」與「ε」三塊牌子，齜牙列嘴地對著畫面左側狂吠，其中「ε」位在最前方、神情也最凶惡，「δ」次之，「γ」則再次之，這三條狗一個勁地向畫面左側衝，因此頸圈上都繫著繩子，讓人頭黑猩猩拉住。

而畫面的左側，則是一位身著教士服裝的男子，被五隻狗逼得相當難堪。

「唔，這……我好像第一眼就知道答案了哪！」柯煥指著那人頭猩猩：「這就是查爾斯‧達爾文啊！」

「哦，原來是那個『物競天擇，適者生存』的達爾文，我以前上學唸過，發明進化論的那個人嘛！」

「是『演化論』！」柯煥更正道：「生物的演變是沒有方向性的，不是只有『進』，演化應該是個比較合適的名詞。」

「哦！雖然這種事情對你們寫科幻的可能很重要，不過我覺得沒差，聽懂就好了。」劉子靜指著畫面左側身穿教士服裝的男子道：「我不懂科學，不過這個達爾文發表的學說，觸怒了教會吧？」

「嗯，以當時的社會氛圍而言，達爾文的《物種源始》就是部驚世駭俗、大逆不道的著作，嚴重牴觸了基督宗教神造萬物的說法，也在社會上引起了極大的爭議。」柯煥聳了聳肩：「所以一八七〇年代就有人把達爾文的臉接到黑猩猩的身體上，藉此來諷刺他的學說。」

「原來十九世紀的人就已經那麼惡毒！」

「哈，以人類的聰明才智，只要是自己看不順眼的，都難免惡毒呢！不過，這幅諷刺畫雖然意思到了，卻也暴露了繪者本身對於達爾文理論的曲解——達爾文的意思應該是『人類與黑猩猩有共同的祖先』，但卻被扭曲成『黑猩猩是人類的祖先』，使用錯誤理解的論述去攻擊對手，卻還沾沾自喜，可真是貽笑大方哪！」

「唉！」劉子靜嘆了口氣：「絕大多數的人不會在意這之間的區別的，因為這世界本來就充滿偏見、謠言和謊言，人們只要聽到簡短的標語與自己的立場相當，多半不會深究就盲目跟隨上去了，社群網站上的那

α
β

些『讚』，不就是這麼來的嗎？不過……還是回歸正題吧，所以你覺得答案就是達爾文嗎？」

「也許不是達爾文本身，不過這次的線索相對集中不少。」柯煥指著圖面繼續道：「這個場景很明顯是在木板帆船上，而這位達爾文猩猩身前的五條狗，體態有點像是米格魯。」

「這個狗的品種，有關聯嗎？」

「世界上最知名的米格魯，就是史奴比吧！不過其實達爾文航行時搭乘的那艘『小獵犬號』，小獵犬也就是米格魯。」

「可是不對啊，這五隻狗身上的狗牌，上面也有五個字母……」

「這是希臘字母的前五個，在西方社會，也往往可以指射為社會階級，你看標示著α與β這兩隻狗，面貌比較端秀，神態也比較自信，而左邊這三隻，模樣則越來越難看，也許這五隻狗所代表的，就是種族主者曲解了達爾文主義所推出的、惡名昭彰的『社會達爾文主義』吧！」

「所以有明確解答嗎？」

「我的第一直覺，應該就是《物種源始》這本書，試試看英文書名吧：On the Origin of Species。」

「希望能成功。」劉子靜噠噠地打著字，然後按下了enter鍵，可惜螢幕上的反應很快就粉碎了她的期待。

「耶？不是。」

「那不然試試看達爾文Darwin或Charlse Darwin。」

「不行！」

「那演化呢？Evolution。」

「也不行！」

「唔……」柯煥僅皺著眉頭：「試試看加拉巴哥吧！Galapagos。」

「不！還是不行。」

「什麼？」柯煥不禁懊惱了起來。

後來他們又繼續輸入了幾個相關的詞，但直到當天的額度用完為止，都沒有任何成果。

「那麼，看來，只能從這最後的線索下手了。」劉子靜於是按下手機通話鍵，道：「拉瑪，把秒針給我。」

這根秒針與柯煥想像的差不多，基本上就是根秒針的樣子，尖端非常細、而末梢的寬度也不到零點五公分。它的表面潔白，一條細細的紅線就這麼刻在中央。隔著用來組裝在時鐘中心的扣環，另一側則是個扁平的指示物。

柯煥試著用手指彎曲秒針再輕輕放開，看著彈回原狀的秒針道：「排除塑膠了，但不確定是甚麼金屬，如果能用質譜儀來分析一下成分就好了；可惜質譜儀檢驗須要取樣，萬一弄壞可就糟了。」

「沒關係，拉瑪早拿去請朋友看過了。」劉子靜道：「用儀器測試過後，研判它的材質應該是銅，加入少量其他金屬來強化結構。」

「唔，這樣根本缺乏頭緒啊！誰都知道這是一根銅製的金屬棒，還可以導電。」柯煥又翻了翻秒針，道：「那麼，關於這次的地點……」

「應該是再明顯不過了！」劉子開啟了手機裡的影像功能，展示道：「秒針的方位指向『Ⅸ』這個刻度再向上一點點，看樣子應該在美國東部。」

「也對，鄭兆玄博士這個提示實在太過

明顯了。」柯煥將秒針倒轉過來：「扣環之後這個東西，怎麼看都像是個蘋果，而且如果你把它翻過來，背面還刻著『45°40.2 N』，這恰好……」

「那就是紐約了！」

「是啊，還真是冥冥中的巧合哪！」柯煥道：「恰好《人類量子數據資料庫法案》也即將在聯合國大會進行表決……」

「既然都在紐約，那還等什麼？」劉子靜打斷柯煥的話道：「事不宜遲，咱們出發吧！」

「可是我們根本還找不到剩下的線索啊……」

「時間緊迫！」劉子靜道：「剩下的就飛機上繼續想吧！」

第七章 英雄之殞

只要因法律和習俗所造成的社會壓迫還存在的一天，在文明鼎盛時期人為地把人間變成地獄、並使人類與生俱來的幸運遭受不可避免的災禍；只要本世紀的三個問題——貧窮使男子潦倒、飢餓使婦女墮落、黑暗使兒童羸弱——還得不到解決；只要在某些地區還可能發生社會的毒害。換句話說，同時也是從更廣的意義來說，只要這世界上還有愚昧和困苦，那麼，和本書同一性質的作品都不會是無益的。

一八六二年一月一日於奧特維爾別館
維克多·雨果《悲慘世界》序

▼他媽的！

這世界總充滿著他媽的蠢事！

尤其是「那些人」——那些自以為是的傢伙們，總是他媽的得寸進尺！你要答應了他們提出的第一項要求，他們就假學術之名立刻提出第二項、第三項，然後是第四項、第五項；如果你拒絕，那麼他們就發動連署，在網路上散佈激進言論，發動群眾在你家門口拉布條抗議，竭盡全力把你醜化成阻礙社會前進、拖累國際形象、冥頑不靈的守舊派黑心人士；如果全天下有十個罪惡，你就他媽的犯了其中十一個！

那些人會把你視為眼中釘，隨時隨地尋找你的弱點，軟硬兼施地用盡各種手段來逼迫你就範，非把你搞到精疲力竭、再也不想從事這一行為止！

在那些人眼裡，一個產業需要付出的成本彷彿永遠沒有上限。你照著他們的意見更改草料，那些人就嫌棄你家牧場排泄物影響環境；你建置了除汙系統，那些人又轉過來指責你在飼料裡添加羊骨粉導致狂牛病；你更改飼料添加物的配方，那些人又他媽的指責你濫用抗生素；等到你把成本反映到價格上，那些人又他媽的說你哄抬物價——他媽的！

我得要說，真他媽的應該把那些手無縛雞之力、腦袋被書本燒壞的都市佬扔到牧場來，讓他們腳踏實地、滿手泥沙地操上一整天，當他們四肢發軟地癱在地板上的時候，看他們還有沒有時間來想那些雞毛蒜皮的小事！

說真的，我總覺得那些人並不了解這個世界！

難道他們不知道，這個世界最重要的、莫過於肉塊了嗎？

不是我故意要強調，事實擺在眼前，我雖高中沒畢業，也知道吃肉是人類歷史上最重要的事情！我們的祖先在各地獵殺長毛象，吃牠們的肉，用牠們的骨頭製作工具。如果不吃烤熟的肉，我看人們早就凍死在冰河期了！

在萊曼兄弟跌倒以前，人們就吃肉了；在黑人當上總統以前，人們早就吃肉了；希特勒之所以搞到窮途末路，也是因為他不吃肉；我真想不通為何會有人他媽的這麼自虐，寧願捨棄能夠提供高熱量又好吃的食物，去嚼那些連玉米風味都不如的青草？

只有好吃又便宜的肉塊，才是促使世界經濟繁榮的唯一方式！

結果呢？那些人只會一面喊東喊西，要你加裝這個注意那個，使得一塊汁多味美的牛肉成本不斷上升，結果就是：每個人平均能吃到的肉塊數量減少了，連愉悅的吃肉都是個問題，經濟怎麼有可能他媽的好轉？

偏偏就在那段時間裡，那些人竟然把氣候變遷、全球暖化的責任歸到我們這些牛肉用戶身上，姑且讓我模仿一下他們那些知識宅的嘴臉：「甲烷造成溫室效應的能力是二氧化碳的二十二點五倍，牛隻放的屁裡，甲烷的含量是豬隻的兩倍、是羊的三倍，所以每生產一磅牛肉，相當於排放了十六點五公斤的二氧化碳，全世界畜牧業飼養的十億五千萬頭牛，再加上其他的豬、羊、雞等合計排放的二氧化碳總量，甚至比全世界人們開車、搭船、搭飛機加起來所排放的二氧化碳量還要高，全世界每排出五公斤的二氧化碳，就有一公斤是來自於畜牧業。」

他媽的！那些人就是他媽的這個樣子，出了問題就只會到處抓戰犯，從來不曾學著承受結果，他們宣稱的「節能減碳」更根本就他媽的是個笑話！這樣說吧！路邊隨便抓個紐約佬來問，是要過不開車不吹冷氣的苦日子（而且別人不會這麼做）活在這個無趣的世界？還是每天咀嚼著肥美的牛肉跟這個世界一起崩潰？大多數人大概都會選擇後者吧！

那些人大概直到跟著我們這些「愚昧無知的愚民」一起陪葬為止，都還是不了解人性的真理吧！人性本就他媽的犯賤！沉淪與毀滅往往令人難以接受，但如果大家一起的話，至少還有個墊背！

總之，直到八年前，咱們這些牧場總是遭到那些人刻意刁難，刻意在社會上營造我們的負面形象，甚至還發起什麼「少吃牛肉」運動，想把我們這些業者趕盡殺絕。想想那段日子，還真是他媽的煎熬哪！

直到八年前，這個世界被『強迫升級』，一切才從此改觀。

老實說，我不知道那些賣咖啡的、賣巧克力的廠商為什麼對『強迫升級』抱持著這麼深的怨恨——但就我眼前所見的範圍，我認為傳送環實在是這個世界的救星。

對我們這行來說，這世界最重要的除了肉塊，就只有三件事情：第一件事情是成本、第二件事情也是成本、第三件事情，還是成本！

因為傳送環的發明，我們的農場一整個他媽的數位化了，裝設了超大頻寬的光纖網路系統。以往需要長程運輸的牧草，現在可以藉由傳送環直接從場地運來，在飼料的運輸成本上，大為節省不少。

這還只是開端，八年前每天清晨準時報到的運乳車已經消失了蹤影，現在我們在擠奶器的底端加裝傳送環，剛擠出的牛奶，下一瞬間就送到鳩站公司直營的鮮乳處理廠去進行後續製作。什麼？你問四十里外那間安德森鮮奶公司？誰理那間窮酸的小公司？全球知名的鳩站公司不僅出價更高，我還能跟鄰家的孩子炫耀：「你喝的鳩站鮮奶就是來自我的牧場。」

而以往那些人抱怨最大的兩項：牛隻放的屁和牛的排泄物，我們也利用傳送環解決了這個問題——現在，每當小牛滿半歲的時候，便為替牠們進行神聖的「加冕儀式」：在牠們的肛門外側裝設一個量子傳送環，每當牠們想放屁或者排遺時，傳送環上的感應器會偵測肛門括約肌的舒張脈衝，而啟動形成量子傳送介面，這時，無論是牛放的屁、或者是牛糞，都將直接被傳送到千里之遙的洛杉磯沼氣處理廠，屁裡的甲烷將直接作為燃料來發電，而牛糞則將在發酵槽底部持續產生甲烷；全拜網路科技所賜，洛杉磯沼氣處理廠的發電量，除了回饋給我們這些牧場使用之外，竟然還足以供應洛杉磯都會區與好萊塢文化圈將近百分之三的電量，作為燃料的供應者，我們還能夠從處理場的發電盈餘裡，依比例抽取分紅。

不過，正如我對那些人的認知，「那些人」又來了——先前，他們譴責你製造環境汙染、在媒體面前把你塑造成全球暖化的戰犯，現在你從善如流地應用傳送環改善流程、降低成本，還實際減少了大量碳足跡，這一會兒，他們卻說你在牛的肛門裝設傳送環「侵犯動物權」！

他媽的！現在你搞清楚了吧？甚麼環

保、甚麼改革根本都是屁話，那些人正是因為生活無憂無慮，才會到處無聊地多管閒事，他們其實根本不想改變這個世界，他們只是沒事找事做、想找弱勢的人欺負，以彰顯出自己是多麼高尚、富有理想！

老實說，我覺得選美小姐在機智問答時回答「世界和平！」的語氣都比他們真誠多了！

難怪我的老同行比爾曾經告誡我這句話：「當心別被那些人盯上、也別想同他們達成協議，他們只是想無所不用其極地羞辱你而已！」

不過，正如我的論點所預測的，由於量子傳送環的存在，美味的肉塊降價了，由於人人吃得起牛肉，於是經濟再度活絡，景氣已經連續八年上揚。這一切，全拜這個世界的『強迫升級』所致。

可惜，那些天殺的環保分子總是如影隨形地繼續在雞蛋裡挑骨頭，持續在州政府農業處那邊發動抗議、搗亂，據說他們希望能夠制定新法律，禁止本州的畜牧業者、羊、豬等動物的肛門裝置量子傳送環。

這實在令人忍無可忍，所以我們這一帶二十五個畜牧業者決定一起拜訪眾議員喬治・戴蒙。這位眾議員已連任兩屆，從政迄今雖不過短短六年，但名號可是響叮噹——八年前的那場『強迫升級』運動裡，喬治・戴蒙擔任的正是這五人小組裡的專利權律師，也因而，他的名聲（以及財富）隨著量子傳送環數量呈指數級成長，水漲船高，一夕之間從專為弱勢提供服務的窮酸小律師，搖身變為全球五百大影響力人士。

喬治・戴蒙投入自己財產的半數成立「戴蒙法律扶助基金會」，聘請兩百位年輕律師，專門協助全美各地的弱勢者；兩年後，他便宣布投入眾議員選舉，並且高票當選。

而既然打著這樣的旗號，本身又具備法律背景，喬治‧戴蒙自然成為那些無所事事的各種保育團體們最倚賴的眾議員，可以說這些腦袋長歪的亂黨們一旦有什麼異想天開的新想法，不管他們住在哪一州，第一個找上的絕對是喬治‧戴蒙，而喬治過去確實也從善如流地幫他們起草了不少法條草案。美其名在保護環境、愛護動物，實則上是在搬磚砸腳。

所以我們這次決定先下手為強，趕在那些保育團體之前先一步把他套牢。姑且不論他是否買單，總之，我們畜牧業者總是會想出辦法的。畢竟，電影《教父》已經明白開示了人生的硬道理：「我會開出一個他無法拒絕的條件。」

結果，你猜怎麼著？真是令人氣憤啊？當我們二十五家大型畜牧業主千里迢迢地拜訪他的辦公室，他那打扮得花枝招展的秘書小姐卻只推了推鼻梁上的眼鏡，說什麼：「眾議員有急事要去紐約見老朋友。」跟著就把我們全給打發回來了。

好歹我們也開了大半天的車，這就是波士頓人的待客之道嗎？

我猜哪，也許喬治‧戴蒙根本就不是去紐約，而事先被那些保育團體給蠱惑了，才專門給咱們軟釘子碰。這麼推敲下來，那個不准在動物肛門裝置傳送環的法條草案肯定已經寫好了。

該死！該死的保育團體！

該死的喬治‧戴蒙！

▼

每次時代改變的時候，我們這一行能耍的花樣也就越多。

最早，我們用的是匕首和毒藥，偶爾還包含了弓箭；等到十字弓發明之後，我們就能從更遠的角落下手。

火槍剛開始出現的時候，老實說，我的前輩們還是望而卻步，生怕在成功以前就把自己先給炸翻了；直到燧石、膛線、後膛槍等一一發明，槍械才逐漸成為我們這行的標準配備。

尤其是 PSG-1（精確射手步槍；Präzisions-Scharfschützen-Gewehr）搭配 Hensoldt 6×42 瞄準鏡，讓我們能從幾百碼的距離外無聲無息地放倒目標，還留有充分的撤離時間，是我初入行時的最愛。

不過那些都是往昔的美好時光了！

正如同過去的每次科技革命，在八年前那件事情之後，我們這個業界也跟著被『強迫升級』了。

八年前，遇到難以接近的目標，我們唯有在幾百公尺外的制高點架設狙擊槍，然後在扣下板機的三十秒鐘以內撤下器材，迅速沿著事先規劃好的路線撤離。

而現在，我們的工具則更加多元，某些方面也更加隱密、更安全——只要在四軸飛行器這類的遙控載具裝置上一個傳送環，當下就成為最佳的工作器材；從此以往，我們就能在隱密之處，將槍口對準傳送環，接著遙控它來到幾十公里遠的目標附近，然後扣下板機，一切了事；接著再遙控四軸飛行器飛到焚化爐，便能毫無痕跡地銷毀證據。

你一定會問，怎麼可能遙控那麼遠的四軸飛行器？答案其實很簡單，我們只需要先在目標周遭的高處，設置幾個額外的傳送環，再將遙控器天線穿過量子傳送介面，便完全等同在當地進行遙控。

業界傳奇「無影鬼」，也就是雷納・西蒙斯，就是最早應用傳送環的典範。他的辦公室位於矽谷，門口低調地寫著「西蒙斯科技」，偽裝成那些隨時可能暴起暴落的創投公司。根據他的鄰居描述，西蒙斯很少進辦公室，也很少待上很久的時間，大伙都以為這間創投還在苦尋金主。

他的辦公室裡，其實也就是幾套電腦設備，以及幾把以架子固定好來抵銷後座力、前端直接接著傳送環的槍械（而且還是精準度中等的型號），還有四軸飛行器的遙控裝置。就這樣，西蒙斯低調地累積財富，直到他因突發性心臟病過世，他的妻子第一次走進「辦公室」，才驚覺自己丈夫「科技新貴」的身分與她設想的截然不同，關於這位傳奇殺手的一切才真正曝了光。

而這在業界掀起了「西蒙斯風潮」。在以前，要混口飯吃至少要有起碼的體能和格鬥術，至少要準備一把精準而稱手的好槍；而在傳送環發明之後，說句難聽話，只要買得起手槍、四軸飛行器、一兩套電腦，人人都可以成為殺手，簡直堪稱殺手界的安迪・沃荷風潮——而且一度，市場上還充斥著這樣的傢伙。

只不過，投機分子們顯然把這行想得太簡單了，由於沒有經過體能和格鬥的訓練，一旦失手，他們往往逃不過雇主的追獵——不需要高科技、也依舊致命。

所以兩三年下來，這批投機分子裡存活下來的並不多，倒是我們這些老字號的，在那股西蒙斯風潮中，全都『強迫升級』了一套配備了傳送環的器材，而不可諱言的，在某些狀況下的確好用，儘管傳統的狙擊槍沒被淘汰，但運用傳送環的機率的確大幅增加。

而最早察覺出這些狀況變化的，其實應該是警方，早在西蒙斯風潮之前，他們便從各種謀殺案的屍體上，發現一個明確的改變：有越來越多的受害者，是從頭頂被開槍——那是因為早期的同行多半把傳送環裝置在四軸飛行器的正下方所致。而恰好，正上方，也是一般人最難察覺的方位。

也因為這個緣故，許多黑幫大老、企業總裁在外出時，紛紛戴起一頂填充著高韌性鋼材與克維拉（Kevlar）等高分子聚合材的特製頭盔。

同行們開始把傳送環裝置在飛行器的側面、斜角，其後的發展也就更五花八門了，好比我目前執行任務的這架四軸飛行器，就是裝設在四個螺旋槳的橫軸末梢。而我今天的目標，則是一對全世界到處跑的男女，他們似乎有高人在關照，一路下來幾乎沒能透過網路搜索確切行蹤，因此只好採取上個世紀的傳統方法，實地跟監。

所以我從台北一路跟著他們回到自己的國門，然後抵達紐約。雖然他們居住的飯店很隱密，但畢竟還是有窗戶，儘管窗內的簾幕擋住了視線，不過我這台四軸飛行器上也同時搭配了夜視鏡，能夠毫不費力地偵測熱感應影像；這麼一來，只要使用達姆彈，就不需要非常精準地非命中頭部不可。

主要的問題是：如何同時擊斃兩人，所以我請了同行老萊斯一起執行這個案子，約定事成之後我七他三拆帳。

這一男一女正一面走一面聊，逐漸接近

最佳下手位置，從他們的姿勢判斷，他們應該正盯著牆上螢幕裡，新聞實況轉播的聯合國大會表決實況吧？今天是極具爭議的《人類量子數據資料庫法案》表決的日子，聯合國總部外的大樓也擠滿了關注的人潮。老實說我認為他們的抗議一點效用都沒有，有槍都不能改變這個世界了，更何況那些打著和平、理性、非暴力口號的年輕人呢？他們一定沒嘗過鎮暴警察噴出的水柱……不過，總之，他們大概還可以鬧上幾天，當媒體也喪失報導的興致，他們也自覺索然無趣時，運動總是會落幕的！

老實說，為了與自己利益無關的事情上街頭雖然精神值得感佩，但還蠻愚蠢的！

房內那對男女依舊關注著新聞，卻絲毫未能察覺自己已命在旦夕。老實說，這樣是比較幸福的，因為當下一點感覺都沒有，也不需要經歷擔心受怕的階段。

不過，四軸飛行器的聲音怎麼這麼大聲？難道是齒輪組出了狀況？看來下次得換一家廠牌了。

咦？不對？這聲音的來源，不是來自於耳機裡啊？

我立刻警覺，然後緩緩地轉過頭——在那驚心動魄的片刻之後，我已經確認了身後並沒有東西……不對！我立刻抬起頭，只見兩架四軸飛行器已經分別來到我和老萊斯頭頂，而它們底部的傳送環，此刻正閃爍著青藍色的光芒……

然後是橘紅色的火光！

▼

「好諷刺啊……」柯煥望著牆上巨幅螢幕所投射出的表決結果，喃喃地嘆道：

「跟我預期的一樣，《人類量子數據資料庫法案》在聯合國大會正式通過了。」

「參加過『沸騰南瓜夜』的你，現在還憤怒嗎？」一旁的劉子靜問。

「當然還是會在意，不然我現在就不會看實況轉播了。」柯煥嘆了口氣：「但憤怒倒是沒有了，畢竟，我已經走上了另一條更直接的道路。」

「是啊，咱們早點把謎題解開的話，即使聯合國的法案通過了，在傳送環失效的狀態下，也無法再侵犯人們的隱私了。」劉子靜問：「所以，你那邊有查到新消息嗎？」

「還是沒有啊！從台北上飛機到這裡，都已經在紐約第三天了，還是一點線索也沒有……」柯煥嘆了口氣，將筆電螢幕上的資料全都傳送到智慧眼鏡裡，然後蓋上筆電螢幕：「用搜尋引擎進行圖形比對之後，跳出來的結果全都是各式各樣的秒針、秒針、秒針！」

他離開窗邊的沙發，嘀咕道：「結果茫茫的紐約市裡，根本沒有和這根秒針相符合的物件啊！」

「一定有！只是還沒找到罷了。」劉子靜打開房門：「去吃個飯，也許會有新想法！我先前在這裡擔任挑戰嘉賓、參加《美國大胃王》比賽的時候，記得附近街上有間餐廳的牛排特別好吃，帶你去嚐嚐。」

「可是……」

「走吧！還是你要餓著肚子想？」

▼

所以他們步行了兩個街區，來到曼哈頓一間開在二樓，名為『美味洋基』（Tasty Yankees）的餐廳。由於天色尚早，還未到達晚餐時段，因此沒有等候多久就被帶到位子上。

於是柯煥將秒針的圖片顯示在手機螢幕上，一面與對面的劉子靜享用著多汁牛排，一面絞盡腦汁想尋找藏在其中的線索：「舉凡筆芯、天線、螺絲起子……各式各樣細長的物件實在太多了，我已經瀏覽了這麼久，還依舊像在大海撈針一樣根本沒有頭緒。」

「有沒有考慮過換個方向？」劉子靜問：「如果這根秒針屬於其他東西的一部分呢？」

「其實我已經開始找了，不過還不怎麼能掌握要領，再說……要是秒針的零件是屬於某個機械的『內部』，也就是從外部看不到的部分，那可就是難上加難了。」

「那好，看來該花錢就得花錢了，我找個機械鑑定達人來幫忙，也許很快就會有進展。」劉子靜拿起手機開始搜尋的同時，一個年約十一、十二歲的小男孩卻來到了柯煥身邊，他留著一頭蜂蜜色的頭髮、眨著藍褐色眼珠，略帶靦腆地道：

「嘿！老哥，你那個模型是在哪裡買的？」

柯煥順著小男孩的視線，發現到他所指的正是自己手機螢幕上的秒針圖案，於是索性拿起來晃了晃，問：「你是說中間這個？」

「嗯，你一定也是《幾何俠》的粉絲對吧？」小男孩綻開笑靨：「這是我第一次看見真人尺寸的幾何俠模型，竟然連它隱藏式的頭部天線都做得這麼細緻，好酷哦！」

對面的劉子靜聽見小男孩這麼說，眨了眨眼望了小男孩一眼，手指便又繼續在手機上滑動。而柯煥則順著小男孩的話語問：

「你……怎麼看得出來？」

「嘿嘿，這可不是一般粉絲做得到的。其實啊，它的天線外面還有裝甲保護，只露出短短的頭、乍看之下就像是短刺，只不過五年前的『曼哈頓交響夜』，這個裝甲曾經被金蛇幫的槍枝火力擊落，我們才知道原來幾何俠頭部左、右各自裝置著三根天線。」

「是這樣啊……連我都不知道啊！」

「所以，老哥，你認識製作模型的人嗎？」小男孩繼續問：「可不可以把天線的照片寄給我？我要在 twitter 上炫耀！」

「好啊！給我你的 E-mail，我等等寄給你。」

「好，我用最新的電子版漫畫跟你交換！」

等到小男孩講完了電子郵件地址，他的雙親也已經趕來，對柯煥、劉子靜兩人點了點頭，便帶著小男孩離去了；臨去之前，小男孩還千叮嚀萬交代一定要把照片寄給他。

望著小男孩離去的背影，劉子靜與柯煥對望一眼，然後將她的手機翻轉過來，出現在螢幕上的是個身披著高科技裝甲的人型，而裝甲上則鑲滿了數以百計的傳送環。

「這是……超級英雄？」柯煥難掩訝異地道。

「對，我順著小男孩的話，打了『Geometric man』、『Manhattan Symphonic Night』這幾個關鍵字，就跳出了這樣的結果。從捲動的畫面中，柯煥的確看到幾張目擊者的特寫照片，可以清楚見到裝甲剝落的幾何俠頭部側面，裝置著三根平行的天線，同樣有一道紅色的細線從頭到尾貫穿天線。」

「所以結果應該不用懷疑了。」柯煥嘆了口氣，道：「想不到，我們這趟旅程竟然還會碰上世界上第一個真實出現的超級英雄哪！鄭兆玄博士未免也太神奇了吧？竟然連超級英雄也認識。」

「也許，這一切也在鄭兆玄博士當初的計畫裡呢！」劉子靜似笑非笑地眨了眨眼。

「不過這下子問題可大了！」柯煥拔下了智慧眼鏡，懊惱地用拇指和食指揉著自己眼皮：「要怎麼跟一個超級英雄打交道啊？」

「也就是約他出來罷了。」

「問題是，人家可是堂堂超級英雄耶！」柯煥道：「難道我們要去殺人放火，來把他引出來嗎？」

「如果非得這麼做才行的話，我們就這麼幹。」劉子靜斬釘截鐵地道：「就算是要把你五花大綁地吊在帝國大廈頂樓，我也不會有所遲疑。只要能夠找到幾何俠，然後拿到木盒，破壞全世界的傳送環，沒有我做不出來的事情。」

「唉，劉子靜妳可真是……算了，即使妳把自己弄成大反派大惡棍，幾何俠也未必就會出面。」柯煥聳肩道：「不然紐約市警察可就全都失業了。」

「那麼，不妨就由你負責計畫把他引出來吧！你不是個科幻作家嗎？應該很有辦法吧！」

「可是我寫的是科幻，跟超級英雄根本是不同的類型啊！」

「對我來說還不都是一樣？」劉子靜道：「重點是你的故事編得夠不夠真實吧？」

「話是這麼說沒錯啦！可是……」

「所以當然是交給你啦！錢的部分不是問題，先查查資料吧！」她臉上再度浮現出似笑非笑的神情。

「哪有那麼簡單？」柯煥再度戴上智慧眼鏡，面露難色地讀著投影在鏡片上的維基百科條目：「幾何俠，是真實存在的超級英雄，同時也是合法授權的動漫畫人物……唔，他在真實世界的登場次數，七年前首度登場時是五十八次，平均每六天就會出現在市民的眼前一次，六年前是二十五次、五年前十九次、然後過去四年……則是零次。這根本就是接近退隱的狀態啊！」

「等等！柯煥。」劉子靜打斷了柯煥的話道：「你把條目往下拉到最後。」

「怎麼啦？」柯煥依言而行，當翻到網頁尾端的時候，不由得瞠目結舌：「什麼？這位超級英雄，竟然已經……死了？」

做為第一個被正式目擊且紀錄的超級英雄，「幾何俠」（Geometricman）在歷史舞台上粉墨登場的時間，約莫就在『強迫升級』運動的最高潮——第六天晚上，紐約市警局才剛對著華爾街上示威的群眾扔出催淚瓦斯，大伙紛紛掩著口鼻爭相走避，而鎮暴警察部隊早列成宛如羅馬士兵般的方陣準備推進，徹底擊潰這群暴民……在場的人作夢也沒想到，一個渾身散發著蒼藍色環型光澤的人影就這麼從天空翩然而降。

強勁的噴射氣流從他腳底、腳根、小腿、大腿上那幾百個發光的傳送環上傾瀉而出，並逐次減緩力度，直至緩緩地降落在地面上。

緊接著，他頭盔上的雙眼一閃，渾身上下的傳送環先是全都熄滅、然後再度全部散發光芒，這次，量子傳送介面產生強大的吸力，多枚催淚瓦斯的煙霧登時全都化作白色龍捲風，被幾何俠身上的傳送環所吸盡。

緊接著，抗議群眾立刻重整旗鼓，試圖與鎮暴警察對峙，而幾何俠就這麼猛力一跳，身上數百個傳送環再度噴射出氣流，飛抵鎮暴警察方陣上方，然後另一些沒有用在噴射的傳送環則彈射出許多彈珠般的小球體。

這些小球體接觸到地面之後立刻膨脹，變成了類似海綿、卻又若漿糊般超黏的結構，讓身陷其中的鎮暴警察們動彈不得、登時便凝化成一堵人牆。

現場的群眾旋即反應過來，就在領導者的帶領下，他們很快地在鎮暴警察黏牆上鋪上背單，架起小梯，踩著他們的肩膀躍過封鎖線。

紐約警局的指揮官眼見狀況失控，立刻下令使用橡膠子彈對付群眾。然而，幾何俠這時再度從身上的傳送環裡噴射出許多黏性物質，將這些橡膠子彈的力度減緩大半。

鎮暴警察旋即調來了高壓噴水車，豈料幾何俠卻一路直奔，飛向噴水車，把一個小球體投入了噴水口，當指揮官下令噴水的時候，噴水口卻只流出宛如園藝噴水般的微弱水柱，當場讓抗議群眾們忍俊不住地笑了出來……而後的事情，也就眾所皆知了。

從那一刻起，幾何俠就已打響了名號，卻也同時在民眾心目中樹立起了極端的二元形象，支持『強迫升級』運動的群眾們認為他與社會公義站在一起，然而反對方卻認為他是秩序的破壞者。

而後，八年過去了，不論他被視為超級英雄或者超級惡棍，幾何俠都已經成為紐約市實際存在的都會傳奇——在超級英雄的誕生之地，這個號稱民主自由發源地、實際上卻與它那些海外殖民地同樣由財閥與權貴所掌控的國度裡，人們從來不曾預料到世間會有真正的超級英雄，因為英雄們所反映的形象，正是整個社會所欠缺、大眾所希冀而投射的。

大眾掀起了幾何俠狂熱，不論是支持者或反對者，都千方百計地想破解他的身分，卻始終成謎，只因「超級英雄」這個概念限制了他們的思維：事實上，幾何俠不是一個人，而是一個群體。

而這個故事，我們可以從八年前那個夜晚說起。

▼

如果站在整個科學界的高度看來，那也不過是一群再也普通不過的年輕科學家組合：單身男子、年輕、聰明、欠缺社交技能、深受動漫遊戲影響，以及多半還沒有性經驗，他們是學術界的佼佼者，卻是繁殖生物學上的「魯蛇」（Loser）。世界上這種人很多，大約每個中型都市都至少存在三個以上這樣的社群。

而在「世界首都」紐約，自然也存在著這樣一群年輕人。

事情發生的當晚是個周五，由於比較有風味的餐館依照往例都被約會的情侶們訂走了位置，這一群十二個人也只能依照往例聚集在吃到飽披薩店閒聊。傍晚七點半，也許稍晚會有什麼「電玩之夜」、「跑團之夜」的活動，不過當下大多數人都還在努力用高熱量食物填飽肚子，不知怎地，他們的談話來到了超級英雄題材。「『要克服自己的恐懼，就要成為自己的恐懼！』這句話可真是瞎翻了。」其中一人沒好氣地道：「要麼這麼說吧，小時候被蝙蝠嚇著了，長大就成為蝙蝠俠；那麼我最怕蟑螂，豈不要成了蟑螂俠？」語畢旋即引起一番哄笑。

然後因為他們笑鬧得太大聲，惹得鄰桌一名大塊頭的小夥子不高興，走上來就推了最邊邊的人一把。

那人當場摔倒在地，其他人則紛紛走避，縮在一起不知何是好。

「懦夫。」大塊頭小夥子這麼嘲諷道，藍眼珠裡滿是睥睨神情：「那麼宅就待在家，不要到餐廳來啊！」

「別動。」小夥子突然感覺到自己背後被一個堅硬的物體抵住，一個沉然的男子聲從他背後傳來：「再輕舉妄動，我就開槍了。」

大塊頭小夥子登時嚇得腿軟。

「我數到三，給你五秒鐘離開這間餐廳，不准回頭。」

當然，小夥子直到門口都沒有回頭，直接離開餐廳跳上他那輛舊福特汽車，這才發現原來方才抵住自己腰間的，是一名中年男子橫舉著的拐杖。

小夥子不悅地比了中指，倒是沒有再回頭來找碴。

「這個時代啊，可真有趣哪！」中年男子頭頂童山濯濯，嘴邊卻留著一排濃密的灰色鬍鬚，嚴肅地道：「你們看起來就是科技界的菁英，卻把腦袋花在叶槽影視上面，面對一個仗勢欺人的小流氓卻絲毫無能為力？就沒想著要用自己的力量為這世界做些什麼？」

「我們已經為這世界貢獻了許多！只是人們根本不在乎吧！」另一個年輕人道：

「這張桌子邊至少有八個人擁有世界專利，可是對大眾來說，這些根本就微不足道。」

「是啊，我們的新發明除非是業界專家，否則根本沒人能賞識。」又一個人這麼說道。

「那就讓世界看到吧！」中年男子道：「你們不是喜歡超級英雄嗎？為什麼不嘗試用你們的新科技去創造一個？」

「……」現場一陣沉默。

「小時候被霸凌過的舉手。」

「憑什麼要我們照你的話做。」有一個人這麼反駁的同時，他身旁和背後的朋友們卻幾乎全都舉起了手。

「我不是要嘲笑你們，而是要給你們個小禮物。」中年男子和藹地笑了笑，然後從懷裡掏出一張摺得十分整齊的影印紙，攤開來放在桌上，然後指著電視上道：「兩個禮拜後，亞洲某個電視台的大胃王節目上，會有改變世界的事件；若你們想藉此一起改變自己，這是個機會。」

然後中年男子又隨意抽起了一張餐巾紙，掏出懷裡的鋼筆在上面隨處畫了一個人體的概略輪廓，接著用許多圈圈填滿這個人型輪廓，最後在上頭書寫著：「做你的英雄（Be your hero）」。

這群人雖然都看得懂設計圖，卻始終沒人願意對這個裝置啟動後會有什麼樣的效果發表意見；老實說，其實這群科技宅每個人心裡都隱約猜得出它是什麼樣的東西，只不過過去的經驗讓他們很快就在腦海裡刪除了這個可能性。

「不可能吧！這種事情應該再過幾百年也做不到啊！」

「要我們去當超級英雄，嗯，大概要有

十條命吧！」

為了避免說出來被大家吐槽，所以就姑且不說了。後來他們打遊戲機度過了整個晚上。

兩個禮拜後，劉子靜在《決戰週日大胃王》節目中，揭開了『強迫升級』運動風起雲湧的序幕，而這群年輕人才驚覺：那位中年男子，便是傳送環理論的奠基者：葉夫根尼・瓦連柯夫。

然後看著運動的進展、看著那個中年男子輕而易舉地改變了世界——那是遠遠超乎他們的行動力，所以他們也逐漸熱血沸騰，也許他們個個手無縛雞之力，不過他們的確有著與眾不同的頭腦；所以這十二個人集合他們的才智，望著瓦連科夫給他們的那張餐巾紙，頭一次勇敢地做自己想做的事。

因為怕痛、因為從小被霸凌，所以他們沒有設計緊身制服，而是從A的實驗室裡綁定了一具已經汰舊但功能完好的模擬人形機器人，並且結合了B正在研發的同步遙控模組，讓他們能在安全的地方，透過遙控的方式操控機器人。

C則貢獻了他在無線網路方面的長才，並且組裝一輛偽裝成貨車的網路訊號車，每回出動時總緊跟在幾何俠身邊，以確保了機械人裝甲上總共一百二十八具傳送環 全都能順利運作；D借助自己在航太業的關係，在自己家地下室，架設一具渦輪引擎，並在噴射口裝滿了傳送環；E負責研發無汙染、七十二小時可自然裂解的高分子泡沫黏膠；F貢獻了高速冷凍技術；G（也就是我）貢獻了高速負壓的氣體分析／消毒實驗室；H貢獻了當代最高蓄電力的石墨稀電池；I貢獻了超高磁力電磁鐵，用以將惡棍們的子彈引導到J所設計好的彈藥緩衝凝膠裡、K則負責在事後替我們湮滅證據、L則藉著頂尖駭客的能力在網路上替我們保密身分、搜尋資訊……結合了十二位宅男科學家的意志，「幾何俠」就此成為了紐約市的都會奇談。

坊間都謠傳幾何俠有多重人格，甚至在類似的場合做出不同的決定，事實上，那是因為出任務的時候，我們每個人都有機會輪流扮演幾何俠的緣故。

當然，說到這裡，你已經知道我就是那十二個人之一。至於我是誰，這就姑且別提了。不過，我倒想再說件趣事。

幾何俠在紐約闖出名號之後，我背著其他十一位伙伴，把幾何俠頭部天線的備料精密包裹（以免誤啟我們的防禦措施）後，寄給了瓦連科夫博士位在台北的瓦連科夫科技公司實驗室，本來我覺得他多半也忘了這件事，大概也不會想把這根天線跟幾何俠聯想在一起；我的行動單純只是為了要給自己一個交代罷了。

豈料一個月後，我收到了來自瓦連科夫科技公司的包裹，拆開之後有三樣物品：一個小木盒，以及兩張照片，兩張照片背後都有他的親筆書信。

其中一張照片顯然是對著報導幾何俠的雜誌拍攝的，瓦連科夫博士在背面親筆回信，恭喜我們走出自己的路。

第二張照片，則是我寄過去的那根天線，它現在被改裝成一個時鐘的秒針，背後則寫著：若有一天有人把這根指針交給我，那麼便把小木盒交給這個人。

幾年過去了，我們依舊在扮演著幾何俠的角色，那個小木盒卻始終乏人問津……當然，其實沒有人也是正常的，否則這豈不代表，我的真實身分被知道了?根據超級英雄的劇情慣例，這絕對不是件好事。

幸好，幾何俠粉墨登場以來，始終沒有人拿著天線改造成的秒針出現在我的生活裡，這代表L的資訊保密功夫的確到家，讓我們始終不需要擔心資訊外洩的問題。

不過，正所謂「世移事異」，伴隨著一次次的任務，我們這十幾位成員不約而同地觀察到：伴隨著幾何俠的曝光次數增加，以及它身上各處配備的功能曝光，我們面對的惡棍也越來越俱備與幾何俠相抗衡的能力——

這一次我們利用超導電磁鐵將惡棍開火的子彈引導到傳送環之中，下一回他們就立刻選用沒有磁力的特製鎳子彈，或者乾脆搬出手持式火箭筒。

惡棍之所以能成為惡棍，絕非因為他們愚蠢，而是因為他們遠比一般人還要聰明，也因此，幾何俠每次出勤的難度都不斷增高，對當時的我們而言，那就是個很明顯的警告。

我們十二個人裡，開始有人提出「讓幾何俠退隱」的意見，而且隨著任務的危險度不斷提升，票數也逐漸增加；然而，大多數伙伴們依舊醉心於扮演英雄的行徑（這是我們共同而尚未清醒的夢想），因此退隱的意見始終不曾超過半數的六票。在這樣的狀況下，我們還是且戰且走，一方面繼續提升幾何俠的裝備性能，一方面更謹慎地選擇出勤的任務。

然而，那一天，終究還是到來了！

那時我們努力對抗的，是一個有著末日情結的教派，信徒們深信：繞日週期兩千五百年的雷克·納爾九號彗星，是創造地球的高等智能生物所建造的宇宙船，在它接近太陽、遠離太陽這兩次掠過地球的時機中，高等智能物種將會接走在該階段往生的地球人靈魂，因而策畫在紐約地鐵裡大量施放毒氣，以此「造福人群」。

案件發生的當下，大夥很快就透過社群軟體得知消息，幾何俠旋即出現在地鐵站，藉著渾身上下的傳送環大量吸取毒氣，再透過量子傳送介面瞬間導向我秘密實驗室裡的毒氣分析問。實驗室的質譜儀很快就確認出這是沙林（甲氟磷酸異丙酯）毒氣，並且噴灑大量水霧吸收……幸好並未擴散，否則不難想像後果有多嚴重。

在幾何俠吸光了沙林毒氣，並也制服那兩名施放毒氣的信徒之後，獲報的警方則在布朗克斯區邊陲的一座倉庫內，發現了包含教主在內集體殉教的兩百二十二名信徒。但伴隨著紐約大都會繁忙的生活，這起未竟的恐怖攻擊事件就這麼被人所淡忘……直到雷克・納爾九號彗星繞過太陽後，在航向歐特雲之前，又恰好掠過地球。

紐約地鐵再次無預警地爆發毒氣事件，而這一次，幾何俠早有準備——具有駭客專長的L早就潛入教派（那幾乎沒有安全性可言）的信息網路中，得知殘存的七男二女還想再一次發動毒氣攻擊，於是幾何俠幾乎是在信徒準備進入地鐵站的時候，就已經出面將他拖離地鐵入口。

信徒眼見事跡敗露，旋即啟動了隨身的傳送環，在大街上散佈起了毒氣；然而這一切，卻也全都在幾何俠的掌握中，這次幾何俠伸出右手，以右手掌掌心的那個傳送環直接堵住了信徒散佈毒氣的傳送環出口，於是，除了最初零點三秒洩漏出的少量毒氣以外，其餘的毒氣全都藉由幾何俠瞬間轉移到我的秘密實驗室。

「你沒戲唱了，到監獄裡去等下一個兩千五百年吧！」正職為好萊塢混音師的K透過麥克風，說出這段嘲諷的台詞，豈料，犯案的信徒臉上卻浮現起一個莫名的詭異微笑。

「手足啊，我是來邀請你一同前往『智慧的發源地』的，呵呵……」

語畢，他的嘴角突然間冒出白色泡沫，恐怕他早已咬破了藏於舌下的氰化鉀膠囊……然而，我還沒來得及感到震驚與嘆息，身旁的警示燈就已經亮起，我看著電腦螢幕上顯示值譜儀分析出的成分：

沙林毒氣 **26%LEL**　甲烷 **8%LEL**

「百分之八……甲烷的最低爆炸臨界濃度才百分之五啊！」我心底暗叫不妙的瞬間，量子傳送介面裡恰好也出現了一絲閃光，我下意識地明白那必定是種可以製造火花的簡易機械裝置，而下一瞬間，整個氣體分析實驗室已經變成一朵紅色火花，震破了強化玻璃的隔間，朝我這裡襲來。

秘密實驗室裡警示音大作，我勉強起身，戴上防護面具，並且啟動了隔離、滅火裝置，很快地閘門就封鎖了氣體分析區，並且開始灑水。然後，我在大動脈打上一針阿托品（**Atropine**），心底暗自準備此生第一次承受解毒劑伴隨的視力模糊、極端口渴等副作用。我的伙伴們也紛紛在公用頻道上呼喊著我的名字——他們全都從即時影像上，看見幾何俠的右手掌中突然間冒出了劇烈的火花，而明白其中必然出現事端。

實驗室的損失，粗估雖然大概要花上幾萬塊美金，不過大致上應該是可以重建的，至少，換個角度想，光是今晚避免掉數百人的傷亡，這些錢應可算是最低的代價了。

然而，當我拖著虛弱的身子，準備離開地下實驗室的時候，卻發現門卡卡的，用盡蠻力推開之後，眼前的狀況卻讓我難以置信——橫躺在我眼前的，是平時偶爾會替我打掃這間實驗室的巴特老爹，他的身體已經冰冷而逐漸僵直，很有可能是聽見了隱隱的爆炸聲，來這裡察看的時候，卻剛好吸入了爆炸時不慎洩漏的沙林毒氣……

那個瞬間我慌了，我的秘密實驗室位於郊區，平時幾乎沒有人，而且很值得慶幸的是，這附近並沒有裝置任何的監視器。我知道實驗室洩密的機率非常小，至少爆炸並沒有引起任何人注意，但……我們的行動，卻已經造成了一名局外人喪命了！

那一瞬間，我不知道該怎麼應付，就這麼凝視著巴特老爹的屍體，無言地坐在門口階梯上，幾乎過了半小時，我才將這件事情告知頻道上的伙伴們。

十二個高科技宅男全都慌了，我們都知道，一旦巴特老爹的死因被法醫從頭髮上檢驗出來，那麼我很可能會被當成末日信徒的同路人、而那些與我們交戰過的惡棍，也很可能懷疑起我的身分。我們也全都知道：我們這些人都不是受過訓練的特務，面對嚴刑拷打絕無招架之力，只要我被惡棍們綁走，百分之百會供出大家的下落。

討論的結果，唯有「我」的消滅、唯有幾何俠的消滅，才能讓大伙全都避開死亡風險。於是我們偽造文書，將我的秘密實驗室過戶給巴特老爹，然後取走實驗室內足以顯示我們身分的生物、非生物跡證，最後再一把大火，連同巴特老爹的屍體在內，把實驗室燒掉。同時我隱姓埋名，離開布朗克斯區，拿著L幫我編造的新身分，搬到了皇后區這間『美味洋基』餐廳打零工為生。

警方或許會以「用火不慎」等因素，偵結這次事件；然而，長久以來與我們對抗的惡棍卻不會——他們也一定都透過路人拍攝、上傳的視訊，看到了幾何俠手掌中突然冒出的火花，而明白這場火災的意義。

「我們希望外界認為，巴特老爹就是幾何俠、幾何俠就是巴特老爹。」L這麼說著：「對我們最安全的做法，就是讓外界認為『幾何俠已經死亡』。」

緊急會議中，與會者一致通過了上述決議，反正參與幾何俠計劃的成員們，所屬的實驗室也陸續將本身的新科技廉價化、量產化、商品化，大量授權到民間；絕大部分原本幾何俠才能做的事情，現在都可全都交還給警察、消防隊等處理——讓社會上的問題回歸、由社會本身的機制來解決，讓幾何俠慢慢退出歷史舞台，轉為輔助的角色，這才是社會發展的正常之道。

對參與計畫的夥伴們而言，我們都已經做好了幾何俠退出歷史舞台，僅存在人們心目中的心理準備。或許這才是最好的安排——出現、帶來影響，然後趁著情勢還算有利時，見好就收。畢竟，我們這些極客（Geek）都熟悉超級英雄故事，我們都熟知那句常談但永遠有效的老調：「老兵不死，只是凋零。」

末日教徒第二次施放爆炸性毒氣的兩周之後，伴隨著獨立記者的抽絲剝繭，巴特老爹的真實身分逐漸在媒體上被揭露開來。陸續有數千名的民眾手持鮮花，來到那棟秘密實驗室（其實就是郊區一間不怎麼起眼的倉庫）旁邊致意；他們其中少數，是過去曾被幾何俠拯救過的人士，更多則是慕名而來。

遠望著那長排人龍，我不知道其他十一個人怎麼想，但我卻感到滿腔的惡寒。讓無辜的死難者代替自己成為英雄，為了害怕惡棍們的反擊而隱身幕後，這還稱得上英雄嗎？

後來我聽說，巴特老爹遠在加州、失聯已久的不肖兒子透過律師繼承了《幾何俠》的著作權，並且將它以數百萬美元的天價賣給了知名的漫畫廠商，開始推出專屬漫畫、甚至計畫拍攝好萊塢電影。於是幾何俠從實體躍入二維的平面，從真實的傳奇英雄成為了商店裡可以買到的塑膠玩具。

人們逐漸淡忘幾何俠。

而幾何俠越被淡忘，我們也就越安全。

而我就抱持著這樣的罪惡感，拋棄了身為化學家與材料學家的過去，在皇后區的餐廳裡擔任服務生，打算就這麼渾渾噩噩地度過餘生。我不知道怎麼做，才能洗去我身上的罪惡、同時又不牽連其他十一人？

也許我會繼續沉浸在罪與罰的懊悔之中，就這麼沒出息地度過餘生。

然而，三天前，我隨身的警報器響起了特殊音調。

那是我在寄給鄭兆玄博士的天線上塗抹的一種特殊塗料，會隨著時間緩緩揮發，效力可達二十五年；除此之外，我們也在其中添加了特殊成分，使它溶於人類汗液，並能滲入皮膚繼續揮發，即使沐浴也仍能殘留，效力長達七十二小時。這層塗料是我們設計幾何俠時的一道防禦措施，為了避免惡棍或警方分析我們的資料，我們必須快速回收每次出任務時幾何俠身上掉落的零件，同時，倘若交手時的對手曾摸過幾何俠零組件，我們也能循線識別出他們的身分。為了這項需求，我們專門設計了塗料，並且在全美各大機場、港口都設置了一個偵測器，偵測器非常靈敏：只要千億分之一的濃度就能感應，並也透過網路通知我們；屆時在派出裝備了偵測器的四軸飛行器主動偵查，很快就能找到被拾取的零件。

以往，我們每回任務之後總需要花個幾天處理這項後續措施，但自從巴特老爹的事件之後，這個警報器就不曾響起。我只把它當成一種緬懷過去的裝飾佩戴在腰間（一面作為點醒自己罪惡的象徵），伴隨著幾何俠的淡出，我想它應該只剩下裝飾品的價值。

所以當它響起，我有種被雷霆劈中的感覺。而據我所知：幾何俠的零件應該早就全部回收——除了當年我寄給鄭兆玄博士的那根天線。

「怎麼回事啊？」L開啟了久未使用的祕密頻道：「為什麼警報器會響？」

「是啊？地點是甘迺迪機場，我們過去曾漏掉什麼零件沒回收，還被運出國嗎？」

頻道上，昔日夥伴們突然全都活躍了起來，然而，原因卻不僅僅是這個——實際上，打從十月起，當抗議《人類量子數據資料庫法案》的群眾湧入聯合國前廣場的時候，夥們裡的A就開始詢問是否在必要時出動幾何俠來支援他們。

雖然當時大夥基於自保的原則，大多都傾向維持原先「幾何俠退出歷史舞台」的決議，不過伴隨著議案的發展，在「沸騰南瓜夜」之後，群組裡談論運動的留言，也從兩、三天一句，慢慢增加到一天數句；而到了表決前夕那幾天，保密群組史演變成大夥交換意見，以及讀取L所帶來訊息的主要場所。

而在今天下午三點，當聯合國大會正式決議《人類量子數據資料庫法案》通過的時候，不僅僅全世界的社群網站在三分鐘之內全部沸騰，在聯合國廣場上聚集的群眾也逐步增加。而群組裡也開始有人鬆口，詢問大家是否願意再度讓幾何俠復出——畢竟，透過媒體實況轉播，我們都看見聯合國廣場上有年輕人舉起「幾何俠快回來！」的標語，對我們這十二個人來說，看見這句話又如何能不動容？

儘管如此，最終反對的表決意見還是比贊成的多了兩票：七比五，大家勉強壓抑了這股衝動，而回到警示訊號這件事上，事發至今我都還沒對這個話題作出回應，恐怕只有我知道、還不曾告訴他們箇中原因：鄭兆玄博士，或者他的傳人已經來到紐約了！

所以，這幾天我暗中啟動了配備著偵測器的四軸飛行器，一路從甘迺迪機場追蹤氣味分子來到了紐約市的某間飯店、隔天到另一間飯店、今天到第三間，透過攝影機，我逐漸確定了拿著組件的人是一對亞洲男女（情侶？）……

秘密頻道上的前伙伴們也約略得到了消息，大伙很快就辨認出了這對男女的身分，而正當大家正為了怎麼應對而爭吵不休之時，我卻發現：這位男女竟好死不死走進我打工的這間『美味洋基』，還向一個小屁孩打聽著幾何俠的下落……

▼

有人說，傳送環的出現，徹底改變了人類的飲食習慣，但作為一個頂級廚師，我認為會說出這番話的人，若非過於悲觀，就是絲毫沒能掌握料理的精髓。

說出這番論調的人會試著這麼說服你：

「現在你吃的一客漢堡裡，小黃瓜來自田納西州、番茄醬來自美國、起司來自法國、洋蔥來自波蘭、馬鈴薯來自德國、牛肉來自澳洲，傳送環將來自世界各地的食材匯聚在你所身處的這間餐館裡，組合成一份標榜純正美食風味的美式漢堡餐。」這段話本身陳述的事實雖然沒有錯，但是「觀點」與「理由」卻天差地遠，且讓我來揭穿這些盲點。

首先，早在傳送環發明以前，烹調一頓餐點所需的食材，本來就是來自世界各地。一道頂級料理，所使用的食材自然也必須依據菜色的需求而嚴格揀選，早在連網路和手機都沒有的年代，這些食材就已經藉著輪船和飛機，在世界各地之間運輸。

其次，那些人宣稱量子傳送環的出現，大幅降低了食材運輸的成本，但那只是單就那些尺寸小於三點五公分的食材而言——如果一塊上好的、低溫熟成的 Choice 肋眼牛排、一片羔羊嫩肩能切割成小塊藉由傳送環傳送後再重組，那跟惡名昭彰的劣等「合成肉」又有什麼不同？真正美好的料理，即使只是餐盤上的一片甜椒，最好都是維持在產地的狀態，再原原本本地到達大廚的砧板上。

最後，而最重要的一點：美式漢堡餐根本算不上真正的「料理」，漢堡在本質上，與那些將食材原本的形態與滋味弄得支離破碎，卻假流行之名大行其道的分子料理，根本就沒有兩樣？

因此，事實上，就頂級料理而言，真正的成本其實從來並未下降，若要說傳送環的出現帶給料理世界有什麼變化，那麼無疑就是彰顯了符合「廚師」這兩個字的真正價值——在這個任何東西都能被切割成細碎片段到處在網路上運輸的年代裡，如果還有人還願意靜下心、全新全意烹調一頓從未被細碎化的菜餚，那麼這位仁兄勢必將贏得我十二萬分的敬意！

幸運的是，最近這三年半，我的餐廳裡來了這樣一位可能的接班人。我們習慣叫他「小胖」，雖然面試的時候這傢伙一臉宅樣，除了電腦和電玩以外一竅不通，甚至還沒嘗過女人的滋味，不過在後續的值勤過程裡，我發現到他對於本餐廳的各項招牌菜都有獨特見解，甚至還能精準地說出即使是同行大廚們都辨認不出的少量食材，我就知道他一定有很敏銳的味蕾和鼻子，好好栽培的話一定是當廚師的料！

所以我把他端盤子的班減半，將剩餘的時間用在廚房裡當學徒，果不出我所料，這傢伙學得很快也很好，而隨著他的菜越做越好，他也願意花費更多時間在廚房裡學習、體驗，浸淫在味覺和嗅覺的美妙世界裡。

不過，今晚的狀況有點詭異，自從第七桌那兩個亞洲客人來了之後，他就顯得有些心神不寧，甚至還搶著要親自把菜餚送到那桌。

莫非……是客人裡的誰深深吸引了他？

噢！對，那個女生的確是個美女，不折不扣的明星氣質，也許在她的國家裡，她也是個一線明星吧？難怪如此，其實，如果他願意多運動、多注重點打扮，也許穿上西裝也還算體面，那麼要與美女約會也許還有百分之零點五的機會，尤其是美女對面的男子看起來也不怎麼樣……

而就在我還兀自胡思亂想的同時，幾批

新客人陸續進入了餐廳，其中一人在小胖的引導下進到廚房，朝著我亮出了他閃亮的中情局證件，跟著指向隔熱玻璃窗外頭那對男女，扼要地告訴我：今晚可能要在我的店逮捕這兩位「對美國國家安全造成威脅」的人士。

這時我才知道店裡來的竟是凶神惡煞。真是要命！真是不平靜的一晚！前一會兒青年們才剛剛攻入了聯合國大會廳，與警方爆發對峙；現在竟然還有人潛入我的餐廳，要對美國國家安全作出威脅？

而在一旁聽著、始終殷切為兩人服務的小胖，現在更是緊張地直哆嗦，然後藉故上廁所去了。接著，又有一位人士邁入了店裡，慢著，這可是大人物啊！

麻塞諸塞州的眾議員喬治．戴蒙……他為什麼會來這裡？

東方有句俗諺，叫做：「門裡門外不一樣。」這是八年前，我那多金的合作伙伴告訴我的。當時我還未能領略，到了現在，倒是有點能體會他這麼說的意思了。

那時量子傳送環尚未正式在世界上公開，雖然我已經取得多國的專利，但我與瓦連科夫對於可能收到的授權費用卻沒那麼樂觀，畢竟一旦我們發起了行動，傳送環的設計圖將同時在全球的網路上流竄，只要有心，就能照著設計圖製作出傳送環，而連一美分的授權費用也不用給。

所以在『強迫升級』運動當時，瓦連科夫僅在宣言裡提到，將對各國收取象徵性的授權費：費用的計算方式，則是該國的人口，乘以該國幣值的一元面額。雖然收費標準並不怎麼公平，但大抵上卻是各國政府都負擔得起的一筆數字。而由於『強迫升級』運動的風潮比我們預期的更聲勢浩大，各國政府竟多半從善如流地支付這筆款項到我們開設的專戶，為國民購買永久的多次性授權。

所以美國支付了我們三億七千萬美元、中國則支付了十五億人民幣、德國八千萬歐元、日本一億三千五百萬日幣、印度十六億盧比……依據五位成員的貢獻，我們將這筆錢分為十份，瓦連科夫其中獲得三份、我兩份、拉瑪兩份、林靖凱則從他分配到的兩份裡又分出一半給劉子靜讓她獲得兩份，自己只取了一份（反正他們盤古國際集團早已開始販售傳送環製品，雖然需要拆帳百分之三十給瓦連科夫，但大抵上賺走的絕對是我們這五個人的數十倍之多）。

強迫升級運動不僅改變了這個世界，更讓我們五個人都成了億萬富翁。而我，除了成立戴蒙法律扶助基金會來扶助社會弱勢以外，也決定以其他的方式繼續改變這個世界，而參與政治，就是最直接的方法。

而早在我正式對外公布這則意願以前，民主黨和共和黨都已經派人來找過我，許多競選顧問公司的經理人也紛紛表示：他們願意減價替我組織競選團隊。經過慎重的考慮，我在兩年後披上民主黨的戰袍，參選麻塞諸塞州眾議員，並挾著高人氣順利當選。

我滿懷著理想走進國會山莊南翼，想要以傳送環所造成的改變作為基礎，催生新法案，利用節省能源的方式，讓美國與這個世界都變得更美好。尤其是那些因為腳底下的岩層裡埋藏著石油，而遭到獨裁者統治的眾多國家，例如我祖先的國度利比亞。

我們都知道，石油不僅是最重要的能源，也同時是貴重的戰略物資，而當今世界強權，不論美國或太平洋彼岸的中國，所自產的石油都遠遠不夠自身所消耗的。因此，要從千里之遙的石油產地，建立一條送抵本國的石油運輸管線，就顯得格外重要。

在以往，如果走的是陸路，那麼就必須從產油國到消費國之間建造輸油管線，然後派駐重兵日以繼夜地來回巡邏；而倘若走的是海路，則需要派遣規模龐大的海軍進行戒護。不過自從量子傳送環發明了以後，從產油國到消費國之間的距離，已經從勞師動眾的數千公里，縮減為「零」這個數字。

輸油管線荒廢了、油輪也逐漸停駛了，取而代之的則是油井當地的基礎網路建設。現在，無時無刻都有幾十萬個傳送環保持通暢，直接將油井裡汲取出來的原油傳送到世界另一端的煉油廠裡，在那裡分餾、精煉成更後端的製品，然後再藉著傳送環送抵世界另一個角落的客戶端、甚至直接進入汽車的油箱裡。

我原本以為，只要透過這樣的法案，就能有效減少派兵戒護的需求，進而減弱強權消費國與產油國獨裁者之間的緊密關係，讓那些國民不再因為血石油而能過得更好，不過，當時剛進入眾議院的我顯然太天真了！

強權國家用來維護石油線路的軍費，在『強迫升級』之後的第三年起全都大幅減少。這項預算大幅縮減的主因，乃是將維持油輪護航艦隊巡航的補給、燃油、人事費支出，大多改為在產油國畫設的「特別貿易區」派駐部隊的支出，這麼一來，僅剩下例行的人員與武器彈藥補給，其餘開銷都能在派駐當地解決。

然而，這也是傳送環所能改變的極限了！參、眾兩議院的討論中，始終不曾讓「刪除航空母艦作戰群預算」的提案過關，因為我們都瞭解：傳送環雖然方便、有效，但這種電子產品光是「仰賴網路」這個特性，就足夠讓中情局、聯邦調查局，與國土安全部膽破心驚了！

這也是為何，儘管傳送環再怎麼方便、有效，美國陸、海、空三軍所有作戰機具仍舊使用傳統方式加油，並未加裝任何的傳送環加油口，而即使前端約莫半數的油庫開始改採量子傳送環進油，但卻也同時在傳送環到油庫之間裝設長達一英里的迂迴管線，當中加裝數道強力安全閥。這麼一來，即使恐怖份子當真侵入軍方網路，投入了火柴或炸藥，也能將爆炸範圍隔絕在主要的油庫以外。

利用傳送環的恐怖攻擊雖曾盛極一時，但也因為當局的制裁手段得宜，而機率驟降，但參、眾議院真正擔心的卻是：會不會有哪些不世出的天才找出一種方法，能在一夕之間強制關閉所有的傳送環？

一旦發生這樣的狀況，美國能夠應付得過來嗎？能夠確保全美石油穩定供給？我想，任何有常識的人都會搖頭。所以，即使傳送環是那麼地有效、便利，美軍仍需維持一定數量的艦隊在海面上，隨時操演，而在各產油國的港口，也都固定停泊著五艘以上的油輪。

雖然民間很多保育人士在那邊嚷嚷，說美軍的這些措施不愛地球、徒然增加美國的二氧化碳排放量，不過既然這是個戰略問題，事關美國國土安全，那麼也就沒有其他選擇，該怎麼做就怎麼做。至於罵名，就讓與德州石油商關係良好的共和黨總統去扛吧！

儘管參、眾兩議院與國務院，都已經擬定好策略，來應付量子傳送環一夕失效的狀況，但我的國會同僚們都不知道：在『強迫升級』運動成功後，鄭兆玄博士早已將『解藥的藍圖』交給了他那庸俗的代理人張文貴，裡頭就記載著讓全球傳送環失效的方法。

原本我想，既然全球的人們都已經習慣傳送環，也仰賴傳送環，也許不會有這麼一天，不過我顯然誤判了！昨天午後，白髮蒼蒼的中情局的幹員（下屬都稱他「白頭海鷗」）突如其來地拜訪了我，從他們借我的那副智慧眼鏡裡，我看見了熟悉的身影——我們『強迫升級』時的伙伴，那個台、英混血的模特兒劉子靜，她與另一名我不認識的男子過去兩個月的身影竟然遍及香港、欽奈、莫斯科、北京，然後在三天前，從甘迺迪國際機場入境，踏入紐約，並且在大眾領域以外，引發了連串的振盪。

這真是煩上加煩了啊！尤其紐約市最近已經因為聯合國即將表決《人類量子數據資料庫法案》而湧入各國青年與旅客，讓十二月街頭的風裡隱含著緊繃情緒；此時竟然還有比這個更大的危機隱藏在背後。

在了解內情以後，我決定接受白頭海鷗的提議，臨時取消了今天與畜牧業者們的會面（雖然對爽約深感抱歉，不過可以預期的是：談了大概也不會有什麼共識），然後搭上中情局準備的專車一起來到紐約，試圖說服她終止行動。

十二月的紐約入夜後，天邊已經稀稀疏疏地飄下幾片雪花。車子才剛開進紐約市，白頭海鷗就臉色鐵青地從前座轉過頭，道：「眾議員，我想你該看看這個。」然後將一則即時新聞影像投影在車頂上。

我從來沒想過會發生這樣的事！那種感覺，就像二〇〇一年以前，紐約人從來不曾想像過世貿雙塔會有遭到飛機撞擊而傾頹的一天——就在這則CNN的即時影像中，我看見前一刻還聚集在廣場上、身披各國國旗有著不同膚色、語言、性別與信仰的青年們，突然間猛烈地從原先靜坐抗議的現場站起身，然後全都以跑百米的速度衝向了聯合國總部大樓的入口！

持著盾牌的鎮暴警察擋住了第一線的衝鋒，卻擋不住跟在其後陸續堆疊上來的幾千名青年的人數優勢，劇烈的推擠很快就產生結果，鎮暴警察陣線連連後退，指揮官眼見情勢不妙，便下達了驅離命令。登時警棍全都舉了起來往青年們身上招架，但人潮所帶來的巨大衝撞力道依舊沒有減緩的傾向。

然後警棍換成了催淚瓦斯、又換成了橡膠子彈，倒下的青年越來越多。

但是他們依舊沒有停下！青年們不斷地前進、前進、再前進，然後開始以人數優勢奪走鎮暴警察手中的武裝。而在紐約各地的街頭記者拍到的影像，不論在何處全都一樣——年輕人們離開餐廳，在街上聚集，然後全都朝著聯合國的方向前進！

看到這裡已經夠了。相信在白宮、在國會山莊，此刻正有一大群人正忙得焦頭爛額。明天報紙的頭條，在此時此刻已經決定了——聯合國總部遭到攻陷！

情況全面失控，而由於聯合國的特殊地位，這個狀況想必難以在短期內收場，美國政府的威信接下來也將遭受嚴重挑戰。然而，媒體所不知道的是，也許對美國而言更嚴重的威脅，此刻卻在曼哈頓這間『美味洋基』餐館裡。

而這正是我必須處理的事情！

所以我先把CNN的影像逐出腦海。我在劉子靜與她男友用餐的餐廳街口下車，依據與白頭海鷗協議，我有十五分鐘時間。

在進入餐廳以前，幾名中情局的先遣人員已打扮成客戶進入這間高級餐廳，他們高雅的服裝底下，全都隱藏著致命的武器。

我踏上了前往二樓餐廳的台階，一回頭，只見兩輛從紐約警局（NYPD）借調的箱型車就停在我們附近，裡面應該有兩小隊全副武裝的特種部隊（全名特種武器和戰術部隊Special Weapon And Tactics；S.W.A.T.），他們本該在聯合國那邊待命支援的。

所以我深吸一口氣，帶著資料踏上台階。

▼

「先生，小姐，那邊有桌客人向您致意。」服務生用盤子端來了兩杯紅酒，劉子靜和柯煥順著所指方向望去，只見一個西裝筆挺的黑人摸了摸剃得光滑的頭皮，摘下墨鏡，朝他們搖了搖手。

「我的天！喬治・戴蒙。」劉子靜難掩驚喜神色，立刻起身招呼：「竟然是你？過來一起坐吧！噢，對了，這位是我的助理柯煥，他的中文名字，跟Science fiction諧音呢！」

「哦！你寫科幻故事？」喬治禮貌性地與柯煥握了握手。

「過去八年比較少，不過最近正準備寫一部新的小說。」

「請讓我拭目以待！你的英文版權賣出了嗎？若需要我的基金會幫你看合約，通知我一聲，小靜知道我的聯絡方式。」

「倒是，你怎麼到紐約來啦？不是在波士頓當眾議員當得好好的？」

「真是開門見山哪！小靜，果然有你的風格。」喬治從公事包裡拿出了一份文件道：「老實說，本來我也是不情不願的，畢竟這件事本身，比我今天預計要跟那些畜牧產業代表們開的會比起來，還要更加棘手；只不過，既然這涉及了美國的國家安全，我也只能接下這個吃力不討好的工作了。」

「誰有這種能耐，可以能強迫堂堂美國眾議員做自己不想做的工作啊？」劉子靜笑著問道：「不過，這些資料既然涉及美國國土安全，理論上應該不是我們能夠看的吧？」

「這就是尷尬的地方了。」喬治眨了眨眼，然後抽出一個資料夾，翻開幾幅照片在兩人眼前攤開：「這是發生在三小時之前的一樁四軸飛行器的暗殺事件，被害人也是使用四軸飛行器搭配傳送環的職業殺手，因此案情相當撲朔迷離……」

「咦？等等……」劉子靜眼睛道：「這是被害者墜毀的四軸飛行器嗎？」

「嗯，從飛行器上的傳送環方位配置、以及紐約警方從傳送環採集到的微量殘留火藥反應研判，應該是殺手用的。」

「這個地點……」柯煥不安地轉頭望了劉子靜一眼：「是嘉士德麗緻酒店吧？」

「另外，這是昨天發生在希爾萊斯飯店周遭的三起謀殺案，被害者也都是道上的狠角色。」喬治翻出了第二批照片。

「昨天……希爾萊斯飯店」

「還有前天的一起謀殺案，也是同樣狀況。」喬治又用一幅屍體照片蓋在其他照片上面：「地點是在皇家雄獅飯店附近；而中情局告訴我，這些事情，據信與兩位來自台北的華裔美國人相關：

接著喬治又翻出兩幅資料表格：「這兩人是目前可能的關係人，你們認識嗎？」

這兩份資料顯然是從電腦檔案列印出來的，上頭分別寫著：郭安潔、王于維兩個名字，都來自加州洛杉磯，各有相關簡歷，然而，資料右上方的圖片欄，顯示的卻分別是劉子靜與柯煥的照片。

「這是我們從移民局的資料庫裡找出來的，而就我理解，要把資料安插到戒備嚴密的官方資料庫裡，製造這種以假亂真的護照，恐怕也只有拉瑪有這個能耐。」

劉子靜闔上了資料夾：「喬治，你想要說什麼？就直說吧！」

「果然是我認識的劉子靜，乾脆不囉嗦。」喬治繼續道：「作為過去的老夥伴、老朋友，請接受我的請託，停下妳目前為止的行動。」

她眨著眼冷冷問：「林靖凱告訴你了，或者告訴了美國？」

「林靖凱？」喬治臉上泛起疑惑的神情，而後搖搖頭：「沒有，但是中情局的消息來源的確來自於華爾街的大老們。中情局暗地觀察的結果發現：似乎有不只一組人想滅你們口，但也有不只一組人在暗中保護你們；老實說，我不知道還有多少人想對你們下手，但你們兩人能夠活到現在，是非常幸運的事情。」

「我有個問題。」柯煥凝視著兇殺案現場的照片，從周遭背景看來，的確是他們到紐約這三天以來住宿的飯店周遭：「我怎麼知道，這些兇殺案的照片，不是為了取信於我們，而刻意找影劇化妝團隊拍攝出來的照片？」

「三天拍五組兇殺案？影視化妝團隊才沒那麼有效率呢！如果看到屍體就能說服你們的話，我想中情局會毫不遲疑地答應聘請專業團隊吧！」喬治道：「再說，小靜妳畢竟是『強迫升級』運動的發起人之一，即使沉寂多年，也是有頭有臉的人物，而且還擁有我們友邦英國的公民權。但即使如此，你們現在要做的這件事，是不可能被美國人接受的。」

「喬治，你還不明白嗎？八年前我們犯下了嚴重的錯誤，很可能無形中加速了這個世界的滅亡，唯有毀滅量子傳送環，才能讓這世界獲得一點點苟延殘喘的機會！」

「也許，這世界比妳想像的還要樂觀……作為老友，我不希望下一次看妳登上報紙頭條，是以恐怖份子身分被捕的消息；不如趁著局勢尚有可為，撤出這場行動吧，我已經跟中情局協議好了，如果你們願意交出目前手上的物證，他們就當作什麼都沒發生……」

「你別傻了！喬治。」劉子靜搖搖頭道：「你們CIA都找上門了，哪有平安獲釋的道理？這裡不是什麼都有紀錄的法庭啊！」

「我可是眾議員與律師，他們豈能欺瞞我？」

「『為了美國的國家利益』，只要為了這個就可以。什麼人權啦、民主自由啦，碰到這四個字就都會轉彎了。」柯煥道：「你身在眾議院，應該也表決過不少這樣的議案吧？」

「逞口舌之快無法改變現況。事到如今，你們打算怎麼辦？」喬治道：「在我進來之前，中情局已經派了三組人進來了，你們看，左方第二桌那對情侶、左方第五桌那三個醉漢、還有後面隔一桌那對中男夫婦，全都是中情局的人。」

「……」

「兩位，聽我的勸吧！拜託！」喬治從懷裡掏出了手機，開啟了方才在車上看到的新聞影像：「這是十分鐘前發生的事情，『沸騰南瓜夜』那夥青年剛剛佔領了聯合國大樓，紐約……不，整個世界已經在大亂了！請你們幫個忙，別再出新的亂子了！」

「什麼？聯合國？」柯煥大驚失色：「竟然會……」

「這對你們也是機會，白宮方面光顧著應付世界各地的媒體就夠忙了，現在沒時間對付你們，趁現在交出證物，我用眾議員與律師身分擔保你們的安全。」

柯煥問：「那麼，你們說的證物，到底指的是什麼？」

「唔……」喬治顯然被問個措手不及，只能勉強應對：「兩把鑰匙，一把來自印度、一把來自中國，交出這些，我們就不追究。」

「那如果我拒絕呢？」劉子靜眨了眨眼，忖度著站起身來，大眼睛望了那七名中情局人員一眼。

「那麼，作為老朋友，我也盡到了道義責任。」喬治嘆了口氣，緩緩地將桌面上的文件收進公事包：「好吧，祝兩位好運！我要到聯合國那邊去了。」

而劉子靜方才的動作，也讓這些偽裝成顧客的中情局特務們依序找了個藉口，從座位上起身，其中三位分別走到餐廳入口、廁所，與廚房三處出入口，另外兩位則開始從口袋裡掏出千元美金，逐桌交給尚在用餐的客戶，然後告訴他們到一樓出入口登記資料。

誰都感覺得出來：這是清場的準備！

「如果事已至此，希望你們不要做無謂的抵抗。」喬治遺憾地說著：「我依舊會在權責之內為你們兩位努力的。」

「那可真是多謝了。」劉子靜笑著道，然後一個旋身，已經閃入喬治身後扣住他的雙臂；然後迅速地在他背心貼上一個小型傳送環，喊道：「柯煥，我包包，香水瓶。」

「嗯。」柯煥聞言迅速掏出了香水瓶，然後打開瓶蓋，露出了底下的小按鈕。

「你們應該知道這是什麼。」劉子靜對著特務們道，為首那人不置可否地聳聳肩。

喬治被反扣著雙手，訝異地問：「劉子靜，妳……什麼時候學會武術了？」

「在你忙著在眾議院裡開會、審法案的時候。」她笑道：「如果你資料讀得詳細點，應該就會知道我在香港的飯店曾經敲昏過一個鬧場簽書會的人。」

「問題是他們有七個人，樓下還有兩個小隊全副武裝的特種部隊在待命，即使離開得了餐館，你們也跑不出紐約市啊！而倘使非常僥倖地逃脫了，中情局也一定在各處設下了天羅地網；想深遠點，劉子靜。」

「所以我們才需要你幫忙吧！」劉子靜推著喬治向前一步，那些中情局特務倒是就這麼讓開了：「看吧！有你這個眾議員朋友多好。」

「等等，別走太快。」柯煥道：「妳會武術，可是我不會啊，而且一旦進了樓梯，他們勢必會分別從前後夾攻，不論是這幾位特務，或者是樓下那兩個小隊的特種部隊，我們都……」

柯煥話還沒有說完，偌大的落地窗外突然間響起了劇烈的爆炸聲，伴隨著刺眼閃光，然後是連串宛如氣泡裂開般的悶響，以及隨之而來的零星槍響。

柯煥彷彿看到有什麼東西快速地掠過窗邊，飛向遠方，再快速折返朝餐廳接近。

很快地，他就發現向這裡飛來的是個人影，而且絲毫沒有減速傾向；等到再接近一點，他才查覺到這個人影似乎有點似曾相似——他身上各處閃爍著百餘個蒼藍色光點，背後則噴射著強勁氣流；而這些光點在更接近落地窗的瞬間，則成為清晰而閃耀的量子傳送環！

「這是……」

在柯煥才剛意識到來者的身分，他已經撞破了落地窗，並在千百個飛散的鈍邊小碎塊之中，以完美姿態，翩然降落在餐廳的地板上。

他渾身的傳送環正閃爍著蒼藍光芒，背後的噴射氣流則逐漸減緩，儘管如此，仍吹得餐廳內的桌椅、擺飾飄盪不定。

而不僅是柯煥、喬治、劉子靜，乃至於中情局的特務們，則全都震懾於這昂然佇立著的人影。那是已經慢慢遁入記憶、逐漸從大眾的視野裡被遺忘的過往光輝、紐約都會區曾經的都市傳奇、惡棍們行兇前需要忌憚的陰影，而今則出現在漫畫上成為授權商品的智慧財產權產物。

人們以為他已經是過去式。

如今，他卻就這麼昂然飛越棟棟大廈，引發街頭路人們陣陣驚呼。他打破了死亡的傳言，再一次地現身於紐約市民眼前。

「……幾何俠。」

凌勁風勢裡中，柯煥凝視著來者身影，喃喃唸道。

當伴裝成顧客的中情局特務走進店裡，指名要找老闆的時候，我就覺得事情不對勁。甚至有一度，我還以為伴隨著那根天線的出現，中情局也察覺到什麼事情，而準備上前來逮捕我。

我望向窗外，只見遠處街角還停著兩輛箱型車，在那裡頭若不是更多特務，大概也是從警局借調過來的特種部隊吧！總之，如果是要來抓我的，可以想見逃脫的或然率應該為零。倘使真是如此，或許對我也是個解脫吧！至少，我不用再日夜承受害死巴特老爹的心理煎熬。

不過我旋即意會到，他們的目標並不是我——畢竟幾何俠在大眾領域已經被認知為死亡。而這麼一來，他們的目標，應該就是這對亞裔男女了。而由於他們接觸過幾何俠的天線指針，因此我在稍早藉著上菜的機會，在酒杯的底端裝設了竊聽器，也全拜即時翻譯語音軟體之賜，能在他們的言談之中，聽見了『破壞全世界傳送環』這關鍵的幾個字，同時網路也告訴我：那名女子，就是當年『強迫升級』第一位發出宣告的成員：劉子靜！

釐清狀況的瞬間，雖然確認自己安全了，但當下這個狀況，卻逼得我必須作出抉擇——很明顯地，這對男女帶著天線，是為了取得鄭兆玄博士當年託付給我的那個木盒，而木盒的內容，卻很可能涉及「破壞全世界傳送環」這件事情！

為什麼，身為量子傳送環發明者的瓦連科夫博士，名利雙收的他，卻在『強迫升級』成功以後選擇消聲匿跡，甚至讓當初結盟的夥伴反過來破壞傳送環呢？的確，現在人們的確以投機的方式濫用傳送環，但它也同樣為這個世界帶來了許多正面的影響，而大眾，更是已經習慣了它所帶來的便捷……人們被強迫升級以後，還能接受沒有量子傳送環的世界嗎？

現在中情局特務已經進到餐廳裡了，緊接著，當年『強迫升級』的要角——智慧財產權律師、現任麻塞諸塞州眾議員喬治・戴蒙，也踏進了這間餐廳，而他則與中情局站在同一邊。

『強迫升級』當年的其中兩位成員在餐桌兩側對峙，而且話不投機，也許事態很快就會演變成難以介入的狀況。那麼，我該怎麼做？

倘使這對男女的話語為真，那麼當我把小木盒交出去之後，幾何俠渾身上下的所有傳送環也將全面失效，這無疑是宣判了幾何俠的死亡！作為幾何俠幕後的十二人之一，我真的能承受親眼目睹作品被毀的衝擊嗎？……唉！也許，所有源自於瓦連科夫的故事，終究要以瓦連科夫的方式劃下句點吧！

既然將木盒妥善保存、並且交給天線指針的持有者，是當年瓦連科夫博士的囑託，那麼我們也許就該這麼做吧！

因量子傳送環出現而生，因傳送環失效而死，也許，這正是最適合幾何俠的結束也說不定呢！

而倘使如此，不妨就讓我們幾何俠，再一次在紐約市民面前綻放奪目光彩，在最絢爛的時刻化作最燦爛的煙火吧！

所以，我藉口前往廁所，偷偷開啟了隨身的控制通訊器，並且按下了：「強制召集」鈕——那是組成之初我們所約定的事，十二個成員裡，每個人一生都有一次機會強制召集大家，不問任何理由地動員幾何俠。而我十二萬分地確定，現在就是屬於我的時刻！

「各位，請幫我一個忙，我們只需要再出動一次，一次就好！」我這麼央求道，豈料，保密頻道上卻傳來了此起彼落的嘲弄聲。

「你落拍囉，我們幾分鐘前就已經決定要出動幾何俠啦！」A道。

「什麼？為什麼？」

「你還不知道嗎？」C的語調相當疑惑：「你知道聯合國出了大事嗎？」

「我知道那個侵犯人類全體隱私的法案通過啦，可是，那很迫切嗎？」

「天哪！你到底在哪兒？」

「在餐廳端盤子啊！」我問：「到底怎麼啦？」

「聯合國大樓被『沸騰南瓜夜』那群青年佔領啦！」

「什麼？」

「還記得我們幾何俠第一次登場，是在『強迫升級』運動最高潮的時候嗎？」F道：「那時我們做了對時代正確的事，幾何俠挺身擋在手無寸鐵的市民面前；而現在……聯合國裡的青年需要我們。這正是我們的價值所在，即使今晚幾何俠很可能栽在強化後的警方手上，但正因我們從未放棄與大眾站在一起，才能稱得上『英雄』！」

「那麼，在那之前，能否先讓我去救兩個人？這可能比聯合國前發生的事情還重要。」

「哦？還有什麼比聯合國的事情更重要？紐約有核彈危機嗎？」

「不是核彈！但威力可能更勝核彈！」我平靜地向大家道歉：「但理由，就等事情結束後再說吧！各位，幾何俠幾分鐘之內可以抵達曼哈頓？」

「哈！我就知道會搞成這種局面！」C笑道：「我們已經在紐約上空啦！打從三天前偵測到天線的特殊分子之後，我就隱約有感覺一定會出事。」

「我也是。」

「其實我也是。」這就是宅男可愛的地方，即使只有百萬分之一拯救世界的機會，大家嘴裡雖不說，但卻都還是默默做好了準備。

「兩分鐘沒問題，等等把控制權交給你，還需要什麼配備？」

「所有可用的配備，最好當作沒有明天的戰役。」我終於有機會學著好萊塢電影說幾句帥氣的台詞：「這次我們的敵手可是優勢的CIA和SWAT呢！」

「那就當作是聯合國之前的練習吧！」F評論道。

「反正我們初次登場也是站在警察的對立面啊！」H苦笑道：「能夠作為超級惡棍在人們心中畫下句點，也是不錯啦！不過這麼一來，也得準備好自毀系統吧！」

「嗯。」我道：「就讓我們轟轟烈烈地幹上最後一票吧！」

這段話說完的時候，幾何俠也從皇后區上空拐個彎，憑藉著後側幾十個傳送環釋出的噴射氣流，快速飛往曼哈頓。

我們在大街上穿梭、在車流的上方左衝

右拐、呼嘯而過，穿過時代廣場，抵達梅西百貨後右轉的時候，甚至依稀可聽見傳來群眾們的驚嘆聲。

很快地，我們就來到了餐廳的位置，果然箱型車似乎有所動靜，已經緩緩朝餐廳移動，甚至兩個街口也圍起了封鎖線，阻止民眾進入。

「黏膠彈，五十發，旋身並射擊！」我毫不猶豫地下達了指示，接著全力奔射、高速掠過兩輛箱型車，而在我們掠過的瞬間，幾十發黏膠彈紛紛從幾何俠身上的傳送環射出，大量地覆蓋車體，然後爆開來。身後依稀聽見幾聲槍響。

當我們在一百八十五公尺遠處展開迴旋的時候，兩輛箱型車早已失去了蹤影，現場只剩下兩團被高分子泡沫包覆的繭形物體。

「好極！短期內他們沒輒了。」保密頻道裡充斥著亢奮的吶喊，我則道：「接著，要解救的目標在『美味洋基』餐廳二樓。」

「好！建議採取正面撞擊，直接突破！」F道。

「悉聽尊便！」我道：「目標是兩位亞裔，一男一女，女性是『強迫升級』運動的劉子靜！」

「哦哦哦！」G開心地道：「這還真名符其實是英雄救美啊！我多年的願望終於有機會實現了！」

「別忘了還有一個男的！」我笑道。

「這件事情只放在心裡不行嗎？真是煞風景！」G這麼抱怨的同時，我們已經撞破了落地窗，進入美味洋基餐廳二樓。只見劉子靜把另一名黑人男性的手扭在背後，另一個亞裔男性則做勢警戒，似乎正準備前往樓梯，幾名中情局特務則在一旁虎視眈眈，準備包圍他們。

「閃光彈一枚，發射！」這是我們慣用的伎倆，讓閃光彈從我們腳掌上的傳送環滾出來，而依據人類的直覺，會反射性地低頭注視。

伴隨著奪目的強光，不僅目標，七名中情局特務也都在瞬間受到震懾。

「小型黏膠彈，對準特務，發射。」不到兩秒鐘以內，這七名特務除了頭部以外，全身都已經被包覆在高分子凝膠裡動彈不得。

「好！接下來，將目標帶離現場。」

「好的。」這時I開啟了實驗室內的吸氣渦輪扇，於是幾何俠的左、右手分別吸住劉子靜與年輕亞裔男子的背心，同時，幾何俠則轉身面對窗外，後方的傳送環同時噴射出氣流。

雖然多了兩個成年人將近一百二十公斤的體重，但與幾何俠這具機器人本體的三百公斤相較之下，負荷仍不算大。幾何俠就這麼帶著解救的目標一飛沖天，穿梭在紐約市繁華的夜空……

▼

柯煥眼前仍是一片白茫，他已感覺到自己雙腳騰空，背上被巨大的吸力吸得痛苦萬分，狂嘯的風聲不斷從耳邊掠過，偶爾夾雜著水聲，讓他幾乎陷入一場想醒卻醒不過來的白色惡夢中。

朦朧中，他的雙腳可以踩到地面了，這時撲鼻而來的氣息，混合著各種各種作物的味道，一度令他以為自己還在墨海都公司擔任天農；又過了幾秒鐘，視力也逐漸恢復，柯煥果然發現自己正站在一叢農作物之中；

只不過，他腳底下的是確確實實的土讓，而不是高樓頂樓填上的人造土。

周遭充滿蟲鳴，夜色昏暗，幾何俠向著一條河，河川對面則是華燈初上的紐約。

「這裡是……紐澤西？」劉子靜也恢復了視力。

「名符其實的菜園。」幾何俠這時轉過身，踏著沉重的步伐面向兩人。

「原來……正如超級英雄的慣例，你果然只是假死。」柯煥道：「真感謝你救了我們。」

「不！也許我才應該感謝兩位，是你們讓我拾回本心。」幾何俠繼續道：「關於我是怎麼找到兩位的，那也就別問了吧！至於劉子靜女士……」

幾何俠在劉子靜身前單膝跪了下來：

「別誤會，我不是要求婚。」然後他頭部面罩的保護裝甲打了開來，露出底下擺放的三根平行天線：「你們身上是不是帶著這樣的天線，在尋找相對的謎團？」

「果然你就是小木盒的保管人，所以，你要把它交給我了嗎？」劉子靜問。

「不！小木盒不在我身上。」幾何俠道：「但是我要告訴你一個地址，我只說一次，請妳聽好。」

「嗯。」於是劉子靜將頭湊近幾何俠看來像是嘴巴的裝甲邊，過了幾秒鐘，這才微微地點了點頭：「我知道了。」

「那麼，兩位保重，我趕時間。」

「謝謝。」劉子靜由衷感謝。

「很高興知道你還活著，多嘴問一句。」柯煥忍不住問道：「你趕時間的話，莫非是要趕去……聯合國大樓？」

幾何俠沒有回答，而是默默轉過身，身

體後半部的傳送環紛紛開始發光，裡頭微微噴射出氣流，很顯然即將起飛回到紐約。

「作為英雄而死，是莫大的幸福！」他倆聽見語音這麼說。

下一瞬間，強大的噴射氣流幾乎將兩人直接吹倒在地，當他們好不容易爬起身來，只見一點依稀的青光就貼著河面快速穿巡，最終隱沒在紐約市璀璨的夜色之中。

那時，聯合國外的鎮暴警察已經獲得國務卿的批准，國民兵也集結完成，準備荷槍實彈地直接對聯合國廣場進行清場。而在部隊前方的廣場上，則擠滿了來自全球各地的數萬名民眾，他們手牽著手靜坐在地上，準備面對即將來臨的首波攻擊。

他們雙眼裡凝視著步步進逼的鎮暴警察部隊，他們也都做好準備，要為了保護聯合國大樓裡那些熱血青年們付出自己的生命。

然而下一刻，一道蒼藍色身影就這麼躍入他們的眼簾，此人身上滿佈著傳送環，就在眾人驚嘆中翩然降臨在廣場上端。在場所有的人，全都認出了他的身份，呼喊著他的名字。

當指揮官下達清場命令的瞬間，幾何俠也展開了第一波行動，快速掠過陣列上方，放出許多黏膠彈，當場讓陣列陷入一團不斷膨脹的高分子凝膠之中，也阻卻了陣列前進的可能性。

指揮官立刻下令裝備了橡膠子彈的部隊開火，目標：幾何俠。

那是漫漫長夜的開始。

直到凌晨三點，幾何俠才不支地失控，用盡最後一絲力氣高飛，然後墜向聯合國大樓之後的東河。

但許多目擊者都指稱，在墜入河面以

前，幾何俠已經全身起火、劇烈燃燒，就像一顆火流星那般爆出璀璨的光暈，然後在夜空中消散無形。

作為英雄而死，是莫大的幸福……

第八章

我們步入的世界真相

在那群醫師做盡一切努力之後，我們手裡卻仍然緊握著天花病毒，抓住死神，不讓它離去。我只知道，天花根除計畫是失敗了。天花病毒求生的最後一招是蠱惑眾生，然後搖身變為權力的源頭。

我們有辦法從自然界根除天花病毒，但是，我們沒有辦法從人心底將這種病毒連根拔除。

——理查·普雷斯頓《試管中的惡魔

▼

正當幾何俠在聯合國大樓前奮戰的那個深夜，費城的一棟公寓裡，柯煥與劉子靜依著幾何俠提供的地址，找到了小木盒，果不出其然，雖然小木盒的表面並沒有任何類似鎖的開關，但是在接近開合的關節之處，卻發現了一個與天線孔徑相近的孔。

兩人立即回到周遭的汽車旅館，掏出了天線秒針，當他們將秒針插入孔洞，木盒裡的機關突然發出了「咯」的一聲，就此打了開來，裡面同樣也放著一卷絹布。

這捲絹布上面的資訊，超乎預期的簡單，全由幾個簡單的物件和數字所構成。那是一張透明的玻璃桌，上頭擺放著許多組玻璃器皿，但概略看來總共只有兩類：玻璃沙漏，以及透明馬丁尼杯。可看見每個沙漏裡的沙，都處於不同的計時階段；而每個馬丁尼杯裡的酒量、橄欖數量也多少不一。

而在這些玻璃器皿的週遭，還散亂地貼上些便條紙，上頭隨機分布著數字與男女的人名。

「這要怎麼解啊？」劉子靜全然傻眼了：「全都是沙漏跟馬丁尼杯，讀得出什麼意思嗎？」

「這可真是三道謎團裡，最抽象的題目了。」柯煥凝視著圖，尋思道：「這沙漏所代表的，應該是『時間』，至於這些雞尾酒杯……」

「不是雞尾酒杯，是馬丁尼杯。」

「哦！酒我就不在行了。劉子靜，妳解讀得出這些酒杯的意涵嗎？」

「馬丁尼通常出現在派對等場合，但若要說其中的寓意，我還在當模特兒的時候，有個姐妹跟我說過，若看上了哪個男人，就

75 Sibylla
13 Ulric
513 Yates
501 Joslyn
715 Thomas
57 Peggy
172 Andrew
7 Noah
58 Iris

點杯馬丁尼給他。」

「……」柯煥啞口無言了幾秒鐘，道：「情場的事情也完全是我的能力之外……不過，這些酒杯還排列成一個S的形狀。」

「這桌上還貼滿了小小的標籤，似乎都是人名，前面都還有編號，這又是什麼意思呢？」劉子靜補充道：「還有你看每個沙漏裡的沙，高度都不一樣；每個馬丁尼杯裡的酒量，還有剩餘的橄欖數量也都不同，這些東西是不是全都能夠轉換成什麼密碼呢？」

「不行啊！完全沒有頭緒。」柯煥萬念俱灰地把臉埋在兩隻手掌裡，打從幾小時前他們踏進『美味洋基』餐廳開始、歷經了與喬治的對峙、幾何俠的解救，以及大半夜超高速的狂奔，連串的事件幾乎要耗盡他的心神：「難道我們注定徒勞無功？」

「不行！不能現在就放棄！」劉子靜望著紐約的方向道：「聯合國那邊今晚不知道會變成什麼樣子，我們一定要趕快讓世界獲得『解藥』，否則不知道今晚那邊會留多少血。」

他有點自暴自棄地道：「好累啊！早知道會搞成這樣，也改變不了任何事，那顆硬碟被林靖凱搶走的時候，我選擇不拿回來就好了。搞不好放在他那裡由他保存，遠比現在這個狀況還安全哪！」

劉子靜問：「那顆硬碟裡究竟放了什麼，讓你願意冒著生命的危險也想拿回來？」

柯煥反問：「妳真的想知道？妳根本不在乎吧，而且那跟妳沒有關係。」

「現在正值緊要關頭，三道謎題都還沒有解開，萬一你還出其他狀況，事情就更棘手了。」

「唉，意思就是解謎比較重要了！劉子靜，妳雖然很漂亮，不過有時候很真令人討厭耶！」柯煥氣極敗壞地道：「那個硬碟裡裝的，是我所有作品的文字檔案。」

「就這樣？」劉子靜臉上露出詫異神情。

「什麼叫作『就這樣』？」柯煥顯然動怒了。

「不過就是些文字檔，在鍵盤上敲出來的東西，值得你冒生命危險？……」豈料話還沒說完，柯煥已經一拳重重捶在桌上。

劉子靜挑了挑眉毛，望著柯煥氣急敗壞的模樣，只見他努力克制自己的情緒，以顫抖的聲音道：「那才不是『就是些文字檔』！」

她怒吼著：「那是我的生命！」

「……」接下來的幾秒鐘，劉子靜識相地閉嘴，聽柯煥繼續道：「不管讀者喜不喜歡、不論有多少人接受它，每一個文字檔，裡面的每個字句、每個標點，都是我用盡當下所有的力氣，把自己的生命書寫在字裡行間，那就是我的靈魂、我的生命。也許它過時、也許它冷門、也許沒那麼多人喜歡、甚至沒有出版的商業價值；不過，那就是我的生命。一個不看重自己作品的人，是不能被稱為『作家』的！」

「我明白了，柯煥。」劉子靜拍著柯煥的肩膀，誠懇道：「為了方才的冒犯，我向你道歉。」

「……嗯。」過了幾秒鐘，柯煥這才勉強擠出一點聲音，憤怒的神色也稍有和緩，調節著呼吸，而後繼續低著頭道：

「大眾對於『科幻』兩字若非帶著恐懼、就是抱持著輕蔑的態度，甚至兩者兼具的更是大有人在。而在八年前，你們發起了『強迫升級』運動、導致我了最有把握的新作品夭折以後，我就知道：那種發端於十九世紀H. G. 威爾斯，以新發明或者新科技為基礎的科幻小說，在邁入二十一世紀的現今，隨時可能被世界上某個角落的科學新發明給超越，對於這種脈絡的科幻文類來說，我們這個時代無疑已經對它宣判了死刑。」

「這麼慘啊？」劉子靜嘆道。

「也不盡然啦！我是說『以新科技為基礎的科幻小說』被宣判死刑，但是科幻不只有這麼狹隘，好比沒有時效性的外星人、時空旅行，還有……」

講到這裡，柯煥突然僵住了。

「……怎麼啦？還有什麼？」

「等等！」柯煥猛然站起身，道：「我們手邊那兩卷謎團的絹布畫呢？」然後一面打開了筆記型電腦，隨便接上個傳送環，開啟到拉瑪為他們設置的「解藥」問題畫面。

劉子靜趕緊從隨身的小背包裡抽出兩卷絹布畫，攤開在桌面上。

「還有被林靖凱搶走的那張，它的照片呢？」

「在這裡。」劉子靜打開了自己的手機，飛快地開到那幅照片，然後同步播放到筆記型電腦的螢幕上，然後平放在桌上：「怎麼了？」

「也許……解答比我們想像得都遠遠要簡單，該死，我怎麼從來都沒有想到呢？原來，一開始的方向就錯誤了哪！」

「解答？你別光顧著喃喃自語，到底是怎麼回事？」

「好，我們現在就驗證看看，先前這三張圖，我們全都猜錯方向了！」柯煥語調越來越激昂，顫抖著雙手移動著滑鼠：「我們先看這張時針的圖，當初我們以為答案在俄羅斯，是因為從數字猜來是一八一二，而背景上的這些物件，看來就像是《戰爭與和平》。」

「你有新的解法嗎？」

「嗯，你看，牆上的那些背景物件，依序是：鐐銬、青銅大砲與砲彈、橄欖枝與白鴿、一本蓋上的書本。我們當初以為前兩個代表戰爭，後兩個代表和平，但也許……這代表的不是托爾斯泰的《戰爭與和平》，我全都想錯了、錯得太離譜了！」

「那又是怎樣？」

「妳有沒有看到，青銅大砲與砲彈、橄欖枝與白鴿這兩組圖的背景上，還有淡淡的雕刻，看起來就像個天秤，而兩個物件就位在天平的兩個盤子上！」

「這代表『一樣』的意思？」

「對，所以這不是《戰爭與和平》而是：『戰爭即和平』！」

「戰爭即和平？這句話沒道理啊？」劉子靜道。

「對，有點瘋狂吧？其實它只是某套標語的一部分。」柯煥指著背景道：「最左側的那副鐐銬，我們本來以為跟『戰爭』有關，但是現在看起來它是位於另一個天秤的右側，而我們姑且把它解釋為『奴役』好了；而右邊這本蓋上的書本，我們原本解釋為和平時代的傳記，但是如果你發現這本書是蓋著的，而且又處於第三組天秤的左邊秤盤，那麼是否可以解讀為排斥知識、反智的『無知』兩字？」

「所以這組標語是……？」

「自由即奴役、戰爭即和平、無知即力

量！」柯煥的呼吸更加極促：「也許妳沒有聽過這句，不過另一句格言妳絕對聽過！」

他指著畫上那個戴著墨鏡、領班模樣的男子：「這位男子悄悄觀察著賭桌上的一切，還有這裡。」他又指向牆壁上有個看來像眼睛的符號：「這個符號看來很像是埃及的『全知之眼』，但其實根本就不是，這人與這眼睛都代表著『監視』，讓人不由得想起那句讓人魂飛魄散的名言。」

柯煥屏了一口氣，然後煞有其事地說出：「『老大哥在看著你。』」

「這句話好耳熟啊！雖然我不知道這是出自哪本書。」劉子靜問：「所以答案應該很明確了？」

「再讓我確認一個地方：「首先，比食指的這個情景說的依舊代表『一』，背景那人的眼鏡解釋為『八』也沒錯。不過，骰子上的數字雖然同樣代表『四』，這次我們就不要把它乘以三個面了，而直接當作『四』解釋，而最後……」

柯煥指向那疊籌碼：「我們原本都不確定是九個還是十個，但姑且把它稱為『九』好了。」

「一、八、四、九。」劉子靜數著這四個數字：「有什麼特別的組合嗎？」

「我沒猜錯的話，這個問題的答案就是《一九八四》，喬治・歐威爾的經典科幻小說。」柯煥於是把螢幕切換成輸入畫面，並且在左三右一這四個空格的左上方那個，填入了「1984」這組數字，然後按下 enter 鍵。

左上角的框框這次變成了綠色。

「答對了！」劉子靜喜出望外地驚叫著：「那麼另外兩個呢？」

「我也應該有底了，不過還是讓我們先

檢視一次比較保險。」他將分針所代表的那幅畫拉了過來，道：

「這幅畫，由於達爾文的臉的緣故，我們都以為它指的就是《物種源始》這本書，現在想起來，我們都被誤導了。你看這五隻狗，我們當初以為是五隻小獵犬（米格魯），但現在看起來，牠們的耳朵似乎沒有小獵犬那麼長，而頭部的輪廓，也更接近修長型的鬥牛犬（Bullgog），所以這個情境暗喻的不是達爾文，而應該是『達爾文的鬥犬』！」

「達爾文的鬥犬？是五隻有名的狗？」

「對於科學史稍有了解的人都知道，為了捍衛達爾文而挺身參與學術論戰的湯馬斯‧赫胥黎，因為他的辯才無礙，而被稱為『達爾文的鬥犬』！」

「所以赫胥黎就是我們的謎底嗎？」

「不，赫胥黎是個科學家，當然不會是我們的謎底。」柯煥頓了頓，繼續道：「可是赫胥黎的孫子：阿道斯‧雷歐那德‧赫胥黎，卻是個小說家，且讓我們來看看這五隻狗，啊！果然……」

柯煥指著五隻狗頸部的項圈道：「現在仔細點看，這五個項圈的牌子上，分別標示著α、β、γ、δ、ε五張牌子，可以看見，排名越後面的狗，表情就越兇惡，甚至需要繩子牽住，而排名前面的，則比較像是領導者，也比較不具暴力傾向，這對應到的是赫胥黎的小說《美麗新世界》這本書裡，在生殖工廠裡培養出的五種人類階級。α、β是領導者，因此腦部沒有被破壞，然而γ、δ、ε這三個階層則是奴隸階層，不需要思考，也因此在培養工場裡早就使用藥物造成智力低下、並具備暴力傾向！」

「你確定嗎？」

「再者，我們看看這些項圈的牌子，它的形狀，像不像某個知名汽車廠的商標？」

「……」劉子靜略一沉吟，道：「福特？」

「對！就是福特！」柯煥口沫橫飛地道：「《美麗新世界》描述的是虛構的二十五世紀，那個世界已經把汽車大王亨利・福特尊奉為神明了！」

「那左邊這個教士……」

「我們原本以為這個身穿教士衣服的人，代表的是反對達爾文最力的傳統基督教會，不過現在看來，他其實就是《美麗新世界》的主人翁，出生在蠻荒世界，信仰混合了基督教與印第安傳統的主角約翰，我們可以從他身上這些配件，看出屬於印地安傳統的特徵，難怪當初看的時候，總覺得哪裡怪怪的。」

「所以你說是《美麗新世界》，英文書名是？」劉子靜把手放在筆電的鍵盤上，隨時準備打下這串字串。

「嗯，《美麗新世界》的標題，據說是引用自莎士比亞的《暴風雨》裡，女主角米蘭達第一次搭船離開孤島時的著名臺詞：『人類有多麼美！啊！美麗的新世界，有這樣的人在裡頭。』所以，請打上『brave new world』這個字串吧！中間有沒有空格都試試看。」

「成功了！」劉子靜驚喜地道：「那麼接下來，最後一個謎團。」

「我心底大概八九不離十了，雖然要我們直接猜也可以，不過我們還是來檢視一遍吧！」柯煥指著第三卷絹布畫道：「我們當初為了這些沙漏、馬丁尼杯之類的花了很多時間猜測，卻全然猜不出其中的道理，現在心底有了可能的謎底之後來反推，反而有種恍然大悟的感覺。」

「哦？」

「杯子裡的酒有多少、或者是沙漏裡的沙有多少，都不過只是障眼法。這些東西雖然乍看之下不太有規律，但仔細觀察的話，就會發現到，它們的擺放都是兩個一組的，而且只有兩種組合：一個沙漏加上一個馬丁尼杯、或者是兩個沙漏。」

「所以他們代表什麼？」

「只看外型的話，我會猜測：沙漏代表英文字母的大寫『X』，而馬丁尼杯則代表『Y』，換而言之，這兩種組合所代表的就是XX與XY兩種組合。」

「女人與男人！」劉子靜叫道。

「原來妳知道啊？」

「好歹我國中有念過，性染色體嘛！」

劉子靜疑惑地問：「可是，這些標籤上有些物件的組合明明是女生，但是旁邊字條上寫的卻是男人的名字啊？」

「噢！那只是表象。」柯煥指著標籤道：「讓我們省略這些名字後面的部分，只看第一個字母的話，就會發現事有蹊蹺：妳看像這個『57 Peggy』如果解釋成P57，對照的物件就是酒杯和沙漏，所以其實是代表男性。」

「那這組『72 Andew』……」

「就是A72，正好對照到兩個沙漏的組合，所以是女生。」柯煥緊接著歸納：「可以很明確地發現，在這幅圖裡，代表男人的組合，旁邊標籤的大寫字母一定是輔音字母加上奇數；而代表女人的組合，標籤上一定是母音加上偶數。而這個用字母的差異和基數偶數來命名的規律，就是俄國作家葉夫根尼·薩米爾欽的作品《我們》裡，未來時代的人們用來取代姓名的稱呼方式。」

「那麼，前面兩個謎題都有一個以上的證據，這第三幅畫也是嗎？」

「沒錯！」柯煥指著圖道：「這幅圖還有兩個隱藏的特徵，第一個，是畫面中的所有物件，除了沙漏與馬丁尼杯以外，包含作為背景的桌面，全都是由透明玻璃所組成的，這正是影射了薩米爾欽作品中那個大家都住在透明玻璃房屋裡，『沒有祕密的世界』；而這些酒杯整體排列成的圖案，也不是方才猜測的『S』，而是數學上的積分符號。」

「積分符號？」劉子靜一聽到數學，不由得眉心一皺。

「嗯，在《我們》這部作品裡，主角是宇宙飛船『積分號』的設計師。」

「那麼，我們就打『we』囉？」其實劉子靜只是虛應故事一番，她早就按下了enter鍵，反正答錯不會有什麼後果。

而一如他倆所預期，左方第三個格子很快也翻轉成了綠色。

「可是，我們的線索也就只有到這裡而已了，即使有了這三個答案，我們能夠找出這最終的解答嗎？」

「其實，只要知道其中的關聯性，這個部分並不困難，甚至……這樣說吧！其實，當第一本《一九八四》解開來的時候，我大概就隱約知道最後的答案是什麼了；也難怪，鄭兆玄博士設計了這樣的作答方式，允許我們即使前面三個答案沒湊齊，也依舊能夠直接挑戰最終解答。」

「這三本書，彼此有什麼關聯嗎？」劉子靜問。

「有！極大的關聯。」柯煥道：「薩米爾欽早在一九二一年就寫成了《我們》，但礙於蘇聯當時的局勢而被查禁，因此只能夠在流亡海外以後發行法文版，而喬治•歐威爾讀到了這本書，並且影響了他寫出《一九八四》這樣的故事；而不論是這兩本書，或者是《美麗新世界》，他們的故事裡，都試圖建構一個看似完美宛如烏托邦的理想世界，實質卻隱藏著巨大的缺陷，藉此探討人類社會可能出現的各種問題。」

「這種類型，就是我剛剛提到，不會被時代所淹沒、在人類世界裡總是能綻出新芽的科幻類型。」說到這裡，柯煥深吸了一口氣，才緩緩道：「就是『反烏托邦』！」

「那這三本書……」

「就是公認的三大反烏托邦書籍。」

柯煥感慨地說：「這個字很可能就是最終謎底。這麼反推回來，鄭兆玄博士在決定將量子傳送環公諸於世的當下，也許內心早就有了疑惑，因此才設下了這個『解藥』機置。」

「嗯，不難理解……」劉子靜沉吟道：「當初我們透過『強迫升級』運動，把傳送環向全世界散佈的時候，大多數的支持者們心底，恐怕也深信著一個更加美好、更公平、更完美的世界會到來吧！而在過了整整八年之後再來回顧，就會發現到這個世界只是在傳送環便利的表象下，讓部分人的生活得到了改善；至於這個世界是否變得更好了？我想大部分的人，都會搖頭吧！」

「而，這會不會就是鄭兆玄博士選擇這個詞作為最終選項的原因呢？他早就預料到，說到底，其實，即使在『強迫升級』以前，也許二十一世紀的世界，早就是一個標榜著自由、資本與民主的反烏托邦了。」

「也許他早就料到會有這一天，也料想到，我們這五人裡面，一定有人會難以忍受傳送環對這世界的錯誤引導，而打算毀滅傳送環。但……」

說到這裡，劉子靜不解地道：「如果他早就預測到這個世界會因為傳送環而走上更加瘋狂的道路，身為傳送環的研發者，既然他都已經能夠設下關閉傳送環的開關，為何不自己親手執行這件事情，而反而選擇隱居起來不問世事？」

「關於這方面，小靜，妳懂俄羅斯語嗎？」

「不懂，怎麼啦？」

「我猜，也許這跟鄭兆玄博士的身世有關。」柯煥頓了頓，道：「在『強迫升級』運動成功、我的夢想破碎之後，在我還很憤怒和懊悔的那段期間，我至少偷偷在搜尋引擎上查詢過鄭兆玄博士不下五十次了。」

「有什麼新發現嗎？」

「唔……這應該是個冷知識，我沒料到會派上用場。」

「少廢話，快說！」

「如果把鄭兆玄的俄文姓氏輸入搜尋引擎，還沒輸入完『瓦連科夫』（Воликов）這個姓氏的時候，你會發現他會先跳出一個字 воля；把這個字翻譯成其他語言，你就會發現這個字代表的意思，就是『自由意志』。」

「自由意志。」劉子靜似笑非笑地重複：「聽起來就像個哲學家的用語，的確很有鄭兆玄博士的味道。」

「也許鄭兆玄博士終究還是希望人們自己決定是否要關閉傳送環吧。」

「這相當偽善！」劉子靜道：「如果已

經明確知道對世界有不良影響，卻還繼續放任，難道這不是一種墮落嗎？」

「可是自由意志……」柯煥才剛開口，便又給劉子靜給搶白了過去。

「自由意志自由意志自由意志！這些滿口自由意志的哲學家們為了辯論自由意志是否存在，已經花了整整幾百年，最後參與辯論各方卻發現大家連自由意志本身的定義都不盡然相同，我說，哲學家啊，哼！」

劉子靜做了個嗤之以鼻的表情：「我是不懂什麼哲學、不懂什麼辯證，不過我倒是很明確地知道，傳送環已經對這世界造成了許多難以想像、甚至難以彌補的傷害，最好的方法，就是直接把傳送環的功能從這個世界上完全抹除！」

「小靜，我必須再次提醒妳，這麼做，就跟讓人們失去電腦、丟掉手機一樣，一定會引發世界局勢的紛亂。」

「那麼就亂吧！混亂的世界，總比毀滅的世界好些。」劉子靜道：「很多人一定會有戒斷症狀，不過，我們本來就是要把這個中了毒癮的世界，送去強迫勒戒！」

「那麼，請等我幾分鐘。」

「你又怎麼啦？拖拖拉拉的。可別忘了聯合國那裡的狀況，你越晚處理，血也就可能流得越多！」

「我必須打一通很重要的電話。」柯煥道：「在這之前，至少讓我喝杯咖啡。」

▼

凌晨四點十五分，他再度開啟了網路與傳送環，與遙遠的衣索比亞連線。

「午安，賈薩先生，請給我一杯『賈薩特調』。」

「噢！是你，好久不見啦！沒事吧？」網路另一端，老賈薩爽朗的聲音一如往常：「我每天傍晚都固定在咖啡機旁邊等，想不到你卻消失了幾個月。還以為你當『天農』出了什麼意外呢！」

「唉，雖然不是什麼巨大的意外，不過，的確是有點事沒錯。」柯煥道：「我已經不當天農了。」

「哦？不做啦？遠離高風險的工作倒是好事。」老賈薩一面幹練地沖泡起咖啡，一面問：「我沒想過會在中午看到你，台北那邊應該是下午吧！下班後還需要咖啡提神的話，是要跟哪個女孩約會嗎？」

「這樣說吧……」螢幕那頭的柯煥略顯遲疑地道：「我有點重要的事，想問問你的看法。」

「哦？你要結婚了嗎？」

柯煥搖搖頭：「是關於這個世界的事情，我聽到一些風聲。」

「好啊，就說吧！」

「嗯……」柯煥深深地吸了口氣，道：「假設……如果有一天，世界上所有的量子傳送環都失去了功能，你會怎麼做？」

「喪失功能啊……」老賈薩轉過身，望著日正當中的驕陽若有所思地撫著下巴，道：「顯而易見的是，這間『老賈薩的咖啡屋』大概會馬上關門吧，而雖然我們在世界上已經打開了知名度，但是客戶來自世界各地，並不集中；要想像鳩站企業那樣變成沖泡即溶咖啡粉供應商大概不可能，因此搞不好到時候還是得回過頭來對付那些國際咖啡商的大盤商。」

「你覺得勝算大嗎？」

「嗯，通路被壟斷的狀況，老實說勝算

不大，我們的咖啡豆被砍價錢恐怕是無可避免的事情。不過，往好處想的話，畢竟我們這個世界應用傳送環已經有八年了，在消費者都已經習慣了使用傳送環消費的時代，網民的意見和力量是很大的、也是跨國界的，一旦大盤商想壓低價格，他們在網路上掀起的討論，可以為我們爭取到國際輿論支持；而我們這些咖啡農、可可農經過了八年的洗禮，也不再像以前那麼好欺負了，至少家家戶戶都有點積蓄，如果我們聯合斷貨，就能逼迫大盤商妥協……」

老賈薩越想越認真，突然間猛然回過頭來問：「怎麼啦？亞洲那邊有什麼風聲不成？」

「唔……」柯煥遲略顯疑著道：「是有點風吹草動，可以的話，還是早點做好準備比較好。」

「這樣啊……」螢幕那頭，老賈薩沉默了好一陣子，然後長長地嘆了口氣：「到頭來，啟動這個世界的開關，還是掌握在少數人手裡啊！」

「老賈薩，你……」

「不過沒關係。」老賈薩的臉孔上又泛起了微笑：「八年前，我買了傳送環卻遲遲賣不出咖啡而被全村咒罵的時候，是你在網路上利用傳送環向我購買第一杯咖啡，才展開了我的新人生……」老賈薩沉著地道：「我也知道，這個世界因為量子傳送環的濫用，而變得逐漸失去平衡，老實說，我也認為這八年是我生命中偶然獲得的幸運，我也早有準備它可能隨時離我而去。既然這個世界要走回它原先的道路，至少我提前知道了，也就能早一點就做好準備。」

「你打算怎麼做？」

「這個，你不用擔心。」老賈薩眼裡流露出一種洞悉一切的神情：「我們吃過苦，而這八年的好日子，也讓我儲備了應付困境的能量。總之，不論如何，我們不可能回到過去的窘境了。」

「這樣啊……」

「別擔心。」老賈薩道：「謝謝你提前告訴我。」然後果斷地關上了網路通訊。

▼

「久等了，我好了。」柯煥端著馬克杯從陽台回到汽車旅館的房間裡。

「好香啊，熱情的巴西女孩沖的？」劉子靜隨口問了問。

「不，是衣索比亞的中年大叔。」柯煥將馬克杯裡的咖啡一飲而盡，眼神堅定地道：「小靜，打上『Dystopia』這個字吧！」

「這個字不就是你剛剛提到了……」

「嗯，這個字就是『反烏托邦』，一種科幻創作的類型，也曾經是科幻創作者們腦海裡的極端世界，而現在，這個字卻很悲哀地成為了世界的真實。」

「……」

柯煥頓了頓後，繼續道：「而一旦按下了enter鍵，這個世界就無法回頭了，請妳再考慮三秒鐘，而且我突然覺得，情況有點詭異。」

「你又怎麼啦？」

「我只是隱隱有點不安。」柯煥道：「記得嗎？自從伊萊特夜店的那晚會面之後，已經有好一段時間，我們彷彿都感覺不到林靖凱和他那夥人的追查了……」

「原來你擔心的是這個啊？也許是林靖凱放棄了，難道還有其他的可能性嗎？」

「哈哈！小說家果然就是小說家，猜得還真準哪！」這時門外突然傳來了熟悉的聲音，跟著房門就這麼被一腳踹開了，守在門旁的是兩位西裝筆挺的保鏢，而其後那個穿著運動服的俊美男子，則滿面春風地朝他們走來。

「……是你……」劉子靜瞪著林靖凱，冷冷笑道：「雖然我不清楚你是怎麼找到我們的，事到如今，你已經阻止不了我們了！」

「我知道啊！」林靖凱從保鏢身邊接過一把手槍，對著兩人：「你們兩個人都已經知道了最終答案，如果要阻止傳送環被毀滅，那麼就只有把你們全都處理掉了。」

「問題是，你扣板機的速度，有比我按下鍵盤的速度快嗎？」劉子靜說這句話的同時，已經按下了鍵盤上的enter 鍵。

只見到筆電螢幕上的輸入視窗就此關閉，接著自動開啟一段視訊：裡頭浮現出鄭兆玄博士的臉孔，而這時在場眾人也紛紛察覺到自己的手機等連接著網路的智慧型裝備都紛紛響起鈴聲、振動等，取出一看，全都是與筆記型電腦上同樣的視訊畫面：

鄭兆玄博士面色凝重地望著眾人，柯煥估計：恐怕全世界所有連接著量子傳送環的裝置，只要能播放即時影音的，全都被強迫開啟了這段視訊。

「大家好，我是傳送環的發明者『強迫升級』運動的創始者，葉夫根尼・瓦連柯夫，鄭兆玄。」畫面中的鄭博士如是緩緩說道：「我們曾經改變了這個世界，但，作為運動的領導者，我並不確定當時的決策是正確的……」

柯煥偷偷地瞄了劉子靜一眼，只見她正聚精會神地聆聽著鄭兆玄博士的演說：「尤其，當我們回顧歷史：做為地球上最頂級掠食者的我們人類，在舊石器時代末期達到了自然環境所能承載的數量上限，獵物和採集用的蔬果都不再充足的時候，人類為了填飽肚子，第一次『強迫升級』而發明了農業。而後，為了爭奪肥沃農地與灌溉水，我們再度強迫自己升級，從青銅器到鐵器，從弓箭、十字弓到火槍，從馬車、汽車到飛機，從炸彈到核彈，從電話、手機、到智慧手機……每一次的強迫升級，人們總宣稱新發明能讓世界更美好，宣稱這就是所謂的『進步』、所謂的『文明發展』，但這些升級的本質，卻往往歸因於要消滅你的敵人、消滅你的競爭對手。到了最後，對手為了不被消滅也只被強迫自己跟著升級，全世界從此陷入了永不可能停止的軍武競爭迴圈。而這，真的是我們人類當前所需要的嗎？我的同類啊，這就是你們想要的生活嗎？」

「不。」劉子靜望著畫面搖搖頭，柯煥轉過頭，影像裡的鄭兆玄博士繼續道：

「因此，我給予了當年的四位伙伴一組『解藥』，確保他們能夠在這個世界把量子傳送環使用在錯誤用途之時，同時將傳送環的功能破壞殆盡。當你們看到這段影像的時候，就代表了你們手邊任何接上網路的傳送環都已經全部永久失效、再也無法使用了！或許各位會面臨一段艱苦的日子，用以走出失去傳送環便利性的陰霾，但這些終究會過去，也願我們的世界能夠邁向永續與和諧。」

鄭兆玄的身影自螢幕消失的時候，柯煥偷偷地按下了自己的手機傳送環啟動鈕，果不出所料：一點反應都沒有，那金屬環並未開始泛起蒼藍色的光輝，也沒有出現倒數語音，自然，也沒有那層閃亮的量子傳送介面，什麼都沒有，除了冷冰冰的環型結構。

「……」眾人彷彿全都陷入了劇烈的衝擊，尤其是林靖凱更是張大了嘴，幾乎是僵著看完整段視訊，還依舊沒能把嘴巴闔上。

「如何？現在，你們還怎麼阻止？」劉子靜交叉著雙臂冷冷地笑了，然後攤開雙手，道：「現在，林靖凱，我已經修正了我對這個世界犯下的錯誤，開槍殺了我吧！」

「……妳……妳，劉子靜。」只見林靖凱握著手槍的手指逐漸開始顫抖，彷彿還處在一種過度驚愕的衝擊中尚未恢復過來。柯煥見狀大感不妙，他不知道這位跨國財團的子弟會不會精神失控，而真的動了殺機，但這個機率肯定超過百分之五十！

然而，林靖凱顫抖的手又開始恢復平穩，他臉上既驚愕、又猙獰的神情也突然間消失，取而代之的是先前那一貫公子哥兒的嘻笑神情。他收起手槍，對眼前兩人拱手作揖，笑道：「看來我果然騙倒你們了，就說哥的演技不錯嘛！哈哈哈哈哈……」

「他腦袋燒壞了嗎？」劉子靜不明就裡地指著林靖凱，轉頭問柯煥。

「不。」柯煥沉沉地道：「我猜……也許我們全都中計了。」

「哈，作家果然就是作家，在這裡，小弟我呢！可真要好好地感謝兩位了，尤其是小靜，妳的行動力，可真是壓得我們家族喘不過氣來呢！」

「什麼意思？」

「妳應該知道，我們林家領導著盤古國際集團，擠身全球前百大財閥，雖然八年前因為傳送環而有幸晉升到全球前十五大家族，不過呢，那些最頂尖的、在背後掌控著世界的一小群人們，其實壓根看不起我們這些『暴發戶』。」林靖凱這麼道：

「而妳也一定知道，在『強迫升級』運動的開端，我們家族拋掉了手頭上所有的運輸類股份，不論是輪船、空運、郵件等，全都轉投資到傳送環相關行業，而讓手上的市值整整翻了百倍之多。而問題就來囉！」林靖凱從口袋裡掏出第一卷絹布，鑾不在乎地拎著，然後學起裡頭賭客的姿勢，比著一根食指：

「但是啊，我的家族，其實對於運輸這個老本行，總是念念不忘；雖然在我們盤古國際集團帶頭拋售之後，全世界的運輸業兵敗如山倒，裁員的倒閉的跳樓的自殺的一大堆，整個業界因為傳送環而委靡不振，生產力只剩下原先的百分之二十五，但是，其實大部分的機具都沒有損壞，行之有年的架構也都完整保存著。」

說到這裡，就連劉子靜也開始變臉了。

「所以，在接下來的七年時間裡，我們林家一聲不響地暗自收購了全球百分之九十五的運輸公司，現在妳想；如果傳送環突然間不能用了，那麼誰會獲得最大的利潤？」

「不可能！」劉子靜美麗的雙眼這時瞪得宛如銅鈴大：「那你先前千方百計阻止我……」

「那是因為，我們盤古國際集團那時候對於最後百分之三十的重大收購案還沒有完全談妥，萬一你們提早關閉了傳送環，那可就壞了本家族的大事呢！」林靖凱攤了攤手：「所以，我在家父的授意之下，帶領著這小組人馬，陪你們玩了幾圈，而且，老實講，自從其他的跨國財閥知到了妳們的目的以後，也派遣了許多人想取你們性命，我們也只好暗中派遣了更多的人來保護你們的安全，好比妳認為始終站在妳那邊的拉瑪……」

「不可能，拉瑪不可能背叛我。」劉子靜反駁。

「妳難道不曾想過，妳委托拉碼保管的三根指針，最後放在哪裡嗎？」這時林靖凱從懷裡取出一個小盒子，打了開來：只見時針、分針、秒針這三把鑰匙就這麼好端端地躺在紅色的絨布裡：「這是今晚入夜前，他託付我的；他知道妳一定會生氣，而今晚聯合國前的狀況，已經讓他忙得沒法親口向你解釋了……」

「拉瑪這個叛徒！」

「拉瑪從來沒有背叛妳，事實上，他和我都用盡了最大了力氣，從網路上、從實際的人身，以及從法律層面保護你們兩個。」

「不可能，這太荒謬了！」劉子靜仍然拒絕相信。

「不，他說的是真的！」柯煥這時低聲地道：「其實在伊萊特酒吧那晚之後，我就隱隱有感覺，總覺得彷彿有不只一批的人在我們身邊；就像是每回在機場轉機的時候，有時我總覺得好像有一伙男子旅客想刻意坐在我們附近，卻又總在近處會碰上另一群婆婆媽媽，有意無意地阻擋……對比今晚稍早喬治讓我們看得那些刑案照片，很有可信度。」

「對，還是作家聰明。」林靖凱道：「其實，打從妳從我手中搶走了髮簪分針之後，真正掌握著世界、與我們對立的那些老大哥們，就已經開始行動，想讓你們人間蒸發了。」

「……」劉子靜滿是怒意地眨了眨眼，

而柯煥則垂下頭嘆了口氣：「唉。」

「而雖然我們這邊的破譯專家也早就解開了鄭兆玄博士那個不怎麼難猜的密碼，不過方才在鍵盤上，還是多虧了妳，才讓我們盤古國際集團登上了全球第一的王位呢！」

林靖凱這時拿起了桌面上的遙控器，打開了電視螢幕。雖然柯煥不忍抬頭看清畫面，但女主播清晰的嗓聲，依舊殘酷地刺入了他的耳裡：「臨時插播一則新聞，久未露面的傳送環發明者鄭兆玄博士方才疑似透過病毒等方式，強行在全球對所有傳送環用戶播放了一則視訊，傳達全球的量子傳送環即將失效的消息；而截至方才為止，本新聞台內同仁針對傳送環功能的測試已經證實了，鄭兆玄博士的訊息為真……」

然後林靖凱又轉到了股市模擬網站：

「讓我們一起來欣賞這場煙火秀！」

只見網站裡預測翌日開盤後的運輸類股的股價，起先還維持在平盤，過了三十秒之後，就開始小幅地攀升，而後，是持續地攀升、攀升、攀升……

柯煥知道，這次自己親手改變了世界，然而這個改變究竟會讓他名利雙收，或者是死無葬身之地，他並沒有把握。

「老實說，這也不過是老招中的老招，大概有兩百年的歷史了。」他只記得林靖凱後來又說了句意味深長的話：「滑鐵盧之役的時候，羅斯柴爾德家族怎麼做，今天我們盤古國際集團就怎麼做！」

這個瘋狂世界，再度通過了不可違逆的臨界點。

第九章

最終解決方案

那是最好的時代，也是最壞的時代。

—— 狄更斯《雙城記》

那是間尋常的早餐店，柯煥與前幾天一樣坐在門口，喝著溫奶茶，吃著麥香雞堡加蛋，一面望著對街：那間加油站才剛剛設立不到兩個月，從早到晚二十四小時擠滿了排隊加油的車輛。

而加油站隔壁新落成的大樓，則有一大堆工人們忙進忙出，他們身穿不同的制服、攜帶著截然不同的工具。這群人包括了：建築師、水電工、各種管路商。建築師負責評估在建築結構各處打穿通道的力學風險。各種管路商則匆忙地測量輸水管、電線，排水管等管線的用量、吼著與手機另一頭的材料商搶先預約進貨日期，（其實打了也是白打，不論是航班或海運的預約都已排到半年以後），再回頭向住戶約定施工日期。

為了彌補傳送環喪失功能所帶來的不便，人們已經放棄希望，試圖把他們最新落成的建築（現在看來是最落伍的）裝修成八年前的標準規格。

到處都在施工，到處都在缺工。

而每個街角都放置著塑膠製造的流動廁所，用以暫時應付在馬桶的汙水管裝設回來之前，社區裡每個人的排泄需求。整座都市的風味彷彿從潔淨的二十一世紀，回溯到充滿屎尿臭味的羅馬時期。

所以像是這種半露天的早餐攤，也難免被一陣撲鼻而來的阿摩尼亞味道醺得噁心巴拉。以前大多數人都討厭早餐店飄出來的油煙味，自從有了對照組以後，油煙味倒是暫時不那麼刺鼻了。

當然，公共衛生現在一塌糊塗，蒼蠅的數量比起兩個月前激增了數十倍，而那些例行的跨國開刀作業也全部停擺，現在先進國家的外科醫師們又再度執起手術刀，回到開刀房；也有許多偏遠地區的醫生匆忙地收拾行李箱，趕往最新提供職位的先進國家醫院。

而這些醫院其實也都還處在人滿為患的階段——兩個月前那個令人震驚的時刻之後，全球各地的救護車出現了供不應求的擁擠狀態，那個片刻在日後的醫療史上被稱為『全球急診室』：只因，傳送環失去效用的十五分鐘內，全球透過電話、網路呼叫救護車、或者自行前往醫院急診室的外傷病患快速增加，為此，全球的外科手術室同時進行了連續七天的緊急止血、縫合手術，總計超過了一百五十萬起。

這些被推進手術室的病患裡，百分之七失去了他們的舌尖、百分之四十五失去了他們的手指，還有百分之四十八的病患，則被迫將他們的陰莖置留在世界的另一個角落！

傳送環的時代由俚俗的大胃王比賽開場，也恰如其分地由羶腥的血腥事件，以地表最大規模的器官尋找活動『千里尋根』事件，畫上了結尾。

而造成這場鬧劇的元兇（也許她的稱號應該是『時代的開啟者與終結者』），則坐在柯煥對面，好整以暇地望著街景。

「我們現在還能活著，老實講還有點令人不可置信。」

在那一夜，當全球的傳送環全部被同時關閉時，幾何俠早已殞落，而聯合國大樓前的局勢，也因為傳送環的瞬間失效而加劇了——前五分鐘，群眾以為是警察關閉網路信號來阻斷大夥通聯，警察也反過來懷疑群眾藉由這麼做來阻止鎮暴水車補充水源，直到鄭兆玄博士的畫面同時在雙方數萬個智慧型裝置上播放，失去交戰理由的雙方，也旋即停下了動作。雖然已經流了血，最終還是勉強以和平收場了。

柯煥以為自己和劉子靜必定難逃美國政府的拘捕，甚至難以重見天日，豈料，林靖凱和隨之出現的喬治，卻不知用了什麼方式，讓他們得以持著入境時的假護照返回台北；而即使在台北，他們也被保護得很好，全球都以為是鄭兆玄博士關閉了量子傳送環，而從未猜想到是這位落魄作家與退隱的模特兒。

「林靖凱的就職演說，看看吧！」柯煥點下了手上那份數位紙的報紙檔案頭條：

『盤古國際集團林靖凱就任總裁演說實況（NEW 十五分鐘前）』

搭配的則是林靖凱西裝筆挺位於主席台的畫面。柯煥點下了電子報紙畫面中央的播放鈕，那格畫面旋即轉換成了一段搭配著字幕的視訊。

「我想，大家所期待的，是我在這場就職演說中，能提出盤古國際集團什麼樣的新遠景。」林靖凱等到台下聽眾們的笑聲停止了，這才繼續：「但是在這之前，作為集團的一份子，以及這個世界的一份子，請讓我先說一個故事。」

「經過這幾周的密集報導，相信大家都已經聽過了我原本想朝專業演員發展的故事，以及家父的那句名言了吧？」

林靖凱語畢，台下響起此起彼落禮貌性的笑聲。他搔了搔頭，繼續道：

「我父親當年是怎麼說的？噢！對了『如果真的那麼執著要成為一個演員、對自己的才華那麼有自信，就用你的演技在真實的商業戰場上騙倒那些人來讓我看看！』，沒錯！就是這樣，聽見這句話之後，我深深為之折服。於是，就努力在商場上、在人生的戰場上扮演好每一個角色，自然，這也包含了這次大規模併購案過程中大大小小所需的措施，好比如何把已經慘不忍睹的運輸公司股價壓得更低，或者趨使一小票人進行最關鍵的任務——關閉傳送環。」

望著視訊中的林靖凱，劉子靜不禁皺了皺眉頭：

「還敢這樣大言不慚。」

「可是，事實上，妳也達成目的了不是嗎？」柯煥道：「妳真的成功把傳送環的功能從這個世界上完全關閉了，姑且不論現在的狀況，但至少那些利用傳送環來進一步破壞世界平衡的惡行，是不會再繼續了。」

劉子靜不屑地「哼！」了一聲：「我就是看不慣有人竟然利用我的行動來圖利。」

「得了吧！」柯煥苦洩氣地嘆道：「到頭來，我們雖然曾在歷史舞台上扮演著重要的關鍵角色，但事實上，也不過就是掌控這個世界的那兩個財閥集團之間的小棋子罷了；我們自以為是有理念的行動，到頭來，還是財團早就預設好的步伐，就像是孫悟空，再怎麼樣也逃不出如來佛的掌心啊！」

這時視訊裡的林靖凱繼續道：「我後來果然發現，身為一個演員，我是有天份、又稱職的！」這時他舉起了右手，示意準備鼓掌的觀眾們稍安勿躁：「但，我猜，當初指引我這條演員明途的父親，大概也不曾料到：我在這條道路上進行得越順遂，內心的疑惑卻也越深……」

台下開始響起了窸窸窣窣的耳語聲，然而，林靖凱卻神態自若地繼續道：「在兼併運輸業、管線業的過程中，我有機會一筆一筆地審視每間新加盟旗下公司的財務狀況，而這個發現，卻大出我的意料之外——原來有二分之一以上的公司都向銀行超額借貸，其規模都達到了需要數十年才能夠清償的地步……這本應該是難以想像的事情，然而，家父的資深顧問卻告訴我：『這很正常』，這是我疑惑的開端……」

「林靖凱，他到底想做什麼？」望著視訊的柯煥也不禁大感詫異：「難道他背後還有什麼目的？」

「噓～注意聽他說。」劉子靜拍了他的肩膀，雙眼仍緊盯著數位報紙裡的影像，只聽林靖凱繼續道：

「……透過職務之便，我開始一個國家、一個國家地檢視它們的財務狀況，卻赫然察覺到，原來，每個國家彼此之間都相互借貸，積欠了數十年才能夠清償的規模，然而，並不是每個國家的經濟成長都能夠趕上貸款的規模，而講白了，這就是國家們彼此之間玩的一種數字遊戲。這讓我的疑惑，又更深了！——我一直以為，所謂的貨幣，是建立在以物易物的交易基礎上，建立一種大家都承認的東西，也因此，每種物品都有它們對應的貨幣價值；而倘使如此的話，那麼銀行與公司、國家與國家、銀行與國家之間這些無中生有借出的金錢，真的能夠對應到我們這個世界上的資源嗎？我們都知道，地球上的資源是有限的，但是這個世界上的錢卻不斷地增加，當所有國家、所有公司、所有人都爭先恐後地向『未來』借款的時候，這些錢真的還能夠對應到現實世界的資源嗎？為什麼它們不會貶值呢？這是我第一個疑惑。」

這一次，台下可是啞口無言，只因在座

滿滿的企業家、銀行家、政商名流，全都是熟悉這套遊戲規則的佼佼者，而他們絕非不曾思考過這個問題，而是把自身當下的成就當作麻醉藥逼迫自己忘卻這最後的風險。

他們多半認為，那些口裡嚷嚷著「佔領華爾街」的人，不論男女老少都是輸家，除了站在街頭抗議，也沒有丁點反擊的能力。

可是，現在站在講台上的這個青年人不一樣！他是盤古國際集團的新任總裁，手裡握著全球能源運輸管線、運輸業合計超過百分之八十五的股份；在這個傳送環已經喪失作用而必須重新建構秩序的世界裡，他手裡掌握的權力，對這個世界影響甚鉅。而且，從他的發言聽起來，他的立場並不支持現行的遊戲規則。

就在這群掌控著世界的菁英腦袋還在飛快運算的時候，林靖凱已經低下頭，打開桌上那個精緻的小盒子，從裡頭取出了……一顆雞蛋：

「雞蛋，是世界上大多數人每天都會吃到的東西，現在多半自於越南的養殖場，為了符合傳送環的貿易需求，那裡的蛋雞經過配種，產下來的蛋寬度剛好是三點四公分。」

林靖凱把雞蛋舉在手裡，對眾人晃了晃，接著蹙起眉心，對著觀眾們道：「但有個我從小到大都沒辦法理解的現象，在場的各位先進、股東們若能為我解惑，我願意釋出集團百分之一的股份作為報償。」

林靖凱頓了頓，底下聽眾們也發出許多交頭接耳的聲音：「誰能告訴我，為為什麼同樣是產在越南、透過傳送環販售全球的雞蛋，在印度的價錢是七盧比，在台灣的價錢是八塊台幣，一轉手到了美國，卻要五十美分，到了日本，卻要六十日圓？為什麼同樣的東西，只是換了個環境，就被賦予不同的價值？」

那一瞬間，台下的聲音全都消失了，取而代之的卻是令人尷尬的沉默。

「或者，我再換個方式問好了，誰能告訴我，同樣是人，只是生活在不同的大陸、不同的文化，就有了高貴和卑賤的區別，需要用不同的方式來決定生命的價值？作為傳送環的首席贊助人，八年前我們發起的『強迫升級』運動，就是想要改變這個現象！然而，我們失敗了……世界各地的人們並沒有因此而更加平等，相反地，因為傳送環的出現，許多人們被更進一步地剝削，而在座的諸位先進、股東們，我們就是加害者！」

林靖凱把雞蛋砸在地上：「追根究柢，這個世界上的人們沒辦法平等生活的原因，就是因為你們在操控物價，就是因為你們在操控該死的『匯率』！」

又過了十秒，他才繼續道：

「而在全世界的傳送環都因為瞬間電荷過載的原故，而再也無法使用的現在，我有個提議，希望大家姑且聽聽。」

接著，林靖凱從胸前的口袋裡掏出一個傳送環，高舉在胸前，道：「我們都知道，導致傳送環喪失功能的部分就根植在它的最基礎單元裡，不過，當多年前我第一次與鄭兆玄博士見面的那個晚上，他在我眼前展示的那個傳送環，其內部的核心結構卻是另一種組成方式，能夠有效避免先前電流過載所造成的功能喪失。而這，也就是說：目前我手上這個原型版傳送環，是能夠幫助這個世界重返量子傳送環的時代……當然這個前題，是大家都願意有條件地『強迫升級』。」

「這傢伙到底還想做什麼？」劉子靜咬

牙切齒地怒道。

一旁的柯煥則略帶遲疑地道：「莫非……
……他想做的事情，比我想像的更瘋狂？重點是，作為國際財閥的成員，他做得出這樣的事情嗎？」

「在進行這次行動以前，我明白了鄭兆玄博士為什麼要在傳送環的結構裡設計這樣的毀滅機制，是因為無法完全相信人類，而追根究柢，則是因為這個世界上運行的規則需要改變。」林靖凱繼續道：「曾經，我只是這個世界上八十億個遵守著規則的人之一；而憑藉著與生俱來的演員天賦，現在，我的人生中第一次成為了規則的制定者。」

「改變這個世界的規則？」劉子靜望著影像裡的林靖凱，臉上浮現出疑惑神情：「再把傳送環的功能恢復，能造成什麼改變？」

「姑且聽他說說看，我感覺……或許看到了一點曙光。」

視訊影像裡，林靖凱等到底下聽眾們的騷動聲漸弱，這才道：「從我們的祖先離開非洲開始，這個世界就永遠只有最強勢的極少數人擁有所謂『制定遊戲規則』的權力；由於客觀的因素，全球極少數掌握這項權力的人，多半也因著過強的自我意識，而終其一生將權力牢牢掌握在手中。」

說到這裡，他頓了頓，繼續道：「可是我不一樣，可能跟我從出生以來，生命終究沒有特別匱乏的事情有關，當我掌握越大的權力，我就越察覺到這世界的荒謬與脆弱；而掌握的資訊越多，我也看得越廣、越遠……
……」

林靖凱深吸了一口氣，繼續道：「終究，當我們超脫了本位，就會發現到，我們都不過是『地球』這顆行星上的過客。當我成為了地球號太空船的船長，我卻看到目前所謂既有的秩序，只會導致行星上整個生態平衡系統的崩潰，我當然可以延續過去歷任船長的政策，欺騙你們這樣是沒問題的，不過，我所接手的這艘船，已經快要瀕臨崩潰與劇變的邊緣了！所以，經過深思熟慮，我決定放手一搏。」

林靖凱道：「我要把這艘太空船的舵輪，交到這世界上的八十億民眾手中；我們的未來，將由我們親自作出決定！」

「該不會真的要這樣搞吧？」柯煥有點啞然失笑了：「即使是反烏托邦的科幻小說，也很少會有這麼大膽，或者就許多人來說是不經過大腦的決定啊！」

「我要舉辦這個行星上第一次的『全球公投』！」林靖凱鄭重地宣布他的主張：「全世界每個 十八歲以上的民眾，都可以進行投票，相關規則，我們盤古國際集團在全世界各國的分部與相關企業會協助進行。至於公投的選項，則有兩個，你們每一個人，而且不論投票率有百分之多少，都視同有效投票，這也意味著：你們所有人都必須要選邊站。」

林靖凱首先攤開另一隻手掌，道：「第一個選項，是維持現在沒有傳送環的世界，讓我們繼續承受這份不便利的痛苦，等出生在沒有傳送環的下一輩子孫出生的時候，他們也許會想出更好的新發明，來繼續改善這個世界。」

這時林靖凱又將原型版傳送環捏在手中，大聲道：

「而第二個選項，則是我釋出手中這個原型傳送環的設計圖，讓大家重新『升級』

到三個月前的狀況，但是這個選項附帶一個強制條件，也就是對這個世界而言最急迫的：我們要統一這個世界的貨幣制度，調整物價水平，制定出單一的『地球幣』，並且讓所有物品的價值回歸到基本面；同時，由於這個世界的資源有限，因此經濟是不可能無限度成長的，所以我們要取消GDP的統計，也就是我們要打破GDP的迷思！」

「全球公投，這……劉子靜望著視訊畫面，嘴角反而浮現出一抹微笑：「其實，這個主意不錯耶！」

「真……真的嗎？」柯煥倒是擔憂地道：「我是擔心萬一控制不好，這個世界會提早崩潰。」

「而預計的投票日期，是在三十五天之後，我們盤古國際集團不搶『話語權』，也因而並不會發佈任何影響這次全球公投的相關資料，相反地，我們期待全世界各地的企業、公營事業、營利與非營利組織，全都從自身的角度出發，盡情地在網路上發表你們的論述，我希望每個人都能夠充分地觀看各方說法、吸收充份的意見，然後每個人都作出自己的選擇。」

林靖凱大聲地呼喊著：「全球各地的人類同胞們啊！請用你們的智慧，來決定這艘太空船未來的命運吧！由於每個人都參與了這項決策，因此這是沒有辦法推拖的事情，不論結局是好是壞，這都是我們必須共同承擔的！」

「各位行星上的公民啊！」他大喘了口氣，眼角泛著淚光，一招手，身後的投影幕上大大地投出了黑色的「evolution」英文字樣。

「『evolution』這個字通常被解讀為生

物的演化，但它並不專指生物，而意味著『演變』的意思。人類文明在這顆行星上，已經演變了一萬五千年，但到了今天，卻很可能已經走錯了方向而面臨瓶頸；而這個時候，你們是否願意，投入自己的力量，讓它重新再進行一次呢？」

林靖凱又一招手，身後投影幕上的『evolution』前方，突然間蹦出了一個大大的、紅色的英文字母：「我們都知道『R』這個字，有『重新來過』的意思，而如果R這個字加到『evolution』前面……」

他壓抑著滿腔激昂唸道：「Revolution！各位！這個字，就是『革命』！」

那一瞬間，會場鴉雀無聲，而全球各地那些收看著視訊的觀眾們，不論為在什麼媒介以前，也全都默然了。

「行星上的所有公民啊！」良久，林靖凱這才又放聲吶喊：「我們人類的文明，我們對於這顆休戚與共行星的態度，需要一場切切實實的革命！我殷切期待著這個星球上的每個腦袋，都能超越種族、文化、地域與仇恨的影響，彼此串接起來的時刻！」

▼

柯煥忍不住放下了手中的數位報紙：「唉～」

「幹嘛嘆氣？」劉子靜眨著雙眼問：「整個地球八十億人聯合起來決定一件事情，這不是很有趣嗎？」

「姑且不論投票表決的結果，以及單一貨幣與價值重新調整對這個世界所造成的可能衝擊，其實我有點懷疑，所謂的『全球公投』這件事情，究竟能不能成功？」

柯煥說到這裡，更壓低嗓聲道：「而且，老實說，我甚至不能確定林靖凱在這樣明目張膽的演說之後，是否還能夠安然地活下去。」

「你怎麼到這個地步都還這麼負面思考啊？說不定，林靖凱他在發表這段演說的時候，早就把生死置於度外，不是嗎？」

「可是……這麼做不僅對所有國家的所有人民都會帶來劇烈改變，對於那些操控著匯率的先進國家政府與財閥，根本就是滅門的狀況，如果是你，難道不會全力反撲嗎？」柯煥問道：「難怪鄭兆玄博士自從強迫升級運動成功之後，就匆匆留下這些謎團，隱姓埋名去了，作為一個美國人，他應該明白美國政府為了自身利益會採取什麼樣的行動；而即使不提美國，妳小時候長大的英國呢？他們能夠忍受英鎊消失，自己引以為傲的典雅、尊貴生活不再嗎？」

「我知道這很難，但是如果這個世界每個人都只顧自己的話，你真的覺得這樣下去，地球還能夠撐上個幾十年嗎？」

「唉，我也不認為啊！」柯煥把臉埋在雙掌之間：「如果我不懂這麼多的話，高高興興地活著，就這麼等到災難突然來臨的一天，也許是比較幸福的吧。」

「柯煥，誰叫你是科幻小說家呢？你看過那麼多科幻小說，難道沒有改革成功的描寫嗎？」

「不論我有沒有看過，我認為一定有，只是是否能說服人，那又是另外一回事了。」柯煥站起身，望著佇立在地平線遠端的高樓——盤古國際集團的新總部大樓「終極盤古塔（Ultima Pangaea Tower）」，喃喃自語：

「話說回來，林靖凱又是怎麼想的呢？

他真的做好完全準備了嗎？」

「你的演說才結束不到一小時，本集團的市值已經蒸發掉了百分之五。你知道這會激怒多少人嗎？」

林鎮遠把身子從巨幅落地窗轉回室內，他的臉色始終鐵青，在終極盤古塔最高的第一〇一樓大廳裡，各子集團代表們即使全都身穿筆挺西裝，文雅的打扮也無法擋住他們露骨的怒意。他們全都紋風不動地站著，將沉默化作壓力，逼迫前總裁林鎮遠親手教訓他的兒子——現任總裁林靖凱。

「你上台發表演說以前，我還深深以你為榮，豈料你在接掌集團總裁的職位之後，竟然完全脫稿演出，做出了這麼草率的決定……這麼一來，即使你身為家族一份子、身上還留著我的血，我們卻也不能繼續坐視你這樣荒唐下去了。」

林靖凱道：「不過，老爸，你們未免也把事情看得太嚴重了吧？市值蒸發百分之五或許是好幾千億美金，但這個真實世界，會因此少了什麼？一磅砂糖？一罐奶粉？」

「不准胡扯。」林鎮遠怒斥著。

「我沒有胡扯，你們這些老人總口口聲聲說什麼網路是虛幻的，實際上，你們口裡所謂的經濟，才是真正虛幻的東西吧！，正因為我說的是赤裸裸的事實，所以你們才格外惱羞成怒吧！」林靖凱一派輕鬆地道：「正因為這些所謂的『市值』，全都是這個大廳裡的列位先進們從幾百年前開始藉由包裝、遊說、謊言、脅迫，從最原始的一小筆錢憑空冒出來的東西，如果讓它恢復原本的樣貌，有什麼不好？」

「雖然我能獲釋全靠你的運籌帷幄，但我還是要說，你這麼說太背信忘義了！」獲釋的瓦連科夫科技公司總裁張文貴道：「八年前啟動『強迫升級』的時候，你還不是低聲下氣地向周遭的叔叔伯伯申請經費？怎麼現在股份到手了，說話也就大聲了起來？」

「是噢！張文貴叔叔，八年前你也不過是個格局不大的代工產業小官僚，不也是從鄭兆玄博士手裡繼承了位置，現在才這麼理直氣壯嗎？」林靖凱。

「別把自己說得一副清高模樣，難道你不也是既得利益者嗎？」金髮藍眼、年近古稀的紅白碳酸飲料總裁郝博登・赫爾怒氣沖沖地指著林靖凱叫罵道：「你從小能受良好教育、生活優渥不愁吃穿，用的也不是什麼乾淨錢，說穿了還不是從中下階級的人們身上吸來的血。」

「是啊，赫爾伯父你果然一清二楚啊！說什麼髒錢，你們還不是都聚在一起發明一套遊戲規則，把錢都洗乾淨了嗎？」

「你……你怎麼能夠這麼誣衊父執輩？難道你不知道，我們為了維持這個世界的穩定，煞費苦心嗎？」這次說話的是東亞地產、營造業天王：安得住房仲總裁、雄霸營造集團總裁，華日混血的遠藤光一。

「對，遠藤桑，你說對了，寄生蟲如果血吸得太多太猛，把宿主殺死了，以後就沒得玩了；寄生蟲若有所謂的專業，那應該是在維持宿主生存的狀況下，盡可能地吸取他們的血肉。以你炒房炒地皮的多年經驗，要怎麼在新貧階級還能承受的範圍底下，與銀行聯手榨光那些上班族一輩子的資產，這點我可是深感佩服。相信你一定很懂欣賞過鬱金香的美吧？」

「什麼？」

「鬱金香原本應該種在庭園欣賞，但十七世紀的荷蘭人卻把它拿來炒作，導致許多人傾家蕩產，而我以為，房屋應該是用來居住的。畢竟，物品的價格上漲，無法合理反映出勞動成果的價值增長的時候，稱它為『泡沫』應該不為過吧。」

「你……你這黃口孺子，是在諷刺我嗎？」

「遠藤桑別生氣，晚輩我必須聲明：『這是對事不對人』。」

「夠了！」林鎮遠怒喝一聲，道：「林靖凱總裁，作為集團的資深經理顧問，我必須提供你一個建議，以及兩個選擇。」

「哦?兩個選擇?」林靖凱轉身看了窗外，從五百公尺的高空裡俯瞰台北市，然後咬著牙微笑地解開了白襯衫的袖扣：「自殺與被自殺嗎？」

「……你怎麼會有這麼不成熟的想法？」

「這是我一個作家朋友小說裡的得意台詞，由於還沒有機會出版，所以我就免費替他宣傳一下。」林靖凱笑道：「所以，爸，到底是什麼選擇？」

「集團裡的股東們對於這件事情非常不滿，但我已經與他們斡旋過了，倘若你願意收回『全球公投』的宣言、取消活動，由於你先前將計就計的『解藥』行動，為整個集團立下了大功，因此大家可以當作沒這回事，讓你繼續擔任總裁。」

「那麼，另一個選擇呢？」

林鎮遠鐵青著臉道：「那麼律師團與董事會將會修改公司章程，稀釋你的股份、取消你的董事資格，那麼，你就可以充分地到螢光幕前去當低賤的戲子了。」

「原來你對母親大人是這種看法，不過我不意外。」林靖凱從容地笑道：「老爸，以及各位叔叔阿姨伯伯們，其實我在發表演說以前，早就展開了前期的行動，換句通俗的話來說，就是『已經打好了預防針』。」

接著他從胸前口袋裡掏出幾十張名片，道：「在座諸位或許關心這個世界，但關心的也許只是如何將這個世界的資源壓榨到極限，但請不要忘了，世界上還有另一批人在關心這個世界，雖然他們當中也有很多是抱持著宗教般的非理性狂熱，或者是根本沒有科學素養的白癡，不過全世界仍有許多富有理念與行動力的非政府組織（NGO）能夠提出更多改善世界的好方法。」

「那關我們什麼事？」

「我們盤古國際集團之所以是集團，就代表做事情往往有著較長的籌備期，而正如各位所知：雖然今天上午我才正式在媒體上宣布就任總裁，但實際上，整個集團的股份早在一個月以前就已經從家父那裡轉入我的名下，當諸位還在喝香檳慶祝的時候，我已經找了幾個富有正義感、剛出社會小律師，把本集團的股份、以及各子集團的股份，轉移到全世界一千個中型的NGO底下……當然充滿偏見、暴力與白癡的那些我沒有給。這些NGO都已持有集團裡百分之三十一的股份，能夠在各大大小小的董事會裡發揮監督與抗衡的作用。」

「你……」林鎮遠憤怒地朝林靖凱撲過去：「你這個逆子！」旁邊各集團總裁們儘管絕大多數都白髮蒼蒼（而且前一刻才知道名下公司股權有百分之三十一被送到了NGO手裡），但依舊上前試圖制止林鎮遠。

「沒關係，各位叔叔伯伯阿姨們，我這條命就算丟了也不值得疼惜！重點是，這個世界應該要有一個嶄新的機會！」林靖凱臉上挨著林鎮遠一拳又一拳的猛攻，儘管鼻青臉腫、嘴角淌著鮮血，卻依舊神情歡快。

「親愛的父親、各位叔叔伯伯阿姨們！把我從一〇一樓上扔下去吧！」他酣然大喊。

這麼一喊之後，林鎮遠突然間住了手，氣喘吁吁地站起身來，向後轉，然後當著盤古國際集團的眾多代表們的面咒罵道：「你，你這逆子，是故意的吧？故意激怒我們打傷你，然後……」

「……然後立刻召開記者會，噢！或許連記者會也不需要開，只要就這樣鼻青臉腫地走出這棟大樓，讓守候在樓下的記者們拍到，那麼今晚全球各地的談話性節目就會不約而同地猜測在這個大廳裡發生的事情。」林靖凱抹去了嘴角的血絲，笑道：「然後，輿論就會倒向我這邊。」

「哼！你以為有這麼容易嗎？」林鎮遠旋即鎮定下來，乾笑兩聲：「你也應該清楚，有許多不屬於本集團的媒體老闆，乃至八大社群網路商，也跟在場這些大人物們的交情不錯吧！以為光憑幾個畫面、幾張照片就能夠操控輿論的話，就想得太簡單了。」

「的確，正如你們所想，這件事很可能按照往例被消音，而我也早就已經料到了這點。」林靖凱猙獰地從懷裡掏出一把手槍，瘋狂地指著林鎮遠等長輩，引起現場一片譁然，不少人更就這麼趴在地上不敢動彈。

「所以我要把這個事件『強迫升級』！讓這個世界上沒有任何人能夠忽略！」

林鎮遠不屑地冷笑兩聲：「把我們殺

了，事情只會更糟吧！然後你的計畫會就此一蹶不振。」

「對，所以這把槍，不是用來殺你們的！」林靖凱笑著道：「要改變這個世界、要跟你們這些人對抗，需要最堅決的求勝意志！儘管如此，我仍有可能失敗。而為了要喚醒社會大眾的憤怒、讓在場的諸位先進們噤若寒蟬，我必須為這個行動加買保證成功的保險！」

「你……」林鎮遠這時幡然醒悟，趕忙下令道：「快叫外面的保鏢們進來，阻止他！快！」

「果然是知子莫若父。」林靖凱笑了笑，然後用那把手槍分別朝身後落地窗的四個角落開火，凌勁的高樓風聲旋即從彈孔與裂痕裡湧入：「而在這裡，我又要引用我那個作家朋友的那句話：我有兩個選擇，自殺與被自殺。」

「林靖凱，你……」

「要點燃這世界改革的火苗，有時要投入的比你想像的還要多。」林靖凱平靜地笑道：「必要的時候，我也會投身成為助燃劑！」

「慢著！」林鎮遠快步向前奔，那些剛進入大廳的保鏢們也卯足了全力朝林靖凱奔去。然而，儘管他們再怎麼努力，在那個當下都無法減緩時間的流逝，而只能夠眼睜睜地望著林靖凱帶著微笑朝眾人敬禮，然後轉身猛撞破玻璃……

▼

又是深夜，老賈薩倚靠在廢棄咖啡店的門口，一面抽著雪茄一面仰望夜空，突然間他腰間的手機鈴響，來電欄位上顯示著陌生的名字，於是他轉過身，將手機與以前用傳送環賣咖啡時的螢幕建立連線。

「賈薩先生。」柯煥的臉出現在螢幕上。

「哦，是你啊？」老賈薩笑了：「想念『賈薩特調』嗎？」

「當然，幾個月沒喝，還真不習慣呢！」

「哈，若你需要，我可以郵寄幾包到台北去給你，不過，你在這時間打給我，有事要說吧？」

「沒錯。」柯煥微笑道：「台北快天亮了，再過三個多小時，我就要去投票了。在這之前先來跟你打聲招呼。」

「噢！對，你們亞洲的時區比較早，我們是明天。怎麼樣？決定好要投給哪個選項了？」

「早就決定好了。」柯煥笑道：「賈薩先生，你也是吧？」

「當然，不過，即使結果有超過一半的可能性，是符合我所期望的，但我還是擔心結果會是讓我失望的另一半，所以我已經作好了最壞狀況的打算。」

「直接轉作其他行業嗎？」

老賈薩搖搖頭：「人要服老，我到了這把年紀，想轉其他行業大概不太可能了。不過咖啡這行倒還可以，我在想，與其讓那些國際咖啡公司的盤商再來收購，不如由我們衣索比亞的咖啡農全部聯合起來組織一個咖啡公會，自己建立對世界各國的管道。這方面我還有點自信，至少『第一個應用量子傳送環賣咖啡的衣索比亞人』這塊招牌，短期內還是響亮的。」

「那就好。」柯煥點頭稱是。

「不過這只是第一個計畫。」老賈薩接著道：「還有第二個計畫，傳送環失效的那一天，我已經把這八年來存下來的積蓄領了出來，正在與留學機構接洽，打算把兩個小孩分別送到紐約和北京去。」

「紐約……」

「我思考自己這輩子，因為只會種咖啡，所以沒得選擇。即使我現在把積蓄留給子孫，也不知道這次『全球公投』後，到底現有的貨幣會不會遭受重大衝擊，即使沒受到衝擊，萬一咖啡公會不如預期，這筆錢恐怕很快會因為國際大盤商的壓榨而用完，然後陷入惡性循環。」

老賈薩回頭看了夕陽一眼，然後繼續道：「比起這樣，我倒覺得不如把錢用來培養孩子們面對困境的能力。而若要打敗你的敵人，就必須先了解你的敵人，所以我把他們送到剝削者的大本營，讓他們見識世界的寬廣、培養靈活的思考。」

「你不怕現代大國的生活方式侵蝕他們的習俗和信仰？」

「資本主義式的生活符合人性，我倒覺得這沒什麼不好，前提是必須選擇『這個世界撐得住的方式』免得這個世界一起完蛋。如果我有生之年真能在衣索比亞實現，那將是多麼美好的事情啊！」

「那我就放心了。」柯煥點點頭。

「說到這裡，把這個世界所有量子傳送環都關閉這件事，你也有份吧？」老賈薩冷不防地問。

「讓你猜到了。」柯煥略帶愧疚地道：「事到如今，我也沒什麼好解釋的。」

「沒關係，世界總是充滿變動。」老賈薩道：「要說我有沒有遺憾，那是一定的。

但問我能不能釋懷，我想，作為衣索比亞的咖啡農，我已經活得比我父親那輩好上太多了。倒是……你還好吧？做了這麼驚天動地的大事。」

「不能說很好。」柯煥搔了搔頭：「不過，至少算是知道自己的下一步該怎麼走了。」

「那麼，就保重吧。投票順利啊！」

「嗯，投票順利。」柯煥微笑著掛上網路電話。

「你的『告解』完成了？」躺在床上的劉子靜睜開眼，慵懶地問。

「嗯。」柯煥默默地關閉螢幕，然後拿著枕頭和棉被，倒回沙發上。

凌晨四點三十分的台北，暗夜之幕裡初露了點魚肚白。

▼

柯煥將自己的選票對折之後再對折，然後離開圈選區，來到票匭旁邊，將這張米黃色的紙張從上方狹長的投遞口投了進去。

然後他環視周遭，又環視了這間投票所一眼，才安靜地走出了投票所。

外頭排隊投票的人潮絡繹不絕，而大多數投完票的人，也多半和親友閒聊幾句後，就直接離開投票所。倒是偶爾可以見到各家媒體的記者、攝影師們從敞篷的自動駕駛車輛頂端探出頭來，一面用攝影機拍攝一面掠過。

倘若打開智慧眼鏡上的即時新聞，就會發現全球各地的媒體頻道，都紛紛熱烈地報導這次公投，並且互相引用世界各地的投票實況——這一天，全球二十四個時區將輪流進入投票期，在當地時間的上午八點到下午四點這段期間裡，凡是十八歲以上的人類，只要手持盤古國際集團（或其子集團、或與其合作的非政府組織）提供的投票通知，都能前往他們在各地中小學、廟宇臨時架設的投票所，為這次的『全球公投』投下神聖一票。

以柯煥所處的+8時區而言，正式開票事宜則在最後一個時區投票完畢之後，在全球各地同時進行。對柯煥而言，那也是至少一天半以後的事情了，而依據各地的行政效率，確切結果至少還要七十二小時才會出爐，不過各地民眾自發組織的出口民調與監票系統等，則將提早揭露精準的預測結果。

在投票之後、到開票之前這段期間，許多人會陷入莫名其妙的亢奮、焦慮等狀態，不過對柯煥而言，這倒不是他所需要擔憂的——事實上，當他才步出投票所，劉子靜早就叉著腰站在他眼前，略顯不耐煩地指著小學門口停放的一輛自動駕駛計程車：「好了沒？」

「好了，走吧！」柯煥聳聳肩，跟在劉子靜噠噠的高跟鞋後面，進入了計程車。車內隨即響起柔婉的女性語音：

「先生、小姐，目的地是否為桃園機場第二航廈、國泰航空櫃檯？」

「正確，請盡快。」劉子靜回覆道。

「好的，以下是本車行的服務條款：第一條，依據《道路交通安全規則》，為保障您的生命財產安全，本車將以時速一百一十公里為極限高速，另外根據雙北都會區……」車輛於是駛離了快車道，同時繼續播放那沒完沒了的使用者條款，劉子靜不耐煩地喊了聲：「停止播放，煩死了！」計程車內這才恢復安靜。

「別擔心，一定趕得上。」柯煥道：「距離倫敦時間的下午四點，還有很充分的時間。」

「那可未必啊，你知道為了這次的全球公投，有多少人趕著搭飛機要回到自己的國籍所在地去投票嗎？全球的航空業這次可承受著空前的壓力哪！唉～早知道就不應該把戶籍定在倫敦的。」

「又沒差，至少妳已經在前往投票的路上了，接下來只要抵達倫敦、確實把票投完，就算了結一件事了，不是嗎？」柯煥道：「這可是繼八年前的『強迫升級』運動之後，全球各地的人們再一次地全體動員、一起進行的一項偉業哪！」

「那也是林靖凱用他的生命換來的。」劉子靜眨了眨眼：「如果那天他沒從終極盤古塔頂樓摔下來，也無法激起全球民間這麼大的響應和討論，也許這次的『全球公投』早就無疾而終了呢。原來，我先前都錯怪他了。」

「往好處想，這或許就是他所要的吧！」柯煥嘆道：「以一個演員、以及一個試圖改變世界規則的人而言，他已經做得很成功了。不論公投的結果如何，歷史，都將牢牢記住他的名字。」

「那麼，在一切都已結束的現在，你，又有什麼打算呢？」劉子靜問道：「是像當初那樣，把我們這趟尋求『解藥』的經歷寫下來嗎？」

「原先我是這麼想沒錯……不過經歷了這趟旅程之後，我倒是沒那麼篤定了。」柯煥搔了搔頭，懇切地道：「這趟以生命作為賭注的冒險裡，一路上我看著妳始終堅持自己熾熱的理想毫不動搖、看著幾何俠最終壯烈的犧牲，又目睹了林靖凱為這世界的革新，甚至願意獻出自己的生命……我只能說，身為一個難搞的文人，你們都用鮮活的生命，讓我學會了謙卑。」

「你未免也太誇張了吧！我們讀過的書恐怕都沒你的十分之一多呢！」劉子靜眨了眨眼想轉開話題，不過柯煥卻逕自說了下去：

「而相較於你們……在參加『解藥』行動時，我只想靠著撰寫回憶錄來大紅大紫的念頭，也許反而就是一種迷失，而完全喪失了自己身為創作者的初衷了啊！所以關於那本回憶錄的構想，也許有一天，我會以一個參與者的身分，想一個新筆名，把這幾個月的歷程書寫下來，讓全世界的公眾們知道發生在背後的這些事情；運氣好點的話，我能靠這本書發一筆小財……不過，那都不是最急迫的事情了。」

「意思是，你打算繼續寫科幻下去囉？」

「應該吧……」柯煥不置可否地聳聳肩：「我很感謝妳和林靖凱提供我充分的資金，讓我能夠擺脫上班族的生活，但以一個科幻作家來思考，在經歷這些以後，我也不禁疑惑：如果連反烏托邦都已經成為人類生活裡的現實，那麼或許光是追逐『科幻』這兩字，或許已經完全喪失意義了呢。」

「……這是打算轉行的宣告嗎？」

柯煥搖搖頭：「恐怕沒有那麼容易，畢竟這就是我這三十多年來生活的一切，現在把它抽離的話，也許我的人生也沒剩下什麼了。不過……」

他望著高架橋邊快速掠過的原野：「我想好好地過一段生活，然後，書寫我自己真心喜歡的那些天馬行空的故事，好比從印度開始寫得那個。即使這個故事可能落了俗套、在類型和題材上都不再是現代讀者所喜歡的，我還是想把它們完成。」

「畢竟，要成為『作家』，和成為『暢銷作家』，是兩條不一樣的道路哪！」劉子靜甜甜地微笑，眨了眨美麗的長睫毛：「但只要你認為這是值得的，又何必在意其他人的看法呢？」她望著逐漸接近的機場航廈：「這樣吧！到機場後，我請你喝杯約翰走路吧！」

「為什麼？才一大早就要喝烈酒？」

劉子靜眨了眨眼：「人生或許苦悶、難免疑惑，不過即使是唯利是圖的酒商，也偶爾會在廣告裡不慎透露些許世界的真理：『真正的英雄，走自己的路！』。」

「哈，果然是我認識的劉子靜會說的話。」柯煥也開懷地笑了。

自動駕駛的計程車依舊平穩、安靜地奔馳在高速公路上。在這天幕下的一隅，全球公投正如火如荼地展開；但倘若繞過了大半個地球，就會發現行星的另一側都還深陷在夢鄉之中，但終究，那裡的人們也都會醒過來，用選票為自己想要的生活發出聲音。

這絕對不是第一次，全球的人類有足夠的『能力』做出共同的抉擇；但這卻絕對是第一次，全球的人類有著熱烈的『動力』，去共同決定這個行星共同的未來。

在很久以前，這顆行星上曾經發生過類似的事情，在那個單細胞生物還在原始海洋裡各據一方的時代，有一小群單細胞生物決定捐棄彼此競爭的成見、展開共同生活，以共同的決策來面對未來生活的衝擊——牠們後來成為了多細胞生物，從而，有了海綿、貴州小春蟲、海口魚、有了鰭甲魚、提塔利克魚、棘螈、石炭蜥、異齒獸、三尖齒獸，然後在四百多萬年前的東非大裂谷，有一種直立的靈長動物抓了抓頭頂的黑色毛髮，克服心底的恐懼，拿著樹枝來到燎原森林大火的邊緣，試圖掌握這份來自於閃電與火山的力量。

而當下，我們的行星很可能重演這樣的歷史，只不過規模更大、影響的層面更廣。

那是二十一世紀前中葉裡，很重要、也不怎麼重要的一天。地表上密密麻麻的二足小生物們正要去投票。

那可能是人類文明即將要離開太陽系，在浩瀚銀河裡開枝散葉、繁衍血脈的前夜；但，那也很可能是人類文明即將耗竭所有資源，導致誕生之地萬劫不復、自取滅亡的最後黎明。

全球的人們都要去投票

他們要共同決定：成為黑帝斯、或者是成為蓋婭。

後記

漂浪五年：獻給青年後期

我走進和平東路上、位於捷運科技大樓站對面的巷子，向右望去，一塊寫著「大自然」三個大字的招牌映入眼簾；當我走近，才看清「為子子孫孫留下美好的樂土」的副標題，內心不禁為之一凜。

那是二〇〇七年的秋季，我邁入《大自然》雜誌的大門，學習著成為一位助理編輯。在推廣生態保育的過程中，除了本門的生物多樣性議題以外，「公平貿易」、「全球化」、「再生能源」等字眼於我不再只是虛無飄渺的標語，而擁有了切實的意涵與目的。

二〇一〇年春季，我已轉任科學影片編劇一年，跟著劇組在奔波中拍攝太陽能、風力、潮汐、生質能等再生能源的科學影片。因緣際會下，我踏上南印的土地，佇立在橫跨著阿達雅河（**Adyar River**）的橋中央，跟著攝影師遠眺著橋墩旁的貧民孤，有件事情引起了我的注意——河面上那串因孩童嬉戲打水而冒起的泡沫，過了十分鐘，仍有半數沒有破裂。

或許擅長入境隨俗，我在印度並未感受到什麼文化衝擊，但這一幕卻直接衝擊、震盪著我的靈魂；作為科幻作者的我感到有種模糊的悸動，慢慢地在意識中覺醒：如果要為這個瀕危的世界貢獻什麼的話，或許可以是一個故事——這是《3.5：強迫升級》概念的發端，也是日後五年漂浪旅途的開端。

豈料，接下來的動畫編劇生涯，卻讓我在接下來的整整一年之中都陷入空忙而多桀的困局，個人創作也因而全然停頓。下一段從二〇一一年底開始的職涯，我雖得以慢慢地重整旗鼓，但卻也因接下了許多突然出現又非常有趣的稿約，而總是只能在諸多作品中尋找空隙，斷斷續續地寫上寥寥幾句，然後便得回身投入下一部即期的創作。

然而我始終明白：我必須完成它！

所幸，對這部作品的掛念、心底的憂慮，以及這漂浪五年的閱歷，全都被凝練為平鋪直敘的文字，化成這個近未來的故事。這本《3.5：強迫升級》標示著青年後期的終結，也許在這段過程中，身為創作者的我自己，也無形中被『強迫升級』了吧！

這是一個關於新科技、關於科幻的故事，它也講述著科幻作者的憂慮、恐懼、創痛、希望、以及初衷。

但這更是一個關於全球化、關於公平貿易、關於自然生態保育，以及關於人類如何在這個行星上永續生存的故事！

僅以這部作品，回應來自時代的呼喚——獻給我在這顆行星上的同類，以及殘酷而美麗的芸芸眾生。

伍薰二〇一五年三月　台北市

致謝

在《3.5：強迫升級》的創作過程中，感謝許多各領域學有專精的朋友們提供相關知識的諮詢與查證，他們皆就專業角度提供建議，若因劇情考量而呈現專業內容錯誤，全都源自於作者的自作主張。

感謝我服役時的學長洪欽文先生提供諮詢，讓我在電腦相關常識與網路理論方面能有初步了解。感謝我玩戰棋的長年好友、同時也是調酒師的林正濠先生提供化工與調酒方面的建議。在槍械上，感謝陳建文、鄭詔仁兩位先生的建議。在攸關法律層面的問題上，則感謝蔡仁傑、吳建興兩位先生的指正。也感謝我長年的創作伙伴回回年（Akashic Year），提供印度文化方面的調整建議。而全拜林育民先生深厚的斯拉夫語系功力與建議，替本作中俄國姓氏添增了充分的意涵與寓意。感謝致力臺灣魚類生態保育的陳彥谷先生，授權使用書末照片，感謝出版業強者K氏在出版方面的諸多提點，讓我在決策上能思考得更周密，也感謝我的好友雪濤隱俠、馬立軒、王仁弘、張擎，協力掃蕩錯字、劇情除蟲的艱辛任務。

感謝我在《大自然》雜誌、《跟著能源去旅行》科學影片劇組時代接觸的諸多人、事、物，當年的閱歷不僅引發了這部作品的靈感，也成為撰寫本書的養分。

感謝我的好友林靖凱先生大方授權他的名字，讓這個角色增添許多風采。

感謝我的家人與閃光，有你們的包容，我才能放手一博、勇敢追夢。

最後，感謝海穹文化的伙伴——柏斯，在工作繁忙之餘，一手包辦了本書繪圖、設計、視覺構成等多樣繁複的工作，我們也期待著她突破性的作品發表！

史上第一次，全球人類懷抱著熱烈的動力，去共同決定這個行星共同的未來。

那是人類文明即將要離開太陽系，在浩瀚銀河裡開枝散葉、繁衍血脈的前夜……

3.5.
強
道升級

國家圖書館出版品預行編目資料

3.5：強迫升級 / 伍薰作. -- 初版.
-- 臺北市：海穹文化, 民 104.05
面；　公分. -- (Unique ; 8)
ISBN 978-986-90418-6-7(平裝)
857.83　　　　　　　　104006165

Unique 08

3.5：強迫升級

作　　者　伍薰
封面設計　柏斯
內文插畫　柏斯
照片授權　陳彥谷
書系企劃　李伍薰
美術設計　柏斯
封面設計　柏斯
發 行 人　李伍薰
出 版 者　海穹文化有限公司
地址：106臺北市大安區基隆路二段136號6樓之1
電話：0921672903
scifasaurus@gmail.com
總 經 銷　聯合發行股份有限公司
地址：231新北市新店區寶橋路235巷弄6弄6號2樓
代表號：(02)29178022
傳真：(02)2915861
印　　刷　仟業印刷

2015（民104）05月初版
ISBN 978-986-90418-6-7

圈選欄

同意不同意欄

編號及簡稱欄

主文欄

全球性公投

（關防章）

盤古國際集團選舉委員會印製

同意（○）

不同意（×）

量子傳送環重建公投

你是否同意人類進行下列所有措施：

一. 重建量子傳送環系統
二. 統一全球貨幣
三. 統一全球物價

盤古國際集團選舉委員會　公民投票通知單

投票權人姓名		投票權人性別年齡	□女 □男 □其他 □16～20 □21～25 □26～30 □31～35 □36～40 □41+
投票所及地點	請通信投票至 86888 投票所 盤古國際集團在台合作單位　海穹文化公司 106 台北市大安區基隆路二段 136 號六樓之 1		
公民投票種類	∞	全球性公民投票	
戶籍／工作地址			
敬請注意事項	壹、請將選票對折後置入信箱裝入信封, 寄至: 106 台北市大安區基隆路二段 136 號六樓之 1　　海穹文化有限公司　收 貳、請務必於信封張貼郵票。 參、請務必核對地址是否正確。 肆、投遞前請務必確定選票已放入信封。 伍、盤古國際集團在台合作單位　海穹文化有限公司　將自投票公民中抽出 10 名 **贈送首波重建版本量子傳送環**。(若公投未通過則作罷)		